Thi Linh Nguyen/Alexander Oetker
Das Dunkel aller Tage

Alexander Oetker
Thi Linh Nguyen

DAS DUNKEL ALLER TAGE

Kriminalroman

PIPER

Mehr über unsere Autorinnen, Autoren und Bücher:
www.piper.de

Wenn Ihnen dieser Kriminalroman gefallen hat, schreiben Sie uns unter Nennung des Titels »Das Dunkel aller Tage« an *empfehlungen@piper.de*, und wir empfehlen Ihnen gerne vergleichbare Bücher.

Von Thi Linh Nguyen und Alexander Oetker
liegen im Piper Verlag vor:
Die Schuld, die uns verfolgt – Schmidt & Schmidt 1
Das Dunkel aller Tage – Schmidt & Schmidt 2

Unser Versprechen für mehr Nachhaltigkeit
Klimaneutrales Produkt
FSC®-zertifiziertes Papier
Hergestellt in Europa

FSC
www.fsc.org
MIX
Papier | Fördert gute Waldnutzung
FSC® C083411

ISBN 978-3-492-06402-6

Redaktion: Isabelle Toppe
Satz: Satz für Satz, Wangen im Allgäu
Gesetzt aus der Excelsior
Druck und Bindung: CPI Books GmbH, Leck
Printed in the EU

PROLOG

Es piepte zweimal, dieses kleine metallische Geräusch, das tagein, tagaus Nachrichten ankündigte. Vielleicht war es diesmal eine Bitte um Mietrückstellung, eine hoffnungsvolle Frage nach einem Kredit – oder sogar eine Nachricht der jungen Frau, die er kürzlich im Internet kennengelernt hatte. Er hatte sich nie ins Dating gestürzt, weil das Geschäft für ihn immer Vorrang hatte, aber seit ein paar Wochen war er bei Tinder angemeldet, und irgendwie hatte es diese junge Vietnamesin, die er zweimal getroffen hatte, vermocht, ihm ein Lächeln aufs Gesicht zu zaubern. Mehr als ein Cafébesuch und ein Abendessen waren dann aber doch nicht daraus geworden. Er wollte es so. Die Liebe kostete Zeit – und Zeit war Geld. Er liebte Geld deutlich mehr als die Liebe, so viel war klar. Oder zumindest wollte er sich das einreden. Mit Geld kannte er sich auf jeden Fall besser aus als mit Beziehungen.

Das Handy lag auf dem Wannenrand, und er beachtete es zunächst gar nicht, weil es bestimmt dreihundertmal am Tag auf diese Weise bimmelte und er nicht gestört werden wollte. Zumindest jetzt noch nicht. Er mochte es, in der frei stehenden Wanne mit Blick auf die Skyline des Potsdamer Platzes seinen Tag zu beginnen. Erst um

11 Uhr war er heute aufgestanden, weil er sich angeschlagen fühlte, dafür würde er am Abend länger arbeiten. Jetzt aber wollte er noch für ein paar Minuten die Ruhe genießen.

Doch ihm war, als wäre da irgendwas Drängendes, als wäre da ein innerer Reflex, als hätte das Handy anders geklingelt als sonst, was natürlich Quatsch war. Er seufzte, hob seinen schweren Körper aus der Wanne und fuhr mit dem nassen Finger über das Display. Dann las er einmal, zweimal. Nein, das konnte nicht wahr sein. Er las die kurze Nachricht sicher zehnmal. Und dann war es, als würde die Hitze aus der Wanne noch zunehmen, als hätte jemand den sündhaft teuren goldenen Wasserhahn auf achtzig Grad gedreht.

Er spürte, wie seine Hand zitterte. Dennoch gelang es ihm, die Nachricht zu beantworten.

Welche Halle?

Nur diese zwei Worte.

Der andere tippte. »Schreibt …« stand da.

Er wartete, noch immer in seiner Wanne stehend. Wartete und zitterte. Unten glühte er, oben fror er.

Die Worte erschienen nach drei Sekunden.

Halle 15.

Er ließ das Handy sinken und schloss die Augen, dann stieg er aus der Wanne, dabei rutschte er aus, weil sein Fuß viel zu nass war für den Marmorboden. Er hielt sich gerade noch fest, aber sein Bauch schlug auf dem glänzenden Stein auf.

Er blieb dort liegen, unfähig, einen klaren Gedanken zu fassen. Er stöhnte, aber nicht vor Schmerzen, nein, es war die Verzweiflung. Die Angst.

Er sah auf die Uhr seines Smartphones. Wie lange würden sie brauchen, um ihn zu finden? Eine halbe Stunde? Vielleicht eine Stunde?

Er erhob sich schwerfällig vom Boden, sein Knie war jetzt schon rot von dem Sturz. Aber das war sein geringstes Problem. Er ging ins Nebenzimmer, nahm das große Bild von der Wand, das eine grüne Landschaft und einen Fluss in Vietnam zeigte, dessen Namen er sich nie merken konnte, dann drehte er die Nummernfolge und öffnete den Tresor.

Da lag seine Exit-Strategie: ein falscher Pass, zwanzigtausend Dollar, eine Kreditkarte auf anderen Namen. Und eine Beretta.

Eine Beretta, die er vor zwei Jahren in Halle 6 gekauft hatte, als er zum ersten Mal wieder Angst hatte haben müssen. Wegen seiner eigenen Schuld. Wegen seiner eigenen Dummheit.

Er betrachtete die Waffe, fuhr mit der Hand über das kalte Metall. Er konnte fliehen. Oder er konnte verschwinden. Einfach so. Eine Kugel. Und alle Angst wäre vorüber. Er schüttelte den Kopf, verscheuchte die wirren, dummen Gedanken.

Er sah sie vor sich. Seine Schwester. Der er versprochen hatte, dass er nie wieder Mist bauen würde. Geschworen hatte er es. Weil er fast gestorben wäre in jener Nacht vor vielen Jahren. Und sie auch.

Und nun hatte er wieder Scheiße gebaut. Vor zwei Jahren hatte er gedacht, es sei Überlebensinstinkt. Nun wusste er: Das war Unsinn. Er wäre schon irgendwie über die Runden gekommen. Nein, es war die Gier, die ihn angetrieben hatte. Und nun …

Er würde nicht fliehen. Nicht schon wieder weglaufen vor seinen Taten. Er würde hier warten. Warten und seine Strafe annehmen. Wie auch immer sie aussehen würde.

Der Blick seiner Schwester – der würde seine größte Strafe sein.

Duc setzte sich in den Sessel, sodass er auf die Skyline blicken konnte, auf das Sony Center und den Platz dort unten mit den vielen Touristen. Er betrachtete das alles durch die tiefe Fensterfront dieser sündhaft teuren Wohnung, die so viel Miete kostete, wie andere in drei Monaten verdienten.

Bald würde er wesentlich sparsamer leben müssen. Auf sehr viel kleinerem Raum. Das kannte er schon. Aber er hatte niemals dorthin zurückgewollt.

Was für ein Scheiß. Was für eine Schande. Für ihn selbst. Die Scham überrollte ihn so heftig, dass er die Stirn krauszog, als er die Augen schloss.

Das Center war explodiert. An einem sonnigen Wintertag war sein Lebenswerk in Flammen aufgegangen.

1

Einige Tage vorher

Die Tür knarzte in den Angeln, und für einen Moment waren von draußen leise Stimmen zu hören und die vietnamesische Bambusflötenmusik, die weiter vorne in den Hallen des Dong Xuan Centers den ganzen Tag dudelte.

Dann traten die zwei Männer ein. Der zweite, kleinere marschierte schnurstracks weiter, bis es Thanh reichte.

»Tür zu, nun mach schon!«, befahl er.

Der Kleine sah ihn unter zusammengezogenen Brauen an, als verstünde er nicht recht. Thanh musste auf die Tür zeigen. »Zumachen, na los!« Endlich verstand er, drehte sich um und knallte die Tür ins Schloss.

Die Hallenwände erzitterten. Diese Fabrikhalle war wirklich der letzte Schund, dachte Thanh einmal mehr. Im Sommer gingen sie hier drinnen vor Hitze ein, erst recht, wenn sie kochen mussten. Und im Winter pfiff der Wind durch alle Ritzen, und manchmal tropfte es von der Decke. Aber hey: Lage, Lage, Lage. Besser als hier waren sie nirgendwo versteckt und vor neugierigen Blicken geschützt.

Phong trat zu ihm, und der Kleine schien sich irgendwie hinter dem wuchtigen Mann verstecken zu wollen.

»Spricht er Deutsch?«, fragte Thanh so deutlich, dass es nun wirklich jeder verstehen musste. Der Kleine blinzelte, und Phong sagte: »Nee, ist eben erst angekommen.« Thanh musterte den Neuen. Er war viel zu dünn angezogen bei der Kälte, trug nur ein dunkelblaues T-Shirt. Deshalb lag da auch eine dicke Gänsehaut auf seinen dunklen Armen. Die hellblaue Jeans war verschlissen und an zwei Stellen gerissen. Sein Blick fiel auf die sauberen Hände mit den ordentlich geschnittenen Nägeln.

»Seit wann bist du hier?«, fragte Thanh jetzt in dem lupenreinen Vietnamesisch, das sie in Hanoi sprachen.

»Seit einer Woche.«

»Und woher kommst du?«

Der junge Mann nannte ein Nest, dessen Name Thanh vage bekannt vorkam, irgendwo im Speckgürtel der vietnamesischen Hauptstadt.

»Und du hast schon mal gekocht?«

»Ja.« Diesmal antwortete der Mann auf Deutsch und nickte beflissen. »Ja, schon gekocht.«

»Drüben?«

Erneut ein Nicken.

»Gut.« Er wechselte wieder ins Vietnamesische. »Wir arbeiten hier mit Ephedrin und Lithium, weil die Lieferung des Phenylacetons seit den dämlichen Lockdowns nicht mehr richtig klappt. Hier klappt einfach gar nichts mehr. Aber die Leute wollen ihr Zeug trotzdem.« Er zuckte die Schultern. »Denen ist es letztendlich auch egal, mit was sie sich zudröhnen, Hauptsache, es wirkt. Mir soll's recht sein.« Er wies auf die Fässer in der Ecke, die mit einer großen Plane notdürftig abgedeckt waren. »Da ist das Zeug. Macht euch an die Arbeit. Wir wollen übermorgen ausliefern. Alles klar?«

Phong und der kleine Mann nickten und wollten sich gerade in Bewegung setzen, als Thanh sie zurückhielt.

»Einen Moment noch. Wie heißt du?«

»Tuan Le…«

»Halt!«, unterbrach ihn Thanh. »Keine Nachnamen, verstanden?«

Der Mann nickte wieder und senkte den Kopf.

»Okay, Tuan. Dann hau rein. Wenn du Fragen hast, frag. Und steck mir hier nicht die Bude an.«

Thanh ging in Richtung der Kammer, die mit einer Glasscheibe vom Rest der Halle abgetrennt war. Dort hatte er sich ein Büro eingerichtet, gleich nachdem sie im ersten Pandemiewinter mit der Küche hier eingezogen waren. Auf einem improvisierten Schreibtisch stand ein kleiner Laptop, auf dem alle Bestellungen und Lieferungen vermerkt waren – und den er sehr schnell ausschalten konnte. Er hatte auch einen Notlöschmechanismus installiert, falls all ihre anderen Sicherheitssysteme einmal versagten.

Er musste versuchen, doch noch Phenylaceton aufzutreiben. Vielleicht hatten sie in Tschechien welches. Mittlerweile war ihm fast egal, welchen Preis er zahlen musste. Damit ging es einfach viel schneller und besser – und auch die Qualität des Stoffs war höher. Aber jetzt musste es erst mal so klappen, nur für diese eine Lieferung. Morgen Abend würden sie die gekochten Steine mit der Waage in gleiche Mengen aufteilen und in die durchsichtigen Plastiktüten rieseln lassen, in denen seine Mutter immer die Glasnudeln und die Kräuter gegeben hatte, die er damals als Mittagsverpflegung mit in die Schule genommen hatte. Er musste lächeln bei dem Gedanken an seine Mutter – und an seine Schulzeit. Jetzt war das alles so lange her, und er war in einem anderen Land. In einem Land, das nun sein Zuhause war. Auch wenn die Heimat ganz woanders lag.

Irgendetwas riss ihn aus seinen Gedanken. Er blieb stehen und wandte sich noch einmal um. Etwas störte ihn. Er betrachtete den jungen Mann, Tuan, so hieß er also. Gemeinsam mit Phong zog er gerade die große Plane von den Fässern.

Direkt daneben standen die drei Industrieherde mit den angeschlossenen Gasflaschen, darüber hing die riesige Dunstabzugsanlage, die Thanh einem insolventen Restaurant abgekauft hatte. Und auf dem stählernen Regal lagerten griffbereit die Gefäße zum Kochen, große Töpfe, genau die gleichen, in denen weiter vorne auf dem Markt Tag für Tag die Pho-Suppe vor sich hin köchelte. Rinderknochen, Markscheiben, jede Menge Ingwer, Zwiebeln, Sternanis, Kardamom, Zimt. Jeden Tag wurde eine neue Suppe angesetzt, die dann bis zum nächsten Morgen kochte, mindestens. Allein dafür kamen die Menschen aus allen Teilen der Stadt zu diesem Markt. Seit sich die Küche seiner Heimat vom Armeleuteessen zum Synonym für gesunde Ernährung gemausert hatte, war Pho-Suppe bei den Berlinern total angesagt. Thanh musste wieder grinsen. Wenn die alle wüssten, was sie hier, drei Hallen weiter, in genau den gleichen Töpfen kochten …

Na ja, angesagt war ihr Produkt auch. Nur gesund war es nicht. Dafür aber deutlich gewinnbringender als der Verkauf von Pho.

Noch einmal betrachtete er Tuan. Irgendetwas stimmte nicht. Aber er wusste nicht, was ihn so irritierte. Gerade hoben der junge Mann und sein massiger Kochpartner die Deckel von den blauen Fässern an und hielten kurz inne, als sie auf die darin lagernden Chemikalien blickten.

»Hey!«, rief Thanh ihnen zu. »Phong, du weißt doch, dass ihr mit Schutzausrüstung kochen müsst. Los, zieht euch um. Anzüge und Masken liegen dahinten. Und dann fangt an, Zeit ist Geld.« Er wandte sich wieder um und versuchte, das schlechte Gefühl abzuschütteln. »Zeit ist Geld«, murmelte er noch mal leiser und wie zu sich selbst.

2

»Rot oder Weiß?«

»Einfach noch mal wie eben, zwei rote und zwei weiße.«

»Alles klar.« Frank, der Weinhändler, den hier alle beim Vornamen nannten, weil er der wichtigste Bestandteil dieses Marktes war, füllte die Tassen mit dampfendem Bioglühwein.

»Darf's sonst noch etwas sein?«

Sie berührte mit den Fingerspitzen den Rand ihrer Tasse und legte den Kopf schief. Ein leichtes Lächeln umspielte ihre Mundwinkel. »Kann ich die auch wieder mit Schuss bekommen?«

»Ist aber auch wirklich kalt heute, wa?« Frank lächelte sie an und drehte sich wieder um. In seiner dicken Daunenjacke sah er aus wie ein Michelin-Männchen. Ein gut aussehendes Michelin-Männchen, zugegeben. Unter seiner blauen Mütze schauten einige verwuschelte graue Haare hervor. »Hier, bitte schön.« Er schob die Tassen zu ihr hinüber. »Macht achtzehn.«

»Stimmt so.« Er nahm den Zwanziger und nickte ihr zu, während sie zwei Tassen in jede Hand nahm und sich umdrehte. Sie ging zwischen den Marktständen hindurch und betrat dann den Spielplatz auf dem Kollwitzplatz, diese umzäunte Sandfläche mit einigen Spielgeräten, an deren Rand sechs Bänke standen. Auf jeder von ihnen saßen mehrere Erwachsene, sie alle hielten Tassen in den Händen und prosteten sich zu, während die Kinder im Sand buddelten oder die Rutsche heruntersausten. Es war klirrend kalt, deshalb trugen die Kleinen dort unten im Sand alle dicke Matsch- oder Schneehosen und diese teuren Funktionsjacken von *The Northface* oder *Patagonia*. *Canada Goose* zog hier im Epizentrum des guten Gewissens niemand mehr an, weil irgendwer mal behauptet hatte, das Fell an den Jacken stamme von kanadischen Kojoten.

Seine Stimme hallte über den Platz, und sie musste gar nicht hinsehen, um zu erahnen, wie viel Qualm beim Reden aus seinem Mund drang, wegen der Kälte, aber auch, weil er die Kippe gar nicht aus dem Mundwinkel nahm. Manuel rauchte nur, wenn er trank. Also rauchte er oft.

»... denn dein Bonus ausgezahlt? Das war ja in den letzten beiden Jahren nicht mehr so sicher – mit den unterbrochenen Lieferketten und so. Aber bei uns läuft es wieder. Onlinehandel ist ’ne sichere Bank. Werden bestimmt zwanzig Scheine bei mir. Aber die Hälfte zahl ich ja eh an Steuern, na ja, vielleicht noch mehr. Gott sei Dank verdient Lisa so wenig. Da ist es dann nicht ganz so krass.«

Sein Lachen hallte zu ihr herüber, und Roger, der mit Franka auf der Bank neben ihnen saß, fiel mit ein.

»So, der Glühwein«, rief sie eine Spur zu laut und setzte sich zu Manuel auf die Bank. Er nahm ihr die Tassen aus der Hand und reichte eine an Roger weiter.

»Na, dann wollen wir mal.« Er prostete ihnen zu, wartete aber nicht auf ihre Antwort, sondern nahm sofort einen großen Schluck.

»Rocco«, rief Lisa, »pass auf, ja?«

Der Kleine hing kopfüber an der obersten Stange des Klettergerüsts. Seine Beine baumelten in der Luft, und sie hatte Angst, dass er stürzen und sich den Kopf aufschlagen könnte.

»Nun lass ihn doch mal«, fuhr Manuel sie an. »Der klettert doch super. Toll, Schatz!« Er reckte den Daumen in die Höhe, dabei schwappte etwas aus der Tasse auf den hellen Steinboden, der den Spielplatz begrenzte. »Mist, der teure Glühwein«, rief er übertrieben laut, und Roger fiel erneut in sein Lachen ein.

»Gehst du denn wieder ins Büro?«, fragte er seinen besten Freund.

»Ich gehe meistens drei Tage die Woche in die Firma. Ist mir eigentlich schon zu viel, ich hatte mich gerade so schön ans Homeoffice gewöhnt. Wie ist es bei euch geregelt? Arbeitest du wieder im Büro?«

»Wir können das handhaben, wie wir wollen. Wir brauchen gar nicht zu kommen, wenn wir nicht wollen. Alle Chefs sind direkt am Tag des Lockdowns losgefahren, um noch vor der Ausgangssperre ihre Finca auf Mallorca oder ihr Haus auf Sylt zu erreichen. Und dort sitzen sie wahrscheinlich noch immer. Die haben doch gar keine Lust, aus ihrem Haus mit Pool ins graue Berlin zurückzukehren.«

»Boah, Malle könnte ich jetzt auch gerade gut gebrauchen«, sagte Franka und stieß mit ihrer Tasse an Lisas. »Du nicht auch?«

»Hm …«, murmelte sie gedankenverloren und betrachtete die schon wieder geleerte Tasse ihres Mannes.

Sie wollte tatsachlich nur weg von hier, nach Mallorca oder sonst wohin. Einfach nur weg. Berlin war unerbittlich zu dieser Jahreszeit, aber in diesem Januar war es besonders schlimm. Seit mehreren Wochen hatte der Winter die Stadt fest im Griff. Die schneidende Kälte hatte jeden Gang vor die Tür unerträglich gemacht, und so hatten sie zu Hause festgesessen. Nun zeigte sich zum ersten Mal seit ein paar Tagen die Sonne, und die Kinder konnten endlich wieder ein wenig draußen spielen. Was sollten sie denn auch sonst den ganzen Tag tun? Die Kita war seit dreieinhalb Wochen wegen Personalmangel geschlossen. Wenn das so weiterging, würde Rocco am Ende gar nicht mehr wissen, wie die anderen Kinder aus seiner Gruppe überhaupt hießen.

Sie hörte erst das Krachen und dann sofort diesen Ton, den sie aus Dutzenden anderen Kindertönen heraussortieren konnte. Das helle Weinen ihres Sohnes. Verdammt! Sie sprang auf, rannte los und rief: »Rocco, Rocco!« Dann war sie bei ihrem Kind, und er hielt sich den Kopf und weinte bitterlich. Sie hob ihn von dem Holzhaus herunter und stellte ihn auf den Boden, dann ging sie in die Hocke und fuhr ihm vorsichtig durch die dunkelblonden Haare, aber da war kein Blut zu erkennen. Was für ein Glück! Erleichtert rieb sie mit dem Handrücken zweimal kräftig über die Stelle, um den Schmerz zu vertreiben. Noch immer schluchzte Rocco und drückte sich an ihre Schulter, bis sich auf einmal zwei Arme um seinen Bauch legten und ihn hochhoben. Lisa wurde zur Seite gedrängt.

»Nun mach mal nicht so ein Gewese«, murmelte Manuel ihr zu, dann hielt er Rocco ein Stück von sich weg.

»Ist doch alles gut, mein Großer. Hast du super gemacht. Toll abgerollt, echt.«

»Er hat sich nicht abgerollt, er …«

»Komm, zeig mal her, ist nur eine kleine Beule. Magst du einen Donut oder einen süßen Riegel? Glühwein darfst du ja noch nicht, sonst hätte ich dir einen gekauft. Aber magst du vielleicht irgendwas Süßes? Was meinst du?«

Sofort hörte Rocco auf zu weinen, und Manuel sah sie mit hochgerecktem Kinn an. »Siehst du, man muss ihn ja nicht noch darin bestärken zu heulen. Motivation, Lisa, Motivation. Auch so einen kleinen Unfall kann man positiv umdeuten. Du liest doch ständig diese Elternratgeber. Da steht so was doch drin, oder nicht?«

Sie sah, wie Rocco wieder eine Schippe zog, und wollte ihn zu sich nehmen, aber Manuel drehte sich von ihr weg, das Kind hielt er fest im Arm. »Komm«, sagte er und ließ ihn runter, »such dir drüben was Leckeres aus. Ach, und frag Noah, vielleicht will der auch was. Ich lade euch ein.«

»Noah«, rief Rocco, und der Junge, der drei Jahre älter war und ganz oben auf dem schwierigen Kletterturm hing wie ein Affe, sah sofort zu seinem kleineren Bruder.

»Papa kauft uns Süßigkeiten. Kommst du?«

Lisa sah zu, wie der Junge von oben herunterkletterte. Dabei merkte sie nicht, dass Manuel auf einmal ganz dicht neben ihr stand. Als sie seine Stimme hörte, zuckte sie zusammen.

»Du?«

»Hm?«

»Ich hab das gesehen, da, vorhin mit Frank. Wenn der dich noch einmal so anlächelt, dann …« Er schnaufte, und ein bitterer Unterton legte sich in seine Stimme. »Na ja, das würde der ja nicht machen, wenn du nicht mitmachen würdest. Echt, Lisa, das ist so billig.«

Dann drehte er sich um und rief freundlich: »Noah, Rocco, kommt, Zuckerexplosion.«

Als Lisa die drei über die Straße gehen sah, spürte sie, wie sich eine eisige Kälte in ihr ausbreitete, die diesmal ausnahmsweise nicht von den winterlichen Temperaturen kam.

3

Diese Ruhe, das leichte Rascheln der kahlen Äste im Wind, dazu das leise Gurren der wenigen Tauben, die sich von dieser Kälte noch nicht hatten abschrecken lassen.

Die Gardine wellte sich in einer kleinen Böe, und das Licht des frühen Abends drang herein, zusammen mit einer groben Kühle, die ihn sofort an Schneeluft denken ließ. Obwohl es schon dämmerte, kam es Adam viel zu hell vor. Das Licht des Winters war kalt und weiß. Er musste die Augen zusammenkneifen. Er wusste, dass er nur aufzustehen und die Gardine zuzuziehen brauchte, aber selbst das schien ihm ein Ding der Unmöglichkeit zu sein.

Adam stöhnte und wand sich auf seinem Kissen, er spürte, dass es feucht war von seinem Schweiß, obwohl es so kalt war. Er rückte sich einmal mehr zurecht, schmiss sich auf die andere Seite, drehte sich weg vom Fenster, weg vom Licht, zur Wand hin, in der Hoffnung, dass die Ruhe kommen würde. Endlich die Ruhe, die er so ersehnte, die er aber nicht finden konnte, nicht in den letzten drei Stunden, seit er sich ins Bett gelegt hatte. Und auch davor nicht.

Er schloss die Augen, und sofort war es, als würden in

seinem Kopf alle Schleusen geöffnet, als hätte der Sturm darin nur auf die Dunkelheit gewartet, um endlich wieder loszubrausen.

Er hatte irgendwann mal gelesen, dass der menschliche Körper nur eine halbe Stunde lang panische Angst empfinden konnte, bevor er sich selbst herunterregelte, weil ein permanenter Panikzustand nicht möglich war. Adam hätte über diesen psychologischen Leitsatz gerne gelacht, wenn er irgendwie lustig gewesen wäre. War er aber nicht. Weil dieser Leitsatz bei ihm nicht funktionierte. Sosehr er auch darauf hoffte. Er wartete immer auf den Moment, in dem er ruhiger werden würde, in dem sich sein Atem legte und die Angst verschwand.

Aber dieser Moment kam nicht. Wenn er die Augen schloss, dann ging alles wieder von vorne los. Schlimmer als zuvor.

Die Gedanken fegten über ihn hinweg, so heftig, dass er sein Herz hören konnte, weil es so laut schlug, und spürte, wie er ganz flach atmete. Wie sich seine Stirn in Falten legte und er die Augen zukniff, weil die Gedanken in ihm tobten wie ein Inferno. Wie seine Hände sich zusammenkrampften, im Kissen unter seinem Kopf, diesem nassen Kissen. Manchmal fasste er sich auch einfach nur zwischen die Beine, weil es ihn beruhigte.

Sorgen. Und Ängste. Dann lähmende Panik. Es war wieder losgegangen, ohne dass er hätte sagen können, wann genau es angefangen hatte. Es war nicht von heute auf morgen passiert. Er hatte gemerkt, wie er die Kontrolle verlor, zuerst nur selten, dann immer häufiger. Wie er sich selbst nicht mehr im Griff hatte. Immer schlechter funktionierte. Vor allem seit dem Einsatz im letzten Sommer, der Linh und ihm alles abverlangt hatte. Der in ihm

Erinnerungen an seine Vergangenheit geweckt hatte – Erinnerungen, die er nur zu gern für immer auslöschen würde. Genauso wie die Schuld, die damit verbunden war.

Dann, vor drei Wochen: Er war morgens aufgewacht und hatte gewusst, dass die Dämonen wieder da waren. Linh hatte ihn beim Frühstück angesehen, und sie hatte nichts gesagt, weil Caro mit am Tisch gesessen und herzhaft in ihr Nutellabrötchen gebissen hatte. Sie hatte ihn nur angeblickt, mit fragenden Augen, und er hatte nichts sagen müssen. Ihre sorgenvolle Miene hatte ihn wissen lassen, dass sie verstand.

Er war an dem Tag noch aufs Revier gefahren, hatte die meiste Zeit an seinem Schreibtisch verbracht und nachmittags seine Therapeutin angerufen. Der Anrufbeantworter hatte ihn darüber informiert, dass sie im Urlaub war. Sie würde aber zurückrufen. Adam sprach ihr eine Nachricht aufs Band. Als sie ihn in der Woche darauf zurückrief, war er schon nicht mehr in der Lage, ans Telefon zu gehen. Linh hatte ihren Hausarzt angerufen und eine Krankschreibung für ihn organisiert.

Und nun lag er hier. Den ganzen Tag. Und jetzt in der Abenddämmerung. Während er in der Nacht in der Wohnung herumtigerte oder sich irgendwann, wenn das letzte Partyvolk mit seinen Späti-Bieren von der Kollwitzstraße verschwunden war, endlich nach draußen traute und durch seine nächtliche Straße ging, unter den Laternen entlang, immer nah an den Häusern, wie durch eine verlassene Stadt. Nur dann, wenn er eine halbe Stunde lang immer um denselben Wohnblock gegangen war, wurde er endlich ruhiger, fühlte er sich nicht mehr ganz so rastlos. Auf die Schönhauser Allee traute er sich nicht, weil er wirklich niemandem begegnen konnte. Außerdem wäre der Weg zurück nach Hause dann zu weit, wenn seine Beine doch nachgaben.

Es würde nicht mehr lange gut gehen. Irgendwann würde er es nicht mehr verbergen können, dessen war er sich sicher. Dann würde Carolin es erfahren, wenn sie es nicht schon längst wusste. Und alle seine Kollegen. Dann würde er alles verlieren. Seine Tochter. Und seine Arbeit.

Es war ohnehin ein Wunder, dass er es so lange hatte verstecken können. Als Carolin noch jünger gewesen war, war es einfacher für ihn gewesen, seine Panikattacken zu überspielen. Sie war zu klein gewesen, um sein merkwürdiges Verhalten zu verstehen. Wahrscheinlich dachte sie, alle Papas seien so. Und Linh hatte ihn geschützt, wann immer es nötig war. Linh. Sein Fels. Aber wer wusste schon, wie viel sie noch ertragen konnte. Wann es auch ihr zu viel wurde. Seine Schwäche. Seine beschissene Schwäche.

Und auf der Arbeit? Das war das zweite Wunder. Er hatte einfach funktioniert. Manchmal brauchte er morgens ein Glas Weißwein, um es ins Büro zu schaffen. Aber war er erst mal da, konnte er auch ausrücken. In den schlimmsten und größten Menschenansammlungen für Ordnung sorgen. Dort arbeiten, stundenlang. Selbst Fälle, die seine Nerven bis aufs Äußerste strapazierten, wie die Kindesentführung im letzten Jahr, hatte er gemeistert. Während er es jetzt nicht einmal mehr schaffte, sich im Supermarkt an einer Kasse anzustellen, an der vor ihm zwei andere Kunden warteten. Wie absurd konnte ein Kopf funktionieren? Sein Kopf.

Sobald er im REWE City die kurze Schlange vor sich

sah, die Menschen in den Gängen wahrnahm und bemerkte, dass hinter ihm auch schon ein Einkaufswagen anrollte, spürte er den Schweiß, der sich auf seiner Brust breitmachte. Sein Herz begann zu rasen, er fühlte sich gefangen und nahm Reißaus. Er ließ den Wagen mit dem Toastbrot und dem Nutella und dem Rotwein stehen, dem Rotwein, den er eigentlich brauchte, um sich am Abend wenigstens ein bisschen leichter zu fühlen. Er schob ihn einfach zurück in den Gang, als hätte er etwas vergessen, dann drängelte er sich schnell an der Kasse vorbei, kein Blick für die Kassiererin, die ihn fragend ansah. Er drehte sich nicht mehr um.

Und dann rannte er nach Hause, unfähig, an etwas anderes zu denken als an die Scham. Die Angst war sofort weg, wenn die vermeintliche Gefahr weg war, nur das schwere Atmen war noch da – und der Schweiß. Einmal hatte er auf dem Weg zum Briefkasten umkehren müssen, weil ihn zwei andere Passanten zu lange angesehen hatten. Er hatte Angst bekommen – er konnte nicht einmal sagen, wovor – und war heimgekehrt, heim in sein kühles Zimmer mit dem Bett, das ihm mittlerweile genauso viel Angst machte, weil es ihm schien, als käme die Decke immer näher. Und doch war es der einzige Ort, an dem er sich einigermaßen sicher fühlte.

Er wollte schlafen. Einfach nur schlafen. Und war doch wach. Er wusste, dass er nicht tief einschlafen würde, tief und fest und sicher, und doch musste er die Augen schließen.

Ja, er hätte die Augen auch einfach offen halten können. Aber dann war er sofort so müde, dass er wusste, dass dies hier einfach nur vorbei sein musste. Dieses ganze Elend. Er würde alles dafür geben, um endlich wieder richtig schlafen zu können, und sei es nur für eine Nacht.

Obwohl es im Zimmer mittlerweile eiskalt war, spürte er den klammen Schweiß auf seiner Stirn, griff zum Kissen unter sich und drehte es wieder einmal um, als würde das den Schlaf bringen. Er zerknüllte es unter sich und drückte seinen Kopf ganz fest darauf. Sein Blick ging zum geöffneten Schlafzimmerfenster. Die Wohnung lag im dritten Stockwerk. Vielleicht zehn Meter waren das. Das würde nicht reichen. Aber … Er schloss die Augen, weil die Gedanken, die auf ihn einfluteten, so grausam waren.

Im Hinterhof war es absolut ruhig bis auf die zwei Vögel, die seit Stunden abwechselnd zwitscherten, alle paar Sekunden ein Ton, dann die Antwort, dann wieder ein Ton und immer so weiter. Doch plötzlich war da noch etwas: eine Stimme, eine tiefe Stimme, die an sein Ohr drang. Und der Ton dieser Stimme bewirkte, dass er die Augen öffnete.

Adam lauschte angestrengt. Trotz seiner Erschöpfung fühlte er sich plötzlich hellwach. Da waren Schritte auf altem Holz, Adam konnte den Dielenboden richtig vor sich sehen. Und diese Stimme, die sonor war, nein, sonor traf es gar nicht, kalt war sie, kalt und hart. Obwohl sie ruhig war, ruhig und gefasst.

Ihm war schon oft aufgefallen, wie klar die umliegenden Hauswände Geräusche zurückwarfen. Und jetzt, in der Stille des Winterabends, verstand er jedes Wort, das gesprochen wurde.

»Ich kann das wirklich gar nicht leiden, und das weißt du. Meinst du, das ist witzig für mich, wenn mich Roger dann so komisch ansieht? Als sei ich ein beschissener

Alki? Ich bin kein Alki, und ich würde mir wünschen, dass du mich nicht so hinstellst, als wäre ich einer. Mir ist ja total egal, was deine Freundin Svea von mir denkt, das ist mir echt so egal, was ihr in eurem Hühnerhaufen über mich lästert, aber …« Die Stimme war mal lauter und mal leiser, Adam vermutete, dass es manchmal eine Windböe gab, die die Worte im Hof von seinem Fenster wegtrug, im nächsten Moment aber war sie wieder ganz nah.

»Aber Roger ist mein Freund, und denkt ihr, wir würden nicht auch über euch sprechen? Ihr gebt euch doch sogar die Kante, wenn die Kids dabei sind, hier ein Sekt, da ein Aperol … echt, jeden Tag, und …«

Nun war da eine zweite Stimme. Eine Frauenstimme, auch sie wirkte ruhig, aber nicht ganz so fest. Adam spürte, dass da etwas unter der Beherrschung lag, etwas Düsteres, Unheilvolles.

»Nein, ich wollte doch gar nicht … Ich hab doch nur gedacht, vielleicht hätten wir die dritte Runde nun nicht auch noch gebraucht. Du weißt doch, dass es dann manchmal … Na ja, wir wollen doch nachher vielleicht noch ausgehen und …«

»Nein.« Die Stimme war nun lauter, unkontrollierter. »Das ist mir doch scheißegal, was du noch vorhast. Ich hab einfach mal Lust, hier zu sein. Und wenn ich mir jetzt noch 'ne Flasche Wein aufmache, dann ist das meine Sache, oder etwa nicht?« Eine Pause, wie um den Worten nachzuspüren. »Was willst du dann machen?«

»Hör mal, Manuel, natürlich kannst du noch eine Flasche aufmachen – und ich möchte ja vielleicht auch noch ein Glas. Wir könnten aber natürlich auch …«

Adam hörte den Versuch des Schmeichelns. Die Frau hatte die letzten Worte gezogen wie einen Kaugummi.

»Ey, Lisa, meinst du echt, ich hab es so nötig? Da kackst du mich vor aller Welt an, und dann ziehst du hier zu Hause 'nen Schmollmund, und alles ist wieder super? Vergiss es einfach, vergiss es! Das kannst du bei deinen Kunden im Laden abziehen, die Nummer, die stehen ja alle so sehr auf dich, dass es kracht, aber ich falle darauf nicht rein.«

»Was soll denn das mit den Kunden heißen?« Jetzt war auch ihre Stimme lauter geworden.

»Na, du benimmst dich doch im Laden wie 'ne läufige Hündin, das hab ich doch gesehen, als ich neulich mal da war. Wie die dich alle anhimmeln. Aber die müssten dich mal hier zu Hause erleben, da würde denen der Spaß vergehen. Wenn die sehen würden, wie du dich benimmst – und dass du mir nicht mal den Dreck unter den Fingernägeln gönnst.«

»Was meinst du denn jetzt damit? Ich gönne dir …«

»Warum kannst du nicht mal aufhören?« Nun war aus der Kälte ein Schreien geworden. »Du hörst einfach nicht auf, und du weißt, wie wütend mich das macht.«

»Aber …«

Adam stellte langsam seinen Fuß aus dem Bett, dann zog er den zweiten nach. Es kam ihm so vor, als wäre jede Bewegung eine ungeheure Kraftanstrengung. Er verharrte in seiner Position und konzentrierte sich wieder auf die Stimmen. Er wusste nicht, warum. Aber etwas an dieser Situation jagte einen Schauder durch seinen Körper und bewirkte, dass sich ihm die Haare auf den Armen aufstellten.

»Bitte, das ist doch kein Grund, so wütend …«

»Doch, weil du mich wütend machst. Und ich will jetzt endlich 'ne Flasche Wein, geh mir aus dem Weg!«

Keine Antwort. Adam lauschte angestrengt und hörte nichts. Doch. Da waren wieder Schritte auf den Dielen, schnell und laut, dann stöhnte die Frauenstimme auf.

»Au, hey, pass doch auf, was soll …?«

Es gab einen Schlag, klar und deutlich hörbar. Ein Klatschen, und dann war nichts mehr. Stille.

Angetrieben von einem plötzlichen Adrenalinstoß, stand Adam auf und ging zum Fenster. Er blickte hinaus, sah aber nichts. Er beobachtete die wenigen geöffneten Fenster im Innenhof. Nur in der vierten und fünften Etage waren drei Fenster geöffnet, in den unteren Etagen waren sie alle geschlossen.

Er hörte nun das Zetern des Mannes, es klang nicht mehr so wütend. Die Stimme entfernte sich vom Fenster. Von der Frau war gar nichts mehr zu hören.

Adam ging zum Kleiderschrank und nahm sich mit zitternden Händen seine Sportjacke heraus, dann zog er eine Jogginghose an. Er spürte, dass ihm die Finger wehtaten, weil er seine Hände in den letzten Minuten zu fest geballt hatte.

Vorsichtig öffnete er die Tür und lauschte in die Stille der leeren Wohnung. Carolin war nach der Schule noch zu einer Freundin gegangen, Linh war heute Morgen nach Brandenburg aufs Revier gefahren. Niemand war bisher zurückgekehrt. Nur er hatte den ganzen Tag in dieser Abgeschiedenheit verbracht, er war nicht mal in der Küche gewesen, um ein Glas Wasser zu trinken.

Er vermied den Blick in den Spiegel, der im Flur hing, trat zur Wohnungstür und wollte die Klinke herunterdrücken, aber dann hielt er inne. Er senkte den Kopf und schloss die Augen. Wann war er zum letzten Mal draußen gewesen? Vor drei Tagen, dachte er und war sich nicht sicher, ob das stimmte. Dann hörte er wieder den klatschenden Schlag, wie ein Echo in seinem Kopf, und ein Gedanke durchfuhr ihn, so zwingend, dass er sich fast wie ferngesteuert in Bewegung setzte. Er musste nachsehen, was nebenan vor sich ging. Er drückte die Klinke herunter.

Im Treppenhaus roch es nach dem Reinigungsmittel des Hausmeisters, offenbar war also Donnerstag. Die Fenster sahen frisch geputzt aus, der Kokosteppich war von Flusen befreit und gesaugt. Das hier war der Kollwitzkiez, hier herrschte Recht und Ordnung.

Er nahm die Treppe und hoffte auf jeder Etage, dass niemand gerade jetzt die Tür öffnete. Er musste ins Nachbarhaus, etwas in ihm trieb ihn an, aber die Gefahr, dass er doch noch umkehrte, war groß. Gott sei Dank schienen alle Bewohner des Hauses ein Einsehen zu haben. Nach einer Minute stand er trotzdem schweißgebadet an der Haustür. Wieder die Klinke, wieder ein Augenblick des Innehaltens. Er spürte einen Kloß im Hals, und sein Bauch fühlte sich an, als lägen Steine darin. Unaufhaltsam, schwer, kalt. Dann zog er die Tür auf, sie schien ihm eine Tonne zu wiegen.

Er tat einen Schritt, dann noch einen, seine Beine fühlten sich an wie warmes Wachs. Zum Nachbarhaus war es nicht so weit wie zum Briefkasten, und dennoch zählte er jeden Schritt. Er musste einigen Passanten ausweichen, die ihm mit Einkaufstüten und Bierkästen beladen entgegenkamen. Obwohl er die Gegend wie seine Westentasche kannte, fühlte er sich orientierungslos. Alles kam ihm irgendwie fremd vor. Unwirklich. Beängstigend. Er blieb stehen und versuchte, sich zu sammeln. Ein Mann, der, Handy am Ohr und einen Schäferhund an der Leine, hinter ihm gelaufen war, rempelte ihn an. Adam zuckte zusammen. Er musste dringend hier weg. Es war einfach viel zu voll.

Adam bog um die Ecke in die Wörther Straße. Die Tür war blau und hatte ein Glasfenster. Er achtete darauf, nur auf die unteren Klingeln zu drücken, ein-, zwei-, drei-, viermal. Nach wenigen Sekunden ertönte eine Stimme.

»Ja?«

»Amazon«, antwortete er.

Die Tür surrte auf. Adam trat in das Treppenhaus, das genauso aussah wie sein eigenes. Ein Spiegel an der Wand über den Briefkästen, Stuck an den Decken, ein teurer Läufer, der mit goldenen Klemmen befestigt die Treppenstufen bedeckte. Er stieg die Treppe hinauf, doch schon im ersten Stock öffnete sich die Tür.

»Hä?« Der junge Mann sah ihn fragend an. »Wo ist denn mein Paket?«

»Schließen Sie bitte die Tür«, sagte Adam. »Polizei.«

Ohne etwas zu erwidern, schloss der Bewohner kopfschüttelnd die Tür. Adam stieg weiter nach oben. Im dritten Stock spürte er, wie sein Atem schwer wurde, und er wusste nicht, ob es tatsächlich Seitenstiche waren, die er spürte. Verdammt, er hatte doch keine schwere Grippe. Er hatte nur Angst. Adam ballte die Hand zur Faust. Noch eine Etage. Im vierten Stock überlegte er kurz, welche Wohnungsseite an sein Haus grenzte. Rechts. Es musste rechts sein. Er las den Namen. *Gutierrez*. Es war so bemerkenswert, wie sich die Namen an den Klingeln in seinem Revier unterschieden, von Straßenzug zu Straßenzug. Im Wedding konnte er froh sein, wenn es einmal einen Müller oder Schmidt auf dem Klingelschild gab, versteckt zwischen den vielen arabischen, türkischen, vietnamesischen und russischen Namen. Und hier wiederum, in seinem Haus, in diesem Haus hier, vielleicht sogar im ganzen Kollwitzkiez, gab es an den Klingeln nicht einen einzigen Namen, der auf eine Herkunft aus der Türkei oder aus Palästina schließen ließ. Stattdessen haufenweise *von und zu*, schwäbische und schweizerische Namen, ab und zu ein Spanier oder ein Italiener, gerne auch Franzosen, also Menschen, die überall leben konnten – und das auch taten –, also überall dort, wo es schön und teuer war.

Er lauschte, doch aus dem Inneren der Wohnung drang nichts nach draußen. Die Stimme vorhin hatte keinen Akzent gehabt, gar keinen. Nicht die des Mannes, nicht die der Frau. Gutierrez klang jedoch eindeutig nach Spaniern oder Südamerikanern.

Adam schüttelte den Kopf und sah an sich herab. Das T-Shirt unter der Sportjacke war verschwitzt. Aber wenigstens hatte sich sein Atem beruhigt. Er stieg die Treppe noch eine weitere Etage empor. Rechte Seite. Der Name: Schirrmacher.

Er drückte die Klingel. Es dauerte nicht mal fünf Sekunden, da hörte er Schritte, dann hob jemand den Hörer der Gegensprechanlage ab. Es war durch die Tür zu hören.

»Ja?« Die Stimme von vorhin. Adam klopfte. Drinnen war ein kurzes Poltern zu hören.

»Herrgott«, wieder die Stimme, dann wurde die Tür geöffnet. »Warum erschrecken Sie mich denn …?«

Der Mann im Türrahmen war groß und breit, sein Bauch hatte einen winzigen Ansatz, und er sah dennoch gut und trainiert aus. Er sah tatsächlich ganz anders aus, als er klang. Aber als Adam seine Augen betrachtete, wusste er genau, dass dies hier der Mann war. Tiefgrau und lauernd lagen sie auf ihm, als wägten sie bereits den nächsten Schritt ab.

»Was wollen Sie?«

»Adam Schmidt, Polizei Berlin.«

Der Mann zog die Stirn kraus und legte den Kopf schief. Dann ließ er seinen Blick über den Besucher schweifen. Adam spürte, wie er bei seiner nass geschwitzten Brust hängen blieb. Auch seine zerzausten Haare und seine dunklen Augenringe musste der Mann bemerkt haben. Adam war sich bewusst, dass er als Polizist keinen überzeugenden Eindruck machte. Und je länger der Mann ihn musterte, desto lauter wurde die Unruhe in ihm. Er trat von einem Fuß auf den anderen. Er hatte diesen Mann schon ein paarmal gesehen, beim Spazierengehen oder wenn einer von ihnen aus der Haustür gekommen war. Der Kiez war groß, und dennoch kannte man sich hier vom Sehen.

»Haben Sie einen Ausweis?«

Adam machte einen Schritt nach vorn, aber es war eine Übersprunghandlung, so wie ihm sein ganzer Besuch mittlerweile wie eine einzige Übersprunghandlung vorkam – oder besser: sein ganzes Leben. Verdammt! Der Ausweis. Er lag neben seiner Dienstwaffe im Tresor. Adam war seit zwei Wochen nicht mehr im Büro gewesen.

»Der ist im Auto.«

»Wie kann denn das sein? Sie müssen sich bitte …«

»Sie sind Herr Schirrmacher?«

»Wieso?«

Adam sah im Treppenhaus kurz nach unten, als wollte er auf eine imaginäre Person hinweisen, die dort in den Schatten wartete.

»Wir haben einen Anruf bekommen. Von einem Nachbarn aus Ihrem Haus.«

»Ach ja?«

»Es soll hier zu einem Fall von häuslicher Gewalt gekommen sein.«

Der Mann legte den Kopf noch schiefer, doch das kühle Lächeln auf seinem Gesicht konnte nicht täuschen. Er bebte.

»Es soll … was?«

»Es gab die Aussage, dass es nach einem lautstarken Streit zu einer Auseinandersetzung gekommen ist.«

»Wer erzählt denn so einen Quatsch?« Die Stimme war nicht so wütend, wie Adam sie vor einer Viertelstunde gehört hatte. Aber es lag schon dasselbe Timbre darin.

»Das kann ich Ihnen nicht sagen. Aber möchten Sie mir sagen, was hier passiert ist?«

»Hier ist gar nichts passiert!«

»Wir nehmen den Anruf sehr ernst, weil der Anrufer ganz genau geschildert hat, was vorgefallen ist. Sie haben Ihre Frau geschlagen.«

»Sie zeigen mir jetzt sofort Ihren Ausweis, oder Sie gehen!« Der Mann machte einen Schritt zurück in die Wohnung und versuchte, die Tür zu schließen, doch Adam stellte seinen Fuß hinein. Die Panik hatte mittlerweile dem Adrenalin Platz gemacht, und Adam wurde in diesem Moment bewusst, wie gut sich das anfühlte – endlich spürte er mal wieder etwas anderes als diese beschissene Angst.

»Hey, was soll das denn?« Der Mann war jetzt richtig wütend.

»Kann ich bitte mit Ihrer Frau sprechen?«

»Nein, das können Sie nicht, ich rufe jetzt gleich …«

»Was? Die Polizei an?« Adam machte noch einen Schritt nach vorn, seine Hand ruhte am Türrahmen. »Holen Sie Ihre Frau.«

»Das ist … das ist Hausfriedensbruch, ich bin rechtsschutzversichert! Kann ich mal Ihre Dienstnummer haben?«

»Meine Dienstnummer ist BE 0A157. Kriminalhauptkommissar Adam Schmidt. Rufen Sie gern im Abschnitt 15 an. Aber da hier Gefahr im Verzug ist, werden Sie jetzt Ihre Frau holen. Sonst mache ich das.«

Der Mann schien abzuwägen, seine Brust war in Bewegung, weil er so heftig atmete.

»Lisa«, rief er in die Wohnung hinein, als er sich entschieden hatte, dann wandte er sich um und versuchte erneut, die Tür zu schließen. Doch Adam schüttelte den Kopf.

»Die Tür bleibt auf. Ich will sie sehen. Sie gehen nicht in eines der Zimmer, verstanden?«

»Bin ich verhaftet, oder was? Was sind denn das für Wildwestmethoden?« Wieder zog der muskulöse Mann die Stirn kraus. Er schien zu überlegen, ob er sich gegen den Polizisten wehren könnte, und ein leichtes Lächeln umspielte seine Mundwinkel. Adams verschwitztes T-Shirt und seine Blässe, die er vorhin in dem Spiegel unten im Haus gesehen hatte, verbunden mit den dunklen Augenringen, schienen auf Schirrmacher alles andere als einschüchternd zu wirken.

»Holen Sie Ihre Frau«, wiederholte Adam.

»Lisa, kommst du mal bitte?« Wieder der Ruf, diesmal freundlicher.

Die Tür hinten rechts im Flur öffnete sich nach außen. Adam hielt den Atem an. Eine Frau sah erst vorsichtig um die Ecke, dann kam sie auf sie zu. Sie war schlank und stylish angezogen, sie trug eine dunkelblaue Stoffhose und eine Seidenbluse, als würde sie gleich ins Büro aufbrechen wollen. Doch das Make-up um ihre Augen herum war verschmiert. Adam nickte ihr freundlich zu und lächelte sanft.

»Frau Schirrmacher?« Er versuchte, in einem Bruchteil von Sekunden ihr Gesicht zu scannen, zu schauen, wo es eine mögliche Verletzung gegeben haben könnte.

»Ja?« Sie wischte sich über die Augen.

»Adam Schmidt, Polizei Berlin. Wir haben einen Anruf bekommen, dass es in dieser Wohnung zu häuslicher Gewalt gekommen ist.«

Der Ehemann stand zwischen Adam und der Frau, die ganz blass geworden war, sich dann aber den blonden Pony aus der Stirn strich und den Kommissar ansah.

»Was sagen Sie da?«

»Es gab eine Auseinandersetzung zwischen Ihnen und Ihrem Mann, sagte der Anrufer.« Adams Stimme war prüfend. Er ahnte es schon.

Sie blickte ihren Mann an, der einen Schritt zur Seite machte, wie um sie durchzulassen. »Es gab doch keine Auseinandersetzung, na, aber ich bitte Sie. Wir sind doch hier keine ... Na ja, nicht solche Leute.« Sie zog eine Augenbraue hoch.

»Der Anrufer war sich sehr sicher«, sagte Adam, der seine Tarnung noch immer nicht preisgeben wollte. Es wäre weder gut, wenn diese Leute wüssten, dass er eigentlich nicht im Dienst war, noch, dass er seit Wochen in einem abgedunkelten Schlafzimmer genau nebenan lag.

»Ich sage doch: Ihr Anrufer muss sich geirrt haben. Wir

sind gerade erst nach Hause gekommen. Die Kinder sind nach dem Spielplatz noch mit zu Freunden gegangen, und wir wollten uns einen schönen Abend zu zweit machen.«

»Sie haben geweint, Frau Schirrmacher.«

»Ach das ...« Wieder wischte sie sich über die Augen. »Ich habe mich nicht zu Ende abschminken können.« Sie zeigte den Versuch eines Lächelns. »Weil Sie vor der Tür standen.«

Adam beugte sich vor und musterte die Frau. »Hören Sie, Frau Schirrmacher, wenn es etwas gibt, das ich wissen sollte, dann können wir auch unter vier Augen ...«

»Sie haben meine Frau gehört«, fiel ihm der Mann mit dröhnender Stimme ins Wort. Alle Last schien jetzt von ihm abgefallen zu sein. »Wir sind dann hier fertig. Kommen Sie wieder, wenn Sie einen Ausweis dabeihaben. Ich habe gehört, dass Dienstaufsichtsbeschwerden sehr lästig sein können.«

Adam atmete einmal tief durch. Er nahm den Blick nicht von der Frau.

»Ist wirklich alles in Ordnung?«

Sie antwortete nicht, sondern nickte nur, ohne ihn anzusehen.

»Gut. Dann wünsche ich Ihnen noch einen schönen Abend. Sollten wir noch mal einen Anruf bekommen, dann rücken wir mit ein paar mehr Kollegen an. Haben Sie verstanden, Herr Schirrmacher?«

»Gehen Sie«, zischte der Mann drohend und trat einen Schritt näher an ihn heran. Adam zog seinen Fuß zurück. Bevor der Kommissar noch etwas erwidern konnte, hatte der Ehemann die Tür geschlossen. Adam nahm einen tiefen Atemzug. Er blieb noch einen Moment im Treppenhaus stehen und lauschte, aber von drinnen drangen keine Geräusche heraus.

Widerwillig wandte er sich um und nahm die Treppen ins Erdgeschoss. Die Angst war weg, das spürte er, aber auch die Energie des Adrenalins. Stattdessen war die dumpfe Sorge um die Frau hinter der Tür ihm tief in den Magen gefahren.

4

Thanh saß wieder in seinem Büro und tippte Zahlenkolonnen in seinen Computer. Zwischendurch ließ er seinen Blick durch die Halle und zu den Herden schweifen. Da stand Tuan, sein neuer Koch. Phong hatte ihn durch einen Kontakt zu einem Mittelsmann kennengelernt. Thanh hatte gestern noch mal seine Nachrichten gelesen, weil er immer noch nicht genau wusste, was ihn an diesem jungen Mann störte. Er schien seine Sache gut zu machen, gestern hatte er ordentlich gearbeitet, und sie waren mit der Produktion ein gutes Stück vorangekommen. Kochen konnte er. Jetzt waren er und Phong mit den Vorbereitungen für die nächste Ladung beschäftigt, und Thanh widmete sich wieder seinen Exceltabellen.

Während der Pandemie hatte er damit begonnen, das Geschäftsmodell unter die Lupe zu nehmen. Bevor der ganze Wahnsinn mit den Lockdowns und den Coronamaßnahmen angefangen hatte, als die jungen Leute noch tagtäglich Bar- und Club-Hopping betreiben konnten und an den Unis alle Studenten seinen Stoff wollten, waren die Preise leicht zu vergleichen gewesen. Da hätte es sich ja rumgesprochen, wenn das Zeug im *Berghain* zehn Euro teuer gewesen wäre als im *Weekend*. Aber mit

Beginn von Corona gab es keine Vergleichsmöglichkeit mehr. Alles war zu: die Clubs, die Bars, die Restaurants, sogar die Unis. So gab es keinen Ort mehr, an dem die Kunden sich verabreden und sich darüber austauschen konnten, wo es gute Drogen zu guten Preisen gab.

Man hätte meinen können, mit dem Wegfall jeglicher Partyorte in der Hauptstadt wäre auch die Kundschaft für aufputschenden und Kräfte erhaltenden Stoff weggebrochen. Tatsächlich hatte Thanh zu Beginn des ersten Lockdowns gedacht, er müsse erst mal pausieren. Aber dann explodierte die Nachfrage, und die Dealer in den Wohnvierteln waren auf einmal gefragter als die Hafermilchbaristas im Eckcafé. Es war tatsächlich alles noch verrückter geworden. Weil der Druck daheim, alleine vor dem Bildschirm im Homeoffice oder mit den schreienden Kindern im Hintergrund, so riesig geworden war, dass es viele nur mit dem Zeug aushielten – und sich mithilfe von Thanhs Substanzen irgendwie über den Tag retteten. Um die Marge zusätzlich zu erhöhen, hatte er sich in dieser Zeit darauf verlegt, die Preise dem sozialen Umfeld und der Kundenstruktur in den jeweiligen Vierteln anzupassen. Das war das Gute daran, dass er schon so lange im Geschäft war: Er kannte seine Pappenheimer.

Er wusste, dass er in Zehlendorf für das Gramm in dieser Krise locker hundert Euro nehmen konnte. Die Schwulen in Schöneberg waren geiziger, weil sie immer noch Underground-Clubs hatten, in denen sie vergleichen konnten und an anderen Stoff kamen. Dort ließen sich nur siebzig Euro erzielen. Für Studenten hatte Thanh an einschlägigen Verkaufspunkten einen Festpreis von fünfundsechzig Euro pro Gramm festgelegt, dafür lieferte er dort aber nur das Lithiumzeug. Und im Prenzlauer

Berg ließ sich quasi jeder Preis nehmen. Dort zahlten die Leute mittlerweile so viel für angesagten Wein und halb alten Bergkäse, dass sie auch für ihre Drogen schon mal hundertzwanzig Euro hinblätterten – wenn der Stoff denn eine besonders schöne Farbe hatte.

Dieser Irrsinn war kaum auszuhalten gewesen. Jedenfalls hatte Thanh mit dieser Taktik seinen Gewinn während der Pandemie verdoppelt, bei nur leicht gestiegenen Kosten. Gut, die Dealer mussten besser aufpassen, weil einfach viel weniger Menschen auf der Straße unterwegs waren, dafür doppelt so viele Bullen. Aber auch daran hatte Thanh gedacht: Gleich zu Beginn der Pandemie hatte er für seine Dealer Fahrräder und diese orangenen Lieferando-Jacken angeschafft, weil die Fahrer der mobilen Essensversorgung immer auf der Straße sein durften und so gut wie nie von der Polizei angehalten wurden. Welcher Bulle wollte schon dafür verantwortlich sein, dass die Pizzen der Berliner kalt wurden?

So fütterte er nun also seine Exceltabellen mit Zahlen. Mittlerweile war er zum Profi geworden. Er hatte vom Statistischen Bundesamt die Einkommenstabellen der Bezirke nach Straßen angefordert und machte seine Preispolitik jetzt so kleinteilig, dass es schon einer mikroökonomischen Analyse glich. Die Liste ging dann an seine Händler, die wissen mussten, wo sie wie viel nehmen und verkaufen durften und was er für einen Umsatz von ihnen erwartete.

Das Modell ging auf. Thanh hatte sogar schon gehört, dass sich die Jungs der arabischen Clans nach den Methoden der Vietnamesen erkundigt hatten. Eigentlich war der Berliner Markt sauber aufgeteilt – und es wirkte nicht so, als würden die Araber daran etwas ändern wollen. Aber sie wollten zumindest wissen, wie dieser Thanh und seine Männer den großen wirtschaftlichen Erfolg erzielten. Er konnte durchaus zugeben, dass er stolz darauf war.

»Mann, ist das ein Lärm«, fluchte er auf Vietnamesisch.

Von draußen aus der Halle drangen wummernde Bässe in sein Büro. Der neue Koch hatte definitiv einen schlechten Musikgeschmack. Aber sonst? Durch die Scheibe beobachtete er, wie Phong mit einem großen Eimer Chemikalien aus einem der Fässer schöpfte. Er trug den weißen Schutzanzug und eine FFP2-Maske und sah aus wie dieser verrückte Amerikaner damals in der Fernsehserie, die Crystal Meth zu einem globalen Mythos gemacht hatte. Die Erfinder der Serie hatten den Kochprozess romantisiert und die Zuschauer glauben gemacht, dass der Stoff besonders rein war, wenn er ganz stylish in blauer Farbe daherkam. Natürlich war das Quatsch. Crystal war immer farblos und jede Färbung der Steine nur durch Farbstoff hinzubekommen – insofern war das Blau ein reiner Showeffekt. Aber auch Thanh hatte überlegt, ob er sein Crystal irgendwie einfärben sollte – vielleicht in purem Rot als Verweis auf die vietnamesische Flagge? Er war davon aber schnell wieder abgekommen. Gutes Personal fürs Kochen zu finden, war ohnehin schwierig genug – und er wollte die Mitarbeiter nicht noch durch zusätzliche Aufgaben verwirren, die keinen weiteren Gewinn erzielten.

Thanh sah, wie Tuan an den drei riesigen Töpfen gleichzeitig den Löffel schwang.

Thanh selbst kannte das Rezept für Crystal in- und auswendig. Deswegen stutzte er jetzt, denn Tuan hatte eine kleine Menge Ephedrin hineingegeben, nun aber schüttete er in alle drei Töpfe eine sehr große Menge Lithium. Und dann ... Panik durchfuhr ihn. Thanh wollte aufstehen, aber er spürte, dass seine Beine ihn nicht tragen würden. Er begann zu zittern, als er sah, dass Tuan eine kleine Flasche aufgeschraubt hatte und den Inhalt erst in den linken Topf, dann in den mittleren goss. Thanh konnte die Schrift auf dem Etikett von hier aus nicht richtig sehen, aber er erkannte das kleine orangene Dreieck und das Symbol, das eine stilisierte Flamme zeigte.

Verdammt!

Er riss sich zusammen und schaffte es nun doch aufzustehen, seine Beine waren so weich, als wären sie aus Pudding.

Tuan schien die Bewegung hinter der Scheibe gesehen zu haben, jedenfalls wandte er sich zu ihm um und blickte ihn durch die Schutzbrille hindurch an. Er nahm die FFP2-Maske ab, und Thanh konnte sehen, wie sich sein Mund zu einem kalten Lächeln verzog.

Mit einem Satz war Thanh an der Tür und rief: »Scheiße, was soll das?«

Doch Tuan war schneller. Als Thanh auf ihn zukam, rannte er los. In Richtung Tür, so schnell, so zielgerichtet, dass der ältere Vietnamese überhaupt nicht reagieren konnte. Er hörte das Rauschen des Gases unter dem Herd, er hörte das Blubbern des kochenden Inhalts in den Töpfen, er hörte, wie die Tür aufflog, und dann ...

Dann fiel ihm plötzlich siedend heiß auf, was ihn die ganze Zeit gestört hatte.

Die Hände. Tuans Hände. Sie waren sauber und ohne Wunden oder Blasen und ohne diese weißen Flecken, die alle Crystal-Köche stets und immer auf ihrer Haut hatten. Wegen der ganzen Chemikalien, die die Finger verätzten.

Tuans Hände waren dunkel und schön gewesen, die Nägel sauber geschnitten. Makellos. Nun war Thanh sich ganz sicher: Dieser Mann war alles, nur kein Drogenkoch. Er hatte sich noch nie zuvor die Hände mit Crystal schmutzig gemacht.

Er hätte sich jetzt gerne geärgert, geärgert ausschließlich über sich selbst. Dass er nicht früher darauf gekommen war und diesen kleinen Bastard in eines der Fässer gesteckt hatte. Doch es ging nicht, er konnte sich nicht mehr ärgern. Weil es in diesem Moment einen gewaltigen Knall gab, ein Krachen, das die Luft in der Halle zerriss und ihm die Luft aus den Lungen drückte. Thanh wurde zu Boden geschleudert. Er sah noch den Flammenball – und er hätte schwören können, dass dieser Flammenball aus dem linken Topf kam –, das aber war das Letzte, was er in seinem Leben sehen sollte.

5

Sie sah das Reh erst, als es aus dem Straßengraben sprang und vor ihr mitten auf der Straße wie erstarrt stehen blieb, dennoch schaffte sie es, den Streifenwagen rechtzeitig abzubremsen und nach links auf die Gegenfahrbahn zu ziehen. Zum Glück kam auf der kleinen Landstraße von Rheinsberg nach Priepert so gut wie nie Gegenverkehr. Und zum Glück war es nicht glatt. Linh beobachtete, wie das scheue Tier sie ansah, die kleinen braunen Augen blitzten, und der Atem des Tiers bildete in der kalten Winterluft kleine Wölkchen. Dann schlug es einen Haken und verschwand wieder im Kiefernwald. Linh lenkte den Wagen langsam auf ihre Spur zurück.

Es war so still im Polizeirevier von Rheinsberg gewesen, dass sie sich für eine kurze Ausfahrt entschieden hatte, wobei *kurz* in ihrem Einsatzgebiet durchaus drei Stunden heißen konnte. Die Fläche des Ruppiner Landes war so groß und menschenleer, dass man hier auch mal zwanzig Minuten durch den Wald fahren konnte, ohne einer Menschenseele zu begegnen – dafür gab es aber viele Rehseelen. Als Leiterin des Reviers musste sie zwar zur Stelle sein, wenn etwas passierte, aber seit dem Banküberfall mit Geiselnahme im letzten Sommer war hier nichts Großes mehr vorgefallen. Die Menschen, die hier lebten, vor allem die auf den Dörfern, blieben unter sich und wollten ihre Ruhe. Der strenge Winter tat ein Übriges: Die Menschen blieben zu Hause, und es schien, als hätte die Kälte die Welt um sie herum eingefroren.

Linh hörte leise Klassik. Sie spürte, wie gut ihr das tat, diese Zeit für sich. Zu Hause war sie gerade auch viel für sich. Aber es war ein anderes Alleinsein, ein schweres, drückendes. Eine Last. Auch wenn sie das niemals zugeben würde. Sie wollte stark sein. Nein. Sie musste stark sein.

Für Carolin. Für Adam. *Für die Familie.* Die Familie war das Wichtigste, so hatte sie es von ihren vietnamesischen Eltern schon als kleines Kind gelernt, damals, als sie gerade angekommen waren in Berlin-Marzahn. Gestrandet in der Fremde, in der sie sich alles neu hatten aufbauen müssen. Ihre Eltern hatten damals geschuftet, um ihren Kindern ein gutes Leben in Deutschland zu ermöglichen, und Linh hatte mit angepackt.

Jetzt saß sie manchmal völlig gegen ihre Natur einfach auf der Couch und starrte an die Wand, tief in Gedanken versunken, und dann spürte sie, wie sie die Kiefer aufeinanderpresste, so sehr, dass es wehtat. Die Anspannung musste raus – und diese Waldfahrten halfen ihr dabei.

Sie sah noch einmal zum Dickicht am Waldrand, in dem das Reh verschwunden war, dann legte sie den Gang ein und fuhr wieder an, in Richtung des nächsten Weilers, in dem drei oder vier Häuser und alte Höfe standen, auf denen nur noch alte Leute wohnten, wenn überhaupt.

Linh beschleunigte den VW Touran auf der geraden Landstraße, die Kiefern flogen links und rechts vorbei. Jetzt wäre es gut, dachte sie unwillkürlich, wenn dem einen Reh nicht noch weitere folgen würden. Sie drehte die Musik lauter, Beethoven beruhigte sie. Doch gerade als die *Ode an die Freude* begann, vibrierte ihr Telefon in der Mittelkonsole. Brombowski? Ihr Kollege hielt die Stellung im Revier, wenn sie unterwegs war, und gab ihr Bescheid, falls wider Erwarten doch etwas passierte.

Aber auf dem Display stand ein anderer Name. Duc. Sie sah in den Rückspiegel und drückte dann, als sie sah, dass die Straße leer war, die grüne Taste, um den Anruf anzunehmen.

»Hey, Bruderherz …«

»Linh.« Seine Stimme, nicht rau und tief und selbstsicher wie sonst, sondern atemlos und schrill. Ihr Herz machte einen Satz zu Boden, so schien es ihr, und sie trat abrupt auf die Bremse. »Linh, die kommen!«

»Duc, was ist los?« Sie spürte Panik in sich aufsteigen, aber sie besann sich, zwang sich zur Ruhe, öffnete das Fenster, weil ihr auf einmal zu heiß war. Eisige Luft strömte in den Wagen.

»Die brechen gerade die Tür auf … Ich hab keine Ahnung, was hier los ist.«

»Wer bricht deine Tür auf?«

»Hast du es noch nicht gehört?«

»Nein, was? Was ist los, Duc?« Sie versuchte, auf die Geräusche im Hintergrund zu achten, doch da war nichts. Sie fuhr den Wagen auf den Seitenstreifen. Kurz kam ihr der unsinnige Gedanke, dass sie das Reh mit ihrem Bruder am Ohr sicher nicht hätte retten können, weil sie spürte, wie ihre Hände zitterten. Sie hatte so gut wie nie Angst in ihrem Leben gehabt. Außer um ihn, ihren dummen großen Bruder. Wie sehr hatte sie gehofft, dass diese Angst überwunden war.

»Die Explosion. Es gab im Center eine riesige Explosion, alles steht in Flammen.«

»Aber was ist denn explodiert?«

»Das weiß ich doch nicht!«

»Duc, was ist da explodiert?« Der Zweifel pochte hinter ihrer Stirn.

»Linh, ich sage dir doch ...«

Jetzt hörte sie ein lautes Krachen, das Geräusch splitternden Holzes, dann eine dröhnende Stimme, ein Brüllen, das ihr entfernt bekannt vorkam. »Polizei!« Es folgten Schritte, die näher kamen, es mussten viele Einsatzkräfte sein, und wieder die Rufe: »Polizei, SEK!«

»Linh ...« Ducs verängstigtes Flüstern, nun flehend. »Du musst mir helfen. Die wollen ... die wollen mir was ...«

»Telefon weg und auf den Boden!«, rief die Stimme, und sie erkannte jetzt sofort, wer das war, der da schrie. Dann gab es ein anderes Krachen und einen Schmerzensschrei. Sie erkannte allein am Geräusch, dass der massige Duc, ihr geliebter Bruder, zu Boden gebracht worden war, und sie konnte ihn förmlich vor sich sehen, wie er da lag, das Gesicht schmerzverzerrt, über sich einen schweren MEK-Beamten in Kampfmontur.

»Duc Nguyen, Sie sind vorläufig festgenommen wegen des Verdachts der bandenmäßigen Herstellung von Betäubungsmitteln, wegen des Herbeiführens einer Sprengstoffexplosion und wegen zweifachen Mordes. Sie haben das Recht zu schweigen. Alles, was Sie sagen, kann und wird vor Gericht gegen Sie verwendet werden. Sie haben das Recht, zu jeder Vernehmung einen Verteidiger hinzuzuziehen. Los, auf die Beine!«

»Hochkommen!« Die Stimme eines anderen Polizisten. »Dort an die Wand.«

Sie hörte, wie ihr Bruder durchsucht wurde, das laute Abtasten, sein Stöhnen vor Schmerz.

»Keine Waffe.«

»Mitkommen.«

»Duc!«, rief Linh ins Telefon. Sie hörte es selbst so laut, wie es wohl tatsächlich war. Ein Echo in ihrem Kopf. Dann ein Rascheln, ein schweres Atmen.

»Wer ist da?«

»Hier ist POK Linh Schmidt. Polizeirevier Rheinsberg. Wer ist da?«

»Rabenstein, meine liebe Linh. Leiter des SEK. Wir kennen uns.«

Rabenstein. Sie hatte es gewusst. Das verhieß nichts Gutes. Überhaupt nichts Gutes.

»Was wollen Sie von Duc, Rabenstein? Warum nehmen Sie ihn fest?«

»Weil Ihr verdammter Bruder gerade halb Lichtenberg in die Luft gejagt hat und weil er Berlin mit beschissenem Crystal fluten wollte – reicht Ihnen das als Haftgrund? Der Untersuchungsrichter reibt sich schon die Hände. Schönen Tag noch, POK Schmidt. Und Grüße an Ihren Gatten, hab ihn schon lange nicht mehr auf Arbeit gesehen. Geht's ihm nicht gut?«

Linh ballte ihre Fäuste, dann beendete sie den Anruf ohne ein weiteres Wort, stieß die Tür auf und ging in den Wald. Ihr Schrei ließ die Krähen aus den Kiefern auffliegen. Gleich darauf war es wieder totenstill.

6

Polizeiobermeister Thilo Kupferschmidt konnte es nicht fassen. Kopfschüttelnd starrte er auf das Inferno vor seinen Augen. Er bemerkte seine Kollegin erst, als sie direkt neben ihm stand.

»Verdammte Scheiße«, murmelte Sandra Pitoli leise und ließ ihren Blick über das schweifen, was einmal das Dong Xuan Center gewesen war. Die Explosion hatte die Markthallen zerfetzt, als wären sie nur aus Papier gewesen. Die Fensterscheiben waren in Tausende kleine Splitter zerbrochen. Mobiliar und Steine waren teilweise meterweit durch die Luft geflogen. Jetzt waren nur noch qualmende Baracken übrig, hier und da loderte noch ein kleineres Feuer. »Was ist denn hier verdammt noch mal in die Luft geflogen? Ein Atomkraftwerk, oder was?«

»Ich hoffe doch nicht«, erwiderte Kupferschmidt. »Ich würde meine Eier gern noch 'ne Weile behalten.«

»Willst du dich in dieser Welt etwa vermehren?« Sie lachte ihr raues Lachen, das Thilo gerne hörte, schließlich lachte sie selten, sehr selten sogar. »Wie viele Tote?«

»Die Flammen waren so stark, dass das schwer auszumachen ist. Im Inneren muss es fast 600 Grad heiß gewesen sein. Eine solche Hitze lässt sogar Knochen schmelzen. Die Kollegen gehen mittlerweile von vier Toten aus, es könnten aber auch noch mehr werden. Zwei Besucher wurden von umherfliegenden Balken getroffen, die hatten keine Chance, ein Ehepaar aus Kaulsdorf.«

»O Mann, wie schrecklich«, erwiderte die Pitoli, ihre Stimme war nur ein Flüstern.

»Da werden wir alle eine Weile dran zu arbeiten haben. Einen neuen Bandenkrieg, bei dem auch noch die Vietnamesen mitmischen, hatte nun wirklich keiner auf dem Schirm. Ich dachte, wir hätten mit den Kanaken im Wedding genug zu tun.«

»Aber warum wurden wir denn überhaupt nach Lichtenberg beordert? Das ist doch klares Territorium der Ostkollegen.«

»Na, sieh dich doch mal um. So ein Chaos! So was hatten wir hier ewig nicht mehr. Das schaffen die nicht allein. Wäre halt schön, wenn wir nicht führungslos unterwegs wären.«

Thilo Kupferschmidt wusste, dass Sandra auf seine kleine Provokation nicht eingehen würde, aber er spürte, wie sie schluckte. Also machte er den nächsten Schritt.

»Hast du was von Adam gehört?«

Wieder ein Schlucken, dann sagte sie: »Wir haben vorgestern geschrieben, ganz kurz nur, wie es im Büro läuft. Aber als ich ihn fragte, wie es ihm geht, hat er nicht mehr geantwortet.«

»Scheint ihm wirklich nicht gut zu gehen.«

»Du bist ein echter Schlaumeier, Thilo, weißt du das?«

»Und du bist verknallt in den Chef, so sieht's aus.«

»Halt die Schnauze!«

Eine Weile sagte niemand mehr etwas, während sie beobachteten, wie die Jungs von der Feuerwehr Wasserfontänen auf die Hallen regnen ließen, um die Gebäudetrümmer abzukühlen. Über der rechten Halle gab es einen Regenbogen, der wie ein Stück Glück in einer riesigen Katastrophe aussah.

Zuerst waren da nur Sirenen, es mussten mehrere Wagen sein, das Stakkato auf der Siegfriedstraße war unüberhörbar. Dann quietschten Reifen, und schließlich bogen mehrere schwarze VW-Busse auf den Hof, Blaulichter auf den Dächern, maskierte Männer hinter den Lenkrädern.

»Die Kavallerie«, murmelte Thilo.

»Keine Ahnung, warum die sich noch vermummen, während wir hier in Zivil rumstehen. Die großen Kinder lieben es echt, Krieg zu spielen.« Sandra mochte das Sondereinsatzkommando einfach nicht – mehr noch, sie fand diese Machos unerträglich.

Die Busse bremsten, dann öffneten sich gleichzeitig alle Türen. Es sah aus wie eine einstudierte Choreografie. Doch es wirkte: Selbst die uniformierten Beamten, die den Tatort sicherten, sahen von ihrer Arbeit auf, weil das martialische Gehabe einfach ein Hingucker war.

Einer der Männer nahm seine Maske vom Kopf, doch Thilo hatte Einsatzleiter Rabenstein bereits an seiner muskulösen Gestalt erkannt. Der SEK-Mann nickte ihm verbindlich zu, Sandra Pitoli sah er nicht einmal an.

»Gut, Sie sind auch schon da. Dann gehen wir jetzt mal rein in die Höhle des Löwen und besprechen uns, wenn wir alles in Augenschein genommen haben. Obwohl … Viel wird nicht mehr zu tun sein.«

»Was meinen Sie?«, entfuhr es Sandra. Immer noch ignorierte Rabenstein sie. Stattdessen sagte er zu Thilo: »Wir haben eben eine Verhaftung durchgeführt. Ein ganz dicker Fisch in diesen Gewässern. Quasi der Weiße Hai. Mit Schlitzaugen.«

Die umstehenden Männer lachten unter ihren Masken, als wäre der Witz ein besonders guter gewesen. Sandra Pitoli wandte sich kurz ab, damit Rabenstein nicht merkte, wie sie die Augen rollte. Sie wünschte sich wirklich, dass Adam jetzt hier wäre.

»Auf geht's. Wenn die Dame 'ne Atemmaske will: Es liegen welche im Auto.«

»Die Dame schafft das auch so«, erwiderte Sandra kühl.

»Nicht dass Sie husten müssen.« Rabenstein konnte einfach nicht aufhören. Oder er wollte nicht.

Sie hatte ihn mal abblitzen lassen, beim Sommerfest des SEK. Männer wie er konnten es nicht gut aushalten, wenn man ihnen einen Korb gab. Ihr Ego hatte abgespeichert, dass alle Frauen nur auf kräftige Typen in Kampfmontur standen. Aber selbst wenn man ihr Rabenstein auf den Bauch gebunden hätte, sie hätte nur Gänsehaut bekommen – vor Ekel, nicht vor Erregung.

Sie stiegen über Trümmer und verkohlte Plastikteile, die einen üblen Geruch verbreiteten. Der ganze Boden war schwarz und übersät mit Glassplittern, Mauerwerk und Asche.

»Gab es schon Messungen, ob die Luft in den Hallen verseucht ist?«, fragte Sandra. Rabenstein zog eine Augenbraue hoch. »Keine Angst, Madame. Ist alles gut da drinnen. Wir wissen ja, was da in die Luft geflogen ist.« Er wies auf die Halle, deren Wände – oder das, was davon noch übrig war – am schwärzesten waren.

»Die Explosion ereignete sich in Halle 15«, erklärte Rabenstein. »Eigentlich kennen die Kunden nur die Hallen 1 bis 5. Dort sind die Verkaufsstände, die asiatischen Supermärkte, die Nagelstudios und die Restaurants. Und auch nur dort ist die Anlage öffentlich, dort ist der Publikumsverkehr. In den Hallen dahinter sind die Lager – eigentlich.«

»Denn hier war nicht nur ein Lager?«, fragte Thilo, und Sandra runzelte die Stirn. Ihr Kollege klang wie ein verdammter Streber. Sie konnte ihn nicht leiden, aber was noch schlimmer war: Sie traute ihm nicht über den Weg.

»Das hier war alles andere als ein Lager«, erwiderte Rabenstein und freute sich sichtlich über seinen großen Coup. »Aber seht selbst.«

Die Gruppe blieb in der Wandöffnung stehen, die früher einmal das riesige Hallentor gewesen sein musste. Durch den Druck der Explosion war die Metalltür herausgedrückt und in Stücke gerissen worden. Auch Teile des Mauerwerks waren aus der Wand geflogen und mussten als Trümmer in der Umgebung niedergegangen sein. Im Inneren war es schummrig. Asche wirbelte durch die Luft. Sandra und Thilo standen für eine Weile dort und sahen sich um, sprachlos angesichts der Kraft der Verwüstung: Von den Trennwänden und der Einrichtung standen nur noch Gerippe, an einer Seite befanden sich metallene Behälter, die allesamt merkwürdig verformt waren. Die enorme Hitze musste sie geschmolzen haben. Die Wände waren schwarz vor Ruß, die kleinen Fenster oberhalb der Wand geborsten, Scherben lagen überall. Sandra wandte schnell ihren Blick ab, als sie die weiß gekleideten Kollegen der Spurensicherung erblickte, die gerade dabei waren, an zwei Stellen in der Halle große Plastikplanen auszubreiten. Hier waren Menschen gestorben, in dieser Hölle, dachte sie.

Schnell sah sie sich weiter um. Da waren auch Fässer, Kunststofffässer – oder jedenfalls das wenige, was von ihnen übrig geblieben war. Dennoch konnten sich Sandra und Thilo einen Reim darauf machen.

»Eine Drogenküche?«

»So sieht es jedenfalls aus«, erwiderte Rabenstein und fügte triumphierend hinzu: »Ich war nach der Explosion einer der Ersten hier am Tatort. Aber ich wusste gleich, was es war. Der Geruch war eindeutig. Und die Experten der Feuerwehr hatten auch den gleichen Verdacht: Die Flammen loderten nämlich dermaßen bunt – das hier konnte also nur ein Chemielabor allererster Klasse sein.«

»Aber was haben die hier gekocht?«, fragte Thilo mit großen Augen.

»Sieht so aus, als wären wir über *Breaking Bad* immer noch nicht hinaus. Wir denken, es war Crystal, aber das Labor versucht noch, die Überreste zu isolieren und zu schauen, ob sie Genaueres herausfinden. Wird aber schwierig, da alles dermaßen verbrannt ist. Hier drinnen muss eine enorme Hitze geherrscht haben. Andererseits wird die aufwendige Analyse gar nicht mehr nötig sein, wenn wir mit der Vernehmung unseres Verdächtigen fertig sind. Dann wissen wir eh alles, was wir brauchen, und haben ein Geständnis – und das hier ist nur noch ein lausiger Tatort, den wir gar nicht mehr brauchen.«

Sandra bekam schwer Luft, weil es hier drinnen stickig war und immer noch nach Chemikalien stank. Sie wäre am liebsten nach draußen geflohen, aber sie wollte sich nicht die Blöße geben, nicht vor diesem Ekelpaket. »Und wer ist denn nun der Verdächtige? Welcher Clan hat denn hier Crystal gekocht?«

Rabenstein stemmte die Hände in die Hüften und

drückte den Rücken durch. Dann räusperte er sich, so, als käme nun das eigentliche Highlight.

»Wir dachten ja, es wäre ruhig geworden um die vietnamesische Mafia – und dass sich die Gruppe seit den Neunzigern einträglicheren und ungefährlicheren Dingen zugewandt hätte. Aber die Halle ist ganz klar eigentumsmäßig zugeordnet, und deshalb wird es ein Leichtes sein, unserem Mann die Drogenherstellung und den Handel mit den verbotenen Substanzen nachzuweisen. Es sind auch seine Leute gewesen, die hier umgekommen sind. Allesamt Vietnamesen. Der Staatsanwalt ist schon richtig happy über unseren großen Fang. Und ich werde nachher persönlich die Vernehmung leiten. Das wird ein Fest.« Rabenstein grinste.

»Okay, wollen wir noch ein wenig über Sie reden – oder möchten Sie uns endlich sagen, wen Sie haben?« Wenn diese Egoshow von Rabenstein noch länger ging, würde Sandra an die Decke gehen. Sie hasste ihn so sehr.

Rabenstein bedachte sie mit einem süffisanten Lächeln, ehe er wieder sprach. »Duc Nguyen.« Er ließ den Namen im Raum schweben, und tatsächlich weiteten sich erst Thilos und dann auch Sandras Augen, als sie das Undenkbare weiterdachten: den Namen und seine Bedeutung – und die Frage, ob das wirklich wahr sein konnte.

»Nguyen? So heißt doch …«, murmelte Thilo.

»Sie haben den Bruder von Linh, von Adams Frau festgenommen?«

»Duc Nguyen ist der Pate des Dong Xuan Centers, er hat die runtergekommene Kaufhalle vor zehn Jahren übernommen und sie seitdem zum größten Kaufhaus für asiatische und indische Lebens- und Konsumartikel in ganz Deutschland ausgebaut. Und bei der Kohle, die hier drinsteckt, kann das alles nicht mit rechten Dingen zugegangen sein. Das war mir schon lange klar. Aber trotzdem konnte ihm nie jemand etwas nachweisen. Weder die vom Drogendezernat noch die Abteilung für Organisierte Kriminalität. Er schien stets eine weiße Weste zu haben – und Sie kennen ja die Vietnamesen, die schweigen bis in den Tod. Das sind nicht nur Krähen, die den anderen kein Auge aushacken, das sind Schweigekrähen. Aber durch die Explosion … Na, ich würde sagen, da wurden die Karten neu gemischt.«

»Aber das kann doch nicht sein!«, entfuhr es Sandra. »Der würde doch so was nie tun – nicht bei der Schwester.«

»Es ist seine Halle, Frau Pitoli. Nein, ich sage es genauer, es sind *seine Hallen*. Und es sind auch seine Angestellten, die hier tot unter den Trümmern liegen. Von daher gehe ich mal ganz stark davon aus, dass dieser Scheißkerl sehr genau wusste, was hier gekocht wird. Es müsste ja mit dem Teufel zugehen, wenn es anders wäre.«

»Wo ist der Verdächtige jetzt?«

»Beim LKA in Tempelhof.«

»Weiß Adam, wo sein Schwager ist?«

»Ähm«, Rabensteins Stimme wurde scharf, »Sie sehen ja, was hier los ist, Frau Pitoli. Das ist kein simpler Autodiebstahl. Duc Nguyen ist unser Hauptverdächtiger bei einem großen Drogendelikt. Da werde ich sicher nicht ein Familienmitglied darüber informieren, wen ich verhaftet habe. Insbesondere nicht, wenn dieser Mann ein Kollege und seit mehreren Wochen krankgeschrieben ist.« Er beugte sich zu ihr vor, sodass sie seinen sauren Atem riechen konnte. »Und von Ihnen erwarte ich, dass sie ihn ebenfalls nicht informieren. Sonst kriegen wir beide nämlich ein richtig großes Problem. Verstanden?«

Sandra trat keinen Schritt zurück, sondern blickte ihm direkt in die Augen, bis diese zu flackern begannen. »Hab ich verstanden, Herr Rabenstein.« Sie verzichtete darauf, ihn bei seinem Rang zu nennen, sondern spiegelte, wie er sie vorhin angesprochen hatte. »Aber wofür brauchen Sie uns dann?«

Der SEK-Einsatzleiter trat einen Schritt zurück, es schien, als würde er sich ein wenig entspannen.

»Wir brauchen mehr Beweise. Wir müssen wissen, was genau vorgefallen ist. Sprechen Sie mit den Leuten hier. Wer hat was gesehen, wer hat was gerochen? Was wurde hier rausgeschafft, bevor alles in die Luft flog? Wer vertickt den Quatsch, und wer sind die Kunden? Die sollen reden, Herrgott noch mal!«

»Na, wenn Sie Duc haben, dann wird der ja reden«, sagte Thilo, und Sandra fragte sich, ob ihr Kollege wirklich so naiv war, wie er klang.

»Ich werd ihm jedenfalls ordentlich zusetzen …«, erwiderte Rabenstein. »Und der Leiter der Drogenabteilung ist auch dabei. Der kennt solche feinen Herren.«

Thilo überlegte kurz, bevor er sich wieder dem SEK-Mann zuwandte. »Und meinen Sie nicht, dass …« Er ließ seine Worte für einen Moment in der rußigen Luft hängen. »… dass es, falls er den Mund hält, vielleicht gut wäre, seine Schwester auf ihn loszulassen?«

»Was? Auf keinen Fall!«, entgegnete Rabenstein. »Die sollen sich doch nicht absprechen oder 'ne Verteidigungsstrategie ausdenken oder so …«

»Aber …« Thilo ließ nicht locker, und Sandra dachte für den Bruchteil einer Sekunde, dass er vielleicht doch nur so tat, als wäre er dumm, in Wirklichkeit aber richtig durchtrieben war. »Überlegen Sie doch mal. So wie ich Linh und Adam Schmidt kenne, werden die beiden nicht gutheißen, was Duc getan hat. Und es könnte doch sein, dass er seiner Schwester gegenüber nicht so cool bleiben kann. Emotionen und familiäre Verstrickungen – das kann in einer Vernehmung Wunder wirken.«

Rabenstein zog die Stirn kraus. »Hm«, murmelte er, »vielleicht haben Sie recht, Kupferschmidt. Ich überlege mir das. Und wenn ich Linh antanzen lasse und Duc plaudert – dann denke ich daran, dass Sie die Lorbeeren ernten.«

Sandra hätte gerne beiden eine reingehauen. Aber sie musste zugeben: Dieser Punkt ging an Thilo. Und sie würde Adam irgendwie warnen müssen, ohne dass es jemand mitbekam. Koste es, was es wolle.

7

Sie war so schnell wie möglich nach Lichtenberg gefahren. Im Auto hatte sie ein paar Sportklamotten, die sie manchmal trug, wenn sie in Rheinsberg in der Mittagspause laufen ging. Sie hatte sich eine Jogginghose und ein T-Shirt mit gefälschtem Adidas-Logo angezogen, darüber trug sie eine Winterjacke mit Kunstfell an der Kapuze. Jetzt sah sie aus wie alle, die hier arbeiteten. Es war ein Wunder, dass sie die vorderen Hallen nach der Explosion nicht geschlossen hatten. Dennoch war hier fast nichts los, keine Kunden, die Verkäufer wuselten unruhig umher. Das Basecap hatte Linh tief ins Gesicht gezogen. Erst lief sie durch Halle 3, damit sie nicht auffiel, betrachtete die Auslagen mit den Polyesterpullovern und den nachgemachten Markenturnschuhen. Dann schlüpfte sie am Ende der Halle, wo die Polizei nicht an eine Absperrung gedacht hatte, wieder hinaus. Schon stand sie am Hintereingang zu Halle 15. Hier war die Explosion nicht so stark gewesen, dennoch war ein Teil der Mauer eingebrochen. Sie prüfte mit einem schnellen Blick die Umgebung, weil vorne in der Halle noch immer Polizisten in Schutzanzügen herumwuselten und Spuren sicherten.

Gerade pinselten sie an einem verkohlten Fass herum. Ein Fass. Chemikalien. Linh lief es eiskalt den Rücken herunter, und die Gedanken tobten in ihrem Kopf. Chemikalien. Eine gewaltige Explosion. Und ihr Bruder. Der nie wieder etwas mit Drogen zu tun haben wollte. Die Schüsse damals in dem Hochhaus. Ihr Bruder, der in ihren Armen lag und bitterlich weinte. Es konnte nicht sein. Es durfte nicht sein.

Sie nahm ihr Handy aus der Tasche und wählte die Nummer, die sie immer wählte, wenn sie nicht mehr weiterwusste.

Es klingelte. Einmal, zweimal, dreimal, viermal, dann ging die Mailbox dran.

Er würde nicht zurückrufen. Nicht in dem Loch, in dem er gerade wieder war. Er konnte sie nicht retten, nicht wenn er selbst am Ertrinken war.

Sie kniff die Augen zusammen und versuchte, ihre Tränen zurückzudrängen.

Verdammt, Adam. Verdammt noch mal.

8

»Ich rufe ihn jetzt an«, sagte Sandra Pitoli und sah über den Schreibtisch hinweg zu ihrem Kollegen, der auf seinen Bildschirm starrte und manisch mit der Maus klickte.

»Wen?«

»Na, Adam.«

»Hä? Wieso das denn?«

»Na, weil ich wissen will, was da los ist. Was er hat. Wann er zurückkommt. Niemand sagt uns etwas. Und wir haben jetzt diesen großen Fall. Wir brauchen ihn hier. Er kennt Duc, er ist sogar sein Schwager. Er muss jetzt wieder ins Büro kommen.«

Thilo rollte mit den Augen. »Aber wir brauchen hier auch keinen Invaliden, der uns nur im Weg steht. Meinst du nicht, wir kriegen das auch sehr gut allein hin?«

»Ey, Adam ist doch nicht behindert. Er hatte nur vor einigen Wochen eine schwere Grippe.«

»Eine Grippe. Glaubst du das echt, Sandra? Das Problem liegt bei Adam doch ganz woanders.«

»Adam hat seine Eigenheiten, da hast du recht. Aber ...« Sie verstummte.

Thilo erinnerte sich sehr gut an den Moment, in dem ihn Adams Eigenheiten fast das Leben gekostet hätten.

»Na dann ruf ihn doch an, wenn du so große Sehnsucht nach ihm hast«, murmelte er und wandte sich wieder seinem Bildschirm zu.

Auch er beschäftigte sich nämlich mit Polizeihauptkommissar Adam Schmidt – aber anders, als es der Pitoli lieb gewesen wäre. Noch immer suchte er in den Akten nach Details zu der Geiselnahme in einer kleinen Sparkasse in Rheinsberg vom letzten Sommer, bei dem sowohl Adams Frau als auch der Kommissar selbst ermittelt hatten. Die Beute hatten die Schmidts beim Täter sicherstellen können, aber angeblich hatte es noch eine zweite Tasche mit Lösegeld gegeben, das hatten zumindest die Mitschuldige und mehrere Zeugen ausgesagt. Von dieser Tasche fehlte allerdings jede Spur. Der Gedanke daran ließ Thilo nicht los. Und überhaupt wusste er, dass sein Chef nicht koscher war – er musste es nur noch irgendwie beweisen.

Er hörte Sandra am Apparat leise sprechen, beinahe vertraut klang es. Er wusste, dass sie eine Schwäche für Adam hatte. Na ja, die hatten ja auch beide einen Knall. Nach einer Weile seufzte sie und legte auf.

»Na? Hat er deinen Ruf erhört?«

Wütend funkelte sie ihn an.

»Ich hab ihm nichts von der Explosion und den Ermittlungen gegen Duc Nguyen erzählt. Es geht ihm zu schlecht«, murmelte sie. »Es wird noch dauern.«

9

Er legte auf und schleuderte das Handy ohne einen weiteren Blick in die Kissen. Selten hatte er sich so nutzlos gefühlt. Doch dann ging er ins Wohnzimmer, und der Anblick war noch schmerzhafter.

Das Stillleben auf dem Tisch war eine nicht zu übersehende Anklage: Da lagen zehn Euro, ein Beutel und ein Zettel, darauf hingeschmiert nur ein paar Worte:

Kannst du bitte Toast, Butter und Nutella kaufen?
Wir haben gar nichts mehr. Danke, L.

Hilf mit, hieß das. Du lässt uns im Stich. Hilf doch wenigstens bei den kleinsten Dingen. Aber Adam wusste, dass das die schwerste Aufgabe war. Er atmete einmal tief durch, dann sah er noch einmal den Beutel an. Der kleine EDEKA war zwei Häuser weiter, kein langer Weg. Aber die Gänge vor den Kassen waren sehr eng. Wenn er dort Panik bekam, konnte er nur ganz schwer entkommen. Bei REWE in der Kulturbrauerei waren die Gänge breiter, aber der Weg war viel zu weit, das würde er niemals schaffen. Also doch EDEKA. Er ging ins Schlafzimmer zurück und zog die Nachttischschublade auf, um zu prüfen, was er schon wusste: Die Tabletten waren alle. Lora, Sertralin, Venlafaxin, alles war alle. Alle Blister waren leer. Da war nur das kleine Fläschchen mit dem weiß-roten Etikett, der Rest Flüssigkeit darin würde kaum für mehr als zwei kleine Schlucke reichen. Adam schraubte es auf, zögerte einen Moment, dann setzte er die Flasche an und trank, achtete aber darauf, dass noch ein winziger Rest darin zurückblieb. Er brauchte jetzt etwas, irgendetwas, das ihm den Mut gab, zu tun, was Linh von ihm verlangte. Aber er brauchte auch noch eine kleine Sicherheit, das Wissen, dass er zur Not noch einen Schluck nehmen konnte, wenn die Situation zu schlimm wurde. Herrgott, er klang so, als müsste er in den Krieg ziehen. Dabei musste er nur zu EDEKA.

Das Tilidin schmeckte bitter, aber gleichzeitig doch so gut, dass er zu lächeln begann.

Eigentlich war es ein Schmerzmittel für Rheumapatienten, aber die Opioide darin hatten auch eine rauschhafte Wirkung. Deshalb waren die Kids aus dem Wedding und aus Neukölln irgendwann auf die Idee gekommen, sich das Zeug reinzuziehen und dann aufeinander loszugehen, im Rausch und ohne die Gefahr, dass es wirklich wehtat, weil das Mittel die Schmerzwirkung ziemlich gut aufhob. Bei Einsätzen hatte Adam oft erlebt, wie die jungen Männer kaum zu bremsen waren, auch wenn sie schon gar nichts mehr sehen konnten, weil ihre Gesichter so zugeschwollen und blutig geschlagen waren. Sie hatten dann so viel von dem Zeug intus, dass sie ihre Körper überhaupt nicht mehr spürten. Kurze Zeit später wurde das Medikament schon auf dem Schwarzmarkt gehandelt, und es gab eine große Nachfrage nach Blankorezeptblöcken, um sich Tilidin aus der Apotheke zu holen.

Adam nahm es nur wegen des leichten Rausches, wenn es nichts anderes gab. Es half ihm für kurze Zeit, die Angst zu vergessen und zu funktionieren.

Er hatte sich aufs Bett gesetzt, aber er konnte nicht mehr still halten, also tigerte er in der Wohnung auf und ab und wartete, bis die Wirkung einsetzte.

Nach fünf Minuten zog er sich Schuhe und Mantel an, griff nach dem Beutel und dem Geld, dann öffnete er die Wohnungstür, nahm die Treppen hinab und trat auf die Kollwitzstraße. Er konnte sich nicht erinnern, dass die Straße so schön war, sogar jetzt, in diesem Wintergrau, und es war ihm, als sähe er sie zum ersten Mal seit sehr langer Zeit.

Vielleicht lichteten sich langsam die Schatten? In ihm keimte Hoffnung auf, aber er wusste, dass es nur die trügerische Wirkung des Medikaments war. Verdammt, er brauchte sehr dringend wieder Tavor, er wollte, dass die Wirkung nie wieder nachließ.

Die Menschen, die ihm entgegenkamen, trugen Mützen und dicke Winterjacken, die Kälte zog durch die Straßen der Stadt. Trotzdem hatten viele Passanten ein Bier oder einen Glühwein in der Hand. Der Alkohol gab diesem Kiez seinen Puls, Adam wusste das. Und es war nicht so, dass er es nicht mochte. Früher, wenn er nicht von seinen Dämonen heimgesucht worden war, hatte er mit Linh ebenfalls viel Zeit in den Bars des Viertels verbracht oder im Sommer mit einem Bier auf dem Helmholtzplatz gesessen. Diese Zeiten schienen ihm nun meilenweit entfernt zu sein, und er wusste nicht, ob es diese Momente des unbeschwerten Glücks zwischen ihnen jemals wieder geben würde.

Er ließ den Beutel in der Hand baumeln und betrat

den kleinen Supermarkt durch die Schiebetür, als wäre es das Normalste auf der Welt. Es war so merkwürdig: Was für andere ein alltäglicher Nervmoment war oder eine schamvolle Aufgabe, weil nicht klar war, ob das Geld reichte, und für ganz wenige ein schöner Moment, weil sie gerne einkaufen gingen, war für ihn ohne die Medikamente eine schier unüberwindbare Herausforderung. Wie konnte das sein? Und wann war er so geworden? Adam ahnte es. Dieser Moment, der sein Leben verändert hatte, damals in der Platte in Marzahn. Er hatte das Schlimmste erlebt – aber der Augenblick hatte auch den Grundstein dafür gelegt, den einzigen Menschen kennenzulernen, der alles über ihn wusste.

Doch jetzt ging es gerade. Er durchstreifte die Gänge, ließ sich sogar Zeit, die Avocados zu testen, doch sie waren so knochenhart wie oft in Berlin. Also kaufte er, was auf dem Zettel stand, und nahm sogar noch eine Flasche Riesling und die Lieblingsschokolade von Linh und Caro mit – als Zeichen, dass er es geschafft hatte. Er pfiff durch die Zähne, dann bog er in den Gang ein, der zur Kasse führte. Die Frau vor ihm trug einen Einkaufskorb, sie ging langsam und schaute nach links und rechts, als wollte sie etwas klauen, aber sie suchte nur etwas. Sie nahm zwei Flaschen vom Bombay-Sapphire-Gin aus dem Regal, und Adam wollte sich an ihr vorbeischieben, doch dann erkannte er sie. Als sie noch eine dritte Flasche in den Korb legte, schaute sie sich verstohlen um und wandte ihr Gesicht in seine Richtung. Sie trug eine große Sonnenbrille mit Dior-Emblem. Doch trotz der überdimensionierten Gläser war nicht zu übersehen, dass sie einen dunklen Fleck über ihrem linken Auge hatte. Es durchzuckte ihn, als ihm klar wurde, dass das keine

Schminke war oder sonst etwas, was nicht natürlichen Ursprungs war. Das Bild hatte sich in einer Millisekunde bei ihm eingebrannt. Sein Gesicht wurde rot, ihm wurde heiß, doch dieses Mal war es keine Angst. Keine Panik. Sondern Wut.

Er betrachtete die Butter in seinem Korb, als könnte sie ihm bei seiner Entscheidung helfen. Dabei hatte er sich längst entschieden. Nun standen sie in der Schlange vor der Kasse. Vor ihnen waren noch sechs Leute, und der junge Kassierer zog die Waren so langsam durch, als würde er immer weniger Gehalt bekommen, je mehr es piepte.

Adam räusperte sich. Die Frau vor ihm rührte sich nicht. Sie stand so nah, dass er ihr Parfüm riechen konnte. Es roch teuer, ihr Haar war frisch gewaschen. Er streckte die Hand aus und wollte sie an der Schulter berühren, aber dann zog er sie wieder zurück. Stattdessen räusperte er sich noch einmal und sagte leise: »Frau Schirrmacher?«

Sie schien zu erstarren, jedenfalls fielen ihre Schultern nach vorne, und ihre Arme spannten sich an. Es ging ganz schnell, aber Adam bemerkte es trotzdem. Eine Schutzhaltung. Während seiner Arbeit als Kommissar, vor allem während seiner berüchtigten Vernehmungen, hatte er gelernt, auf die winzigsten körperlichen Reaktionen zu achten, die die Gedanken und Absichten seines Gegenübers verrieten. Die Frau sah weiter krampfhaft nach vorne, beobachtete, wie eine alte Frau mit Hackenporsche in ihrem Portemonnaie nach Münzen kramte.

Adam wiederholte, diesmal lauter: »Frau Schirrmacher, entschuldigen Sie bitte …«

Sie musste ihn gehört haben, dennoch ließ sie noch

einige Sekunden verstreichen, als müsste sie erst die Kraft aufbringen, um sich umzudrehen, dann aber tat sie es und schob zeitgleich die Sonnenbrille ein Stück weiter auf den Nasenrücken, um ihr Gesicht so gut wie möglich zu verdecken.

»Ja?«, fragte sie, und ihre Stimme klang brüchig, dabei wollte sie wohl genervt klingen über diese Störung am Kassenband.

»Verzeihen Sie, Frau Schirrmacher, ich weiß nicht, ob Sie mich erkennen. Ich bin Kriminalhauptkommissar Schmidt, ich war vorgestern bei Ihnen.«

»Ich ...« Sie zuckte die Achseln. »Ja, ich erinnere mich, na klar ... Sie sehen ... Sie sehen heute ganz gut aus.« Nun war es Adam, der zusammenzuckte. Wenn das das Erste war, was ihr auffiel, dann musste er an der Haustür wirklich ein mieses Bild abgegeben haben.

»Ich möchte Ihnen nicht zu nahe treten, Frau Schirrmacher, aber ich war ja bei Ihnen, weil ich mir Sorgen gemacht habe. Und das dort ...« Er wies auf ihr Gesicht. »... sieht aus, als ob diese Sorgen nicht unberechtigt waren.« Er senkte die Stimme. »War das Ihr Mann?«

Sie zögerte und warf einen schnellen Blick zur Seite, dann sah sie wieder zu ihm. Sie rang mit sich, Adam merkte das. Sie zog die Augenbraue hoch, doch sie zuckte zusammen, wahrscheinlich weil es wehtat. Es war ein Eingeständnis, trotzdem antwortete sie: »Nein, ich bin ... Ach, es war in der Küche, ich bin mit dem Kopf hochgekommen, und da war der Schrank noch offen, das war vielleicht dumm von mir.« Sie lachte einmal kurz auf und machte eine wegwerfende Handbewegung. Sie klang so glaubwürdig wie Adam, wenn er gesagt hätte, es gehe ihm prima.

»Hören Sie, Sie müssen Anzeige erstatten«, flüsterte er. »Das ist schwere Körperverletzung – und ich denke, das war nicht das erste Mal. Es ist … Sie haben doch Kinder.«

Sie wog den Einkaufskorb in ihrer Hand, jetzt erst sah Adam hinein. Da waren ein Brot und Butter und Salami und eine Gurke, der Rest aber waren Flaschen: Weißwein, die drei Flaschen Gin, jede Menge Tonic. In dieser Familie brauchten sie viel, um zu vergessen, wie es schien.

Sie sagte nichts mehr, sondern drehte sich wieder um. Das Gespräch war beendet. Doch Adam ließ nicht locker. Er trat einen Schritt näher und sagte: »Frau Schirr…« In diesem Moment drehte sie ihren Kopf noch einmal zu ihm und sagte leise, aber drängend: »Er lässt die Kinder in Ruhe. Wirklich. Ich würde ihn sofort verlassen, wenn er … Aber ich … ich mache auch Fehler … und es ist auch nur, wenn er … na ja, wenn er zu viel trinkt.«

Adam atmete tief durch. »Weder der Alkohol noch irgendein Fehler rechtfertigt, dass er Sie ins Gesicht schlägt. Sie müssen Anzeige erstatten, sonst muss ich weitere Ermittlungen einleiten. Körperverletzung ist keine Kleinigkeit – und ich kann das selber verfolgen, aber ich möchte nicht, dass Sie …«

Nun drehte sie sich um, wie vom Donner gerührt. »Sie dürfen nichts machen! Bitte. Er … er wird außer sich sein, wenn er …« Sie nahm Ihre Sonnenbrille ab, und er erschrak. Was er vorhin gesehen hatte, war nur die Spitze des Eisbergs gewesen. Das ganze Auge war dick und blau, und die Augenbraue war aufgeplatzt, getrocknetes Blut klebte daran. Adam wusste, was ein Faustschlag anrichtete.

»Er ist so wütend – und er droht mir. Sie dürfen nichts

unternehmen. Ich überlege mir, was ich machen kann. Wirklich, glauben Sie mir. Ich bin keine Frau, der so etwas passiert und die sie sich das gefallen lässt. Ich grüble jede Nacht, was ich tun kann. Ich … ich wünsche mir so sehr, dass er einen Unfall hat.« Ihre Stimme zitterte, als sie die Worte aussprach, ihre Augen wurden feucht, und sie setzte die Brille wieder auf. »Aber ich muss das alleine klären, sonst …«

»Was sonst?«, beharrte Adam. »Sonst tut er den Kindern etwas an?«

»Sonst bringt er mich um. Und ich kann es niemandem sagen, weil … weil so etwas hier in dieser Gegend … Wer würde mir denn glauben? So etwas passiert hier nicht.«

Beim letzten Wort rutschte ihr der Korb aus der Hand, fiel krachend zu Boden und kippte dort um. Die Flasche mit dem Weißwein zerbarst in tausend Scherben, die anderen kullerten geräuschvoll über die Fliesen. Alle Blicke wandten sich ihnen zu, und die Wangen der Frau wurden knallrot. Jetzt war der junge Mann an der Kasse ganz schnell. Adam hörte, wie die Lautsprecheranlage piepte, dann sagte seine blecherne Stimme: »Einen Wischmopp an die Kasse, bitte. Schon wieder …«

Er half ihr, die Flaschen und die anderen Lebensmittel aufzuheben. Die Tränen liefen unterhalb der Brille über ihre Lippe. Sie versuchte, sie mit dem Handrücken wegzuwischen, doch es gelang ihr nicht richtig.

Adam hatte sich entschieden. Er war jetzt ganz klar und ruhig, er wusste, was er zu tun hatte. »Wo sind Ihre Kinder jetzt?«, fragte er, als sie sich ein wenig beruhigt hatte.

»Die sind bei ihren Freunden. Ich hole sie heute Abend ab«, antwortete die Frau leise.

»Und Ihr Mann? Ist der da?«

Ein kaum merkliches Nicken.

»Gut. Dann gehen Sie jetzt noch nicht nach Hause. Bitte, tun Sie mir den Gefallen. Ich verspreche: Ich werde nicht ermitteln, wenn Sie das nicht wollen. Aber ich werde mit Ihrem Mann reden. Jetzt. Ich möchte nicht, dass er Ihnen das noch mal antut – oder Schlimmeres.«

»Nein, bitte«, sagte sie flehend, aber er legte ihr eine Hand auf den Arm. »Glauben Sie mir, er wird von allein nicht aufhören. Und wir haben hier viele solcher Fälle, erst recht seit der Pandemie – auch in diesem Kiez. Sie sind damit nicht allein.«

Sie hörte ihm genau zu, als spürte sie seinen Worten nach, dann, nach einem Moment, nickte sie unmerklich. »Okay, aber …«

Sie vollendete ihren Satz nicht, doch Adam hatte auch so verstanden. »Ich verspreche, es wird nicht schlimmer, als es schon ist. Ich werde alles dafür tun.« Eine kurze Pause, damit sie die Chance hatte, ihn noch zu stoppen. Aber sie tat es nicht. »Wie lange geht das schon so?«

»Seit Corona. Alles war so ungewiss. Und wir haben in der Wohnung aufeinandergehockt, man konnte ja auch nirgendwo hingehen. Erst war es nur ein Schlag, aber dann …« Sie schüttelte den Kopf und begann, wieder zu schluchzen. Adams Faust ballte sich, das Tilidin ließ sein Herz rasen, genau wie die Wut tief in ihm. Er stellte seinen Einkaufskorb an den Rand des Gangs, gerade als ein alter Mitarbeiter kam, den Wischmopp in der Hand, und mit wütendem Schnaufen begann, den Wein und die Scherben wegzuwischen.

»Gehen Sie irgendwo einen Kaffee trinken. Kommen Sie erst später nach Hause. Ich rede mit Ihrem Mann.«

Sie nickte, und Adam bahnte sich zielstrebig seinen Weg an der Kassenschlange vorbei.

10

Er kannte die Statistiken: Während der Pandemie waren die Zahlen häuslicher Gewalt explodiert. Nicht nur in den Vierteln, in denen es schon immer abgegangen war. In Neukölln, im Wedding, in Moabit. Da waren sie sogar stabil geblieben, weil sich ja eigentlich nichts geändert hatte: Sechs Kinder in einer kleinen Dreizimmerwohnung, alles eng, alles furchtbar, aber wenigstens trank Papa nicht, weil er Moslem war. Wenn es gut lief.

Nein, es waren die feinen Kieze, in denen die Lockdowns die Situation in den Familien zum Eskalieren gebracht hatten. In denen Papa sonst morgens aus dem Haus ging, um in irgendeinem Start-up wichtig zu tun, hinterm Laptop zu sitzen und in Meetings große Reden zu schwingen, nach dem Apéro die Praktikantin zu vögeln und dann befriedigt nach Hause zu kommen. Zu stolz oder zu besoffen oder beides, um noch auf dumme Ideen zu kommen. Aber in der Pandemie war das Büro plötzlich nicht mehr verfügbar, und das Homeoffice war die Hölle. Die Kinder daheim, die Frau auch, die Nerven lagen blank und dann … Na ja, dann passierte schon mal was nach ein, zwei Flaschen Grauburgunder. Die Kollegen von der Streife hatten Geschichten erzählt von Schlägen unter hohen Stuckdecken, von zertrümmerten Designermöbeln und Blutspuren auf Marmorfliesen. Da hatte es in ihm zu kochen begonnen: Diese Dummheit, diese Wut, beides machte ihn fassungslos. Er würde niemals die Hand gegen seine Frau erheben, niemals.

Er bekam die Dramen nicht aus dem Kopf. Nein, es waren ja keine Dramen, weil es kein Drama war, wenn ein Mann seine Frau verprügelte. Es war schlicht ein Verbrechen.

Und deshalb nahm er die Treppe hinauf zur Wohnung der Schirrmachers nicht langsam und gemächlich, sondern mit zwei Stufen auf einmal, nicht auf seinen Atem achtend. In seinem Kopf war nur weißer Rausch. Das Tilidin tat seine Wirkung. Oben angekommen wusste er heute, wo er klingeln musste. Aber er tat es nicht. Er hämmerte gegen die Tür.

»Aufmachen, Polizei!«, rief er. Seine Stimme klang so heiser, dass er sie selbst nicht recht wiedererkannte.

Er hörte langsame Schritte hinter der Tür. »Machen Sie auf, Herr Schirrmacher. Oder soll das ganze Haus uns hören?«

Da ging die Tür schneller auf, als er erwartet hatte, doch Adam war bereit. Er stieß den Mann beiseite und trat ein, fand sich im Flur wieder, Auge in Auge mit Manuel Schirrmacher.

Der stand in der Tür und schien nicht so recht zu wissen, wohin er sollte. Doch dann trat ein Ausdruck von Entschlossenheit in seine Augen, und sein Blick wurde hart und kalt. »Sie schon wieder«, sagte er laut. »Raus aus meiner Wohnung! Das ist Hausfriedensbruch, verdammt …«

Adam ignorierte die Aufforderung, er trat einen Schritt

näher an den Mann heran und sagte leise und drohend: »Du verprügelst deine Frau nie wieder, ist das klar? Du rührst sie nie wieder an. Hast du das verstanden?« Manuel Schirrmacher machte einen Schritt zurück, doch gleichzeitig hob er die Hände und ballte sie zur Faust.

»Spinnst du? Du hast ja wohl nicht alle Tassen im Schrank. Du kommst in mein Haus und beschuldigst mich? Ich werde dich wegen Verleumdung anzeigen. Ich verprügle doch nicht …«

Adam machte genau den Schritt auf Manuel Schirrmacher zu, den dieser zurückgegangen war. Der stieß mit dem Rücken an die Türzarge. »Ich habe sie gesehen, eben, sie und ihr blaues Auge. Du lässt sie in …«

»Ach das …« Der Mann lachte ein helles und gleichzeitig bitteres Lachen. »Die ist so ungeschickt, dass sie ständig irgendwo gegenläuft. Was soll ich denn dagegen machen?«

Der Faustschlag kam so unerwartet, dass Manuel Schirrmacher nicht mal mehr einen Schritt zur Seite machen konnte, geschweige denn sich ducken. Er traf ihn mit voller Wucht über dem Auge, und sofort platzte die Augenbraue auf wie ein überreifer Apfel. Der Mann schrie auf und war für einen Moment benommen. Blut tropfte über sein Lid.

»Du fasst sie nie wieder an! Hast du mich verstanden?«

Der Mann hielt sich das Auge und fauchte: »Du spinnst ja völlig, was soll das …?«

Auch der nächste Schlag, diesmal zwischen Nase und Wange platziert, war ein Volltreffer, doch Adam hatte noch nicht genug. Er spürte ein Kribbeln in der Hand. Sein Puls pochte in seinem Hals so laut wie die Wut, weil er diesen Scheißkerl so hasste, dass er ihn am liebsten fertiggemacht hätte. Noch ein Schlag und noch ein Schlag – und als er noch mal das Auge traf, ging Manuel Schirrmacher zu Boden und blieb blutend liegen.

Adam hörte, wie in der Etage unter ihnen eine Tür geöffnet wurde. Gleich darauf war die Stimme einer Frau zu hören: »Ist alles okay da oben?« Ein spanischer Akzent. Adam erinnerte sich an den Namen, den er gestern an der Tür in der vierten Etage gelesen hatte: Gutierrez. Offenbar war die Frau durch den Lärm aufgeschreckt worden. »Ja, alles bestens hier«, rief er zurück ins Treppenhaus. Dann beugte Adam sich zu Manuel Schirrmacher hinab, der sich das Gesicht hielt und sich nicht rührte, aber bei Bewusstsein war.

»Wenn deine Frau nach Hause kommt«, zischte Adam, »wirst du das hier nicht erwähnen. Du wirst ganz nett zu ihr sein. Und wenn du ihr noch einmal was antust, dann komme ich wieder – und dann endet das hier nicht im Treppenhaus, sondern in Haft. Alles klar?«

Erst reagierte er nicht, doch dann nahm Manuel Schirrmacher die Hände vom Gesicht, langsam, als hätte er Angst, erneut einen Schlag abzubekommen. Er nickte.

Auf dem Weg nach unten merkte Adam, dass die Wohnungstür im vierten Stock einen Spaltbreit offen stand. Eine Frau mit dunklen Locken und braunen Augen lugte hindurch. Als Adam sie anblickte, drückte sie schnell die Tür ins Schloss.

11

Als er die Tür öffnete, spürte er immer noch das Tilidin durch seine Adern pumpen. Da war ein Geräusch in seiner Wohnung, so, als wäre jemand da. Jemand Fremdes. Doch dann hörte er es noch einmal deutlicher und erkannte es. Es war nicht fremd, nur ungewohnt. Jemand weinte. Linh.

Er ging durch die Küche ins Wohnzimmer. Da saß sie, vornübergebeugt auf der Couch, und weinte hemmungslos.

❖

Als sie ihn sah, erschrak sie kurz. Er ging auf sie zu, wollte sie in den Arm nehmen, doch da brach es schon aus ihr heraus. »Verdammte Scheiße, Adam! Wo warst du? Warum gehst du nicht an dein Scheißtelefon? Ich brauche dich. Ich brauche dich jetzt!« Sie presste es hervor, und dann spürte sie, wie ihr wieder die Tränen aus den Augen schossen. Sie war so erschrocken darüber, so überrascht, so beschämt, dass es sofort noch mehr Tränen wurden. Sie liefen wie Rinnsale über ihre Wangen, aber es ging nicht anders, da war so viel Wut, so viel Traurigkeit, so viel Verzweiflung. Alles drohte ihr zu entgleiten, und sie fühlte sich so unglaublich hilflos.

Sie atmete einmal tief durch, aber es half nicht, sie musste weiterweinen. Also versuchte sie nicht länger, ihre Stimme wieder unter Kontrolle zu bringen, sondern fuhr schluchzend fort: »Ich hab jetzt tage- und nächtelang für dich gesorgt, seitdem die Scheißangst in dir wieder so groß geworden ist. Und ich habe auch damals schon monatelang auf dich verzichtet, als Caro noch klein war. Ich weiß, wie schlimm das ist. Ich weiß, wie schlecht es dir geht und dass du am liebsten einfach nur im Boden versinken würdest. Du liegst nur noch in diesem verdammten Bett, das ich schon nicht mal mehr angucken kann. Und ich habe nichts gesagt, einfach gar nichts, weil es mir nicht wichtig ist, ob du mir bei der Hausarbeit hilfst oder einkaufen gehst oder sonst was tust. Ich mache das alles allein. Das Schlimme ist nur, dass du uns alle mit runterziehst, Caro und auch mich, weil wir nach dir sehen – und uns Sorgen machen, ob du jemals wieder auf die Beine kommen wirst. Versteh mich nicht falsch: Ich bin mir immer sicher, dass du da wieder rausfindest, du bist stark und klug, und wir werden dich immer unterstützen. Aber irgendwann kommt der Moment, da brauche ich dich wieder – als meinen sicheren Felsen, als meine Stütze im Kampf gegen die Widrigkeiten des Lebens.« Sie wurde noch immer von Schluchzern geschüttelt, aber sie riss sich jetzt mit aller Macht zusammen. Sie wollte, dass er sie verstand, dass er jedes einzelne ihrer Worte verstand, deshalb senkte sie die Stimme.

»Und nun ist es so weit: Ich bin am Ende. Die Explosion … Duc ist in Haft. Ich weiß nicht mehr, wo mir der Kopf steht. Ich brauche dich jetzt. Du musst mir helfen,

Adam. Ich weiß, dass dir gerade alles zu viel ist. Aber du musst jetzt für mich da sein. Ich schaffe das nicht alleine, verstehst du?« Sie umklammerte sein Handgelenk. »Verstehst du?«

❖

Adam setzte sich neben sie, zog sie in seine Arme und ließ sie weinen. Er hatte zwar keine Ahnung, wovon sie da redete, aber es klang wirklich schlimm, und er spürte, wie auch seine Augen feucht wurden, weil sie so bebte und weil er wusste, dass er keinen Menschen auf dieser Welt mehr liebte als Linh. Er würde alles tun, um sie zu beschützen, sie und Caro – seine Familie.

»Okay«, flüsterte er nach einer Weile. »Ich bin da, Linh.«

Und sie weinte noch heftiger, als er das sagte, als hätte sie genau darauf gewartet, als wäre genau das die einzige Antwort – und wahrscheinlich war es auch so.

»Wir finden einen Weg. Wir holen ihn da raus.« Sein Flüstern war ein Mantra. »Wir holen ihn da raus. Ich verspreche es dir.«

12

Er hatte sie noch nie weinen sehen. Nicht in all den Jahren. Er wusste, dass sie es tat, heimlich, im Wohnzimmer auf der Couch, wenn er mal wieder tagelang nicht aus dem Bett kam. Ganz leise drangen dann die Seufzer zu ihm durch die dicke Holztür. Und er lag auf seiner zerknüllten Bettdecke, fühlte sich so unglaublich nutzlos, und die Scham überrollte ihn wie eine Welle.

Aber hier, mit ihr im Arm, während sie sein Shirt vollweinte, obwohl er doch so viel schwächer war als sie, so schwach, dass er nicht mal mehr weinen konnte, da wusste er: Für sie würde er stark sein. Nicht weil er es musste, da sie ihn sonst verlassen würde. Sondern weil es gar nicht anders ging. Weil sie seine Frau war. Seine Liebe. Adam nahm sie noch fester in den Arm, obwohl er wusste, dass er nicht gut roch. Aber das war jetzt egal, so egal.

Nach einer Weile löste er sich von ihr und führte sie zu dem Esstisch aus Holz, den er so liebte. Linh nahm Platz, und er setzte sich ihr gegenüber. Ihre Füße berührten sich unter dem Tisch.

»Was machen wir jetzt?«, fragte sie.

»Erzähl mir, was passiert ist. Alles, was du weißt. Wo

ist Duc jetzt?« Er schämte sich, weil er merkte, dass er gar nicht wusste, was überhaupt los war, weil er sich bisher nur um sich selbst gedreht hatte.

Linh berichtete ihm von der Explosion im Dong Xuan Center, von der ausgebrannten Halle, von den verkohlten Fässern und von Ducs verzweifeltem Anruf. Sie sprach schnell, ließ aber kein Detail aus. Mit jedem weiteren Wort von ihr sickerte das Ausmaß der Katastrophe, von der Adam in seinem angstvollen Dämmerzustand nichts mitbekommen hatte, tiefer in sein Bewusstsein.

»Und es ist ausgerechnet Rabenstein, der die Ermittlungen leitet«, schloss Linh ihren Bericht.

»Verdammt!« In Adams Kopf ratterte es. Das Tilidin zeigte noch immer seine Wirkung, und er spürte wieder die Wut in sich flackern. Doch er durfte jetzt nicht den Fokus verlieren, musste die Situation genau analysieren. »Aber dann geht es gar nicht um Duc.«

»Genau das glaube ich auch. Es geht um dich und mich. Er versucht, über meinen Bruder an uns ranzukommen.«

»Aber bist du denn sicher, dass ...?« Er stockte, weil ihm die Worte schwerfielen. Er wollte seinem Schwager vertrauen. Und vor allem wollte er Linh nicht verletzen. Doch Linh unterbrach ihn, ein leichtes Lächeln auf dem Gesicht.

»Sprich es schon aus, Adam. Wirklich. Ich grüble auch schon seit Stunden darüber nach, und die Frage lässt mich nicht los – weil ich weiß, wie Duc ist. Oder besser: wie er früher war. Aber ich vertraue ihm und bin mir sicher, dass er sauber ist. Absolut sicher. Er würde niemals etwas Derartiges riskieren, vor allem nicht mehr, seitdem ich eine Tochter habe. Erst recht kein Crystal kochen. Familie geht ihm über alles. Und er weiß, dass er in unserer Schuld steht. Er würde das nicht tun.«

Adam sah die Entschlossenheit in Linhs Blick. Sie glaubte an die Unschuld ihres Bruders. Und Adam wollte das auch tun. Trotzdem nagte ein leiser Zweifel an ihm. Er kannte Duc jetzt schon lange. Seit den Ereignissen von damals, die sie alle in Lebensgefahr gebracht hatten, war er sauber. Doch Adam hatte immer ein Auge auf ihn, auch wenn er das Linh gegenüber nie zugegeben hätte. Er wusste, dass Duc ein Geschäftsmann durch und durch war, der der Versuchung des schnellen Geldes nicht immer widerstehen konnte. Vielleicht hatte er sich auf die falschen Leute eingelassen?

»Was denkst du?« Linh riss ihn aus seinen Gedanken. Ihr aufmerksamer Blick lag auf ihm. Er durfte sie jetzt nicht noch mehr beunruhigen.

»Ich glaube auch, dass Duc damit nichts zu tun hat. Aber dann ist die Frage: Wer hat dort Drogen gekocht? Es waren Ducs Hallen. Wie konnte er davon nichts mitbekommen?«

»Du weißt doch, wie riesig dieses Gelände ist. Und die Mieter dürfen ihre Hallen abschließen. Duc hat doch gar nicht die Chance, ständig überall zu sein. Obwohl das … Ja, es hätte ihm auffallen müssen, das war schließlich eine ziemlich große Sache. Deshalb denke ich mittlerweile, jemand hat ihn reingelegt. Jemand wollte ihm da wirklich was unterschieben.«

»Aber wer?«

Linh schüttelte den Kopf und fuhr sich mit den Händen durchs Haar. »Ich weiß es nicht.« Sie seufzte resigniert.

»Lass uns noch mal überlegen. Hat er Feinde?«

»Er ist reich. Natürlich hat er Feinde.«

»Wer ist sein größter Konkurrent? Also, auf dem legalen Markt. Aber auch: Wer kocht Crystal in Berlin? Wer ist der Nutznießer dieser Explosion? Das müssen wir uns fragen.«

»Du kennst die Szene viel besser als ich …«

»Wir werden richtig auf den Busch klopfen müssen. Denn nach der Explosion werden jetzt erst mal alle die Füße still halten – und richtig nervös sein. Das wird nicht leicht. Und wenn Rabenstein uns mit der Sache tatsächlich eins reinwürgen will, dann können wir niemandem trauen.«

»Packst du das denn?«

Adam sah sie ernst an und atmete tief durch, bevor er antwortete. »Ich schäme mich so sehr, dass ich so wenig für dich da war. Aber jetzt, jetzt werde ich für dich da sein – und natürlich auch für deinen Bruder. Es geht mir auch schon wieder besser, ich brauche nur …« Er stockte. Ich brauche nur meine Medikamente, dachte er. Und zwar so schnell wie möglich. Sonst würde er es vielleicht doch nicht packen. Und Linh im Stich lassen. Das durfte auf keinen Fall passieren.

»Was?« Wieder ihr aufmerksamer, fragender Blick.

Adam schüttelte wieder den Kopf und senkte den Blick. »Ach nichts.«

Linh wischte sich die Augen ab und sagte ernst: »Adam, wir sagen uns alles. Und du weißt, warum wir das tun. Also: Was ist los?«

»Ich brauche nur dich, damit es mir gut geht.« Er versuchte sich an einem Lächeln, und es schien ihm zu gelingen.

Sie nahm seine Hand. »Okay, dann lass uns einen Plan

machen. Und dann lass uns ins Bett gehen.« Sie hob eine Augenbraue. »Ich hab große Lust auf dich – und du hast mich echt lange warten lassen.«

13

»Als wenn nichts gewesen wäre«, sagte Sandra Pitoli und betrat kopfschüttelnd die Halle. In den Gängen lag dieser merkwürdig stickige Geruch von Chemikalien und billigen Stoffen, denn das meiste, was hier an Pullovern, Kleidern und Hosen verkauft wurde, war aus Polyester und anderen schrecklichen Materialien.

»Na, der Rubel muss halt rollen. Die sind ja schließlich alle in Deutschland, weil sie hier die dicke Kohle scheffeln wollen.« Thilo nahm einen Schluck von seinem To-go-Kaffee und biss in das Sandwich, das er sich eben zum Frühstück an einem der Essensstände gekauft hatte.

Sandra rümpfte die Nase über Thilos spitze Bemerkung. Sie konnte ihn wirklich nicht leiden, nicht nur weil er ein rassistischer Wichser war.

Aber es stimmte: Der Betrieb lief weiter, als hätte es die Explosion nicht gegeben. Die Sikhs und Pakistani standen in ihren kleinen Ladenlokalen, während die alten Vietnamesen vor den Ständen Tiến lên spielten, das traditionelle Kartenspiel des Landes. Hier lagen auf den Tischen nur kleine Münzen, aber Sandra wusste, dass es hinter verschlossenen Türen auch um große Summen ging. Adam hatte ihr mal erzählt, was er von seinem Schwager über das Dong Xuan Center erfahren hatte. Hier wurden allerhand Geschäfte gemacht, aber nur Insider wussten, was wirklich lief.

»O Gott, ist das alles schrecklich. Oder würdest du so was anziehen?« Thilo fuhr mit der Hand über einen Kleiderständer, auf dem die Pullover so sehr knisterten, dass man befürchten musste, gleich einen elektrischen Schlag zu bekommen. Und überall waren Glitzer und Pailletten aufgenäht. Doch die Kundschaft schien es zu lieben. Es waren in der Mehrzahl ältere Paare, so ab Mitte, Ende sechzig, die hier ihre bescheidene Rente hertrugen, um sich günstig und – nun ja – zeitgemäß zu kleiden, weil sie in den großen Bekleidungshäusern nichts mehr fanden. Sandra verstand sie. Auch ihre Mama war in Italien immer zu den örtlichen Asiaten gegangen, um sich billige Klamotten zu kaufen.

Der Hauptgang der Halle war lang und gerade, rechts und links befanden sich bestimmt einhundert kleine Ladenlokale, vielleicht sogar noch mehr. Sie waren alle gleich groß, um die fünfzig Quadratmeter, schätzte Sandra. Das Sortiment bestand mehrheitlich aus Bekleidung und Schuhen, es gab aber auch Stände, die elektronischen Krimskrams feilboten oder jene Art von Geschenkartikeln, die man jemandem mitbrachte, den man eigentlich gar nicht leiden konnte.

Einfach ein schreckliches Angebot.

Am meisten Betrieb war in jener Halle, in der sich ein riesiger Supermarkt befand. Hier gab es alles, was das vietnamesische Herz begehrte. Und seitdem auch die Berliner die Qualität der asiatischen Küche erkannt hatten, war hier die Hölle los, weil sich nun selbst die Hipster, die sonst nur im Bioladen kauften, im Dong Xuan Center mit den Lebensmitteln für ihre aufwendigen Kochabende eindeckten.

Sie betraten den Supermarkt, und Sandra sog gierig die vielen verschiedenen Gerüche auf. Für eine Italienerin konnte sie wahnsinnig schlecht kochen, aber Essen liebte sie trotz allem. Sie durchstreifte für einen Moment die Gänge und war erstaunt über die Vielfalt des Angebots: Es gab tonnenweise tiefgefrorene Fische, Tintenfische, Muscheln und Garnelen, es gab unzählige verschiedene Soja-, Teriyaki- und Chilisoßen, es gab Bratnudeln und Säcke mit Reis, die so groß waren, dass man eine riesige Kita damit für Wochen hätte versorgen können. Und es gab farbenfrohe Auslagen voller exotischer Obstsorten, meterlange Regale voller Gewürze. Von den meisten hatte Sandra noch nie gehört. Es war wirklich prachtvoll.

Sandra nahm sich vor, wieder hierherzukommen, wenn sie das nächste Mal ein paar Tage freihatte. Dann würde sie sich vielleicht doch einmal Zeit fürs Kochen nehmen.

»Kann i helfe?« Die Stimme mit dem typischen vietnamesischen Akzent riss sie aus ihren Gedanken. Eine kleine Frau stand vor ihnen, sie musste fast siebzig sein, das Gesicht faltig, aber mit einem so freundlichen Lächeln, dass Sandra sich beeilte, dem schroffen Thilo zuvorzukommen.

»Ja, das können Sie. Wir sind von der Polizei.«

»Oh, Polizei ...« Sie sagte es mit einer Mischung aus Ehrfurcht und Furcht und trat einen Schritt zurück. Sandra vermutete, dass sie damals, nach ihrer Ankunft in Deutschland – wahrscheinlich war sie als Arbeiterin in die DDR gekommen, wie so viele Vietnamesen in den Achtzigerjahren –, öfter mit Polizisten zu tun gehabt hatte, die es nicht gut mit ihr meinten.

»Können Sie uns helfen? Bitte. Wir wollen nur wissen, was hier geschehen ist.«

Die alte Frau wandte sich nach allen Seiten um, dann sagte sie leise: »Gib nur einen hier, der alle weiß. Cadeo. Aber der nich hier … Is weg.«

»Wie, er ist weg? Wo ist er denn hin? Zurück in die Heimat?«

Die Frau lächelte. »Seine Heimat is hier, in Berlin. Nein, Cadeo mache jetzt Nägel.«

14

Sie sah auf und blickte ihn an, ein leises Lächeln umspielte wieder ihre Züge. »Ich danke dir. Wirklich.«

Sie lagen auf dem Bett, das bisher sein Krankenlager gewesen war. Nun war es wieder ihr Bett, das Bett, in dem sie sich liebten. Linh lag nackt in seinem Arm. Winterliches Morgenlicht drang durch den Spalt zwischen den Gardinen ins Zimmer.

»Ich geh mal schauen, was die von mir wollen.« Sie hatten ihr Diensthandy vibrieren hören, vorhin, als sie es getan hatten, gleich nach dem Aufwachen. Mehrfach war Linh von jemandem angerufen worden. Als sie die Anruferliste aufrief, warf sie Adam einen missmutigen Blick zu und hielt ihm dann das Handydisplay entgegen.

»Da steht ›Arschgesicht‹. Wer ist das?«

»Oh!« Sie lachte. »Darauf achte ich gar nicht mehr. Ich habe Rabenstein unter diesem Namen eingespeichert.«

Jetzt musste auch Adam lachen. Es war gut, dass die Leichtigkeit wieder da war. Auch wenn er wusste, dass das nur ein vorübergehender Zustand war und er dringend etwas unternehmen musste.

»Er hat Duc festgenommen, richtig? Ruf ihn an.«

Linh zögerte einen Moment. Sie konnte den Einsatzleiter des SEK so wenig leiden wie einen großen Furunkel.

Doch dann tippe sie auf Rückruf und hielt sich das Handy ans Ohr.

»Rabenstein, SEK.«

»Hier ist Linh. Linh Schmidt. Was ist los?«

»Ah, Frau Schmidt, schön, dass Sie mich zurückrufen. Wie geht's? Lange nicht gesehen ...«

»Das kann von mir aus auch gerne so bleiben«, gab sie zurück.

»Oh, warum so feindselig?«

»Was wollen Sie, Rabenstein?«

»Ich wollte Sie eigentlich sehr freundlich zu meiner Ermittlung hinzuziehen – weil ich das nicht über Ihren Kopf hinweg machen möchte. Schließlich ist Duc Ihr Bruder. Und ich glaube zu wissen, wie sich das anfühlen muss.«

»Sie denken, er sagt mir mehr als Ihnen, stimmt's? Das ist es doch, worauf Sie hinauswollen.« Es war härter aus ihrem Mund gekommen, als sie vorgehabt hatte. Auch Rabenstein schien es die Sprache verschlagen zu haben, doch dann klang wieder seine schneidende Stimme aus dem Handy.

»Ich denke, es könnte helfen, wenn Sie zur Vernehmung kommen. Und zwar uns allen.« Er machte eine Kunstpause, als wollte er Spannung aufbauen. »Ich weiß nicht, wie Ihr Bruder da reingeraten ist. Ich weiß nur, dass er richtig tief mit drinhängt. Und ich glaube, Sie könnten ihm helfen, es nicht alles noch schlimmer zu machen. Also, Linh, was sagen Sie? Können Sie nicht bitte doch herkommen?«

»Wo sind Sie?«

»Beim LKA am Tempelhofer Damm.«

»Wann soll die Vernehmung stattfinden?«

»Wir befragen Ihren Bruder schon seit gestern. Es ist äußerst unergiebig, aber der Staatsanwalt wird sich davon nicht beirren lassen. Er wird am Nachmittag Anklage erheben. Am besten ist es also, wenn Sie jetzt gleich vorbeikommen.«

Linh atmete einmal tief durch, dann sagte sie: »Bin auf dem Weg.«

Als sie auflegte, sah Adam sie mit wachem Blick an. Sie erkannte in ihm jetzt langsam wieder den Mann, der er ohne seine Krankheit war. Jenen Adam, der aufmerksam war, der sich so richtig reinhängen konnte, wenn es wichtig war, und der nicht lockerließ, bis ein Fall geklärt war. *Ihren* Adam, der für sie durchs Feuer ging.

»Rabenstein will, dass ich Duc vernehme.«

»Warum will er das? Es verstößt gegen alle Regeln. Wir vernehmen keine Angehörigen. Und ausgerechnet Rabenstein? Er hasst uns beide.«

»Das habe ich mir auch gedacht. Irgendwas ist faul an der Sache. Entweder sie kommen nicht weiter bei Duc, weil er wirklich nichts weiß – und deshalb erhoffen sie sich, dass seine kleine Schwester doch noch etwas aus ihm herausbekommt.«

»Oder?« Adam sah sie fragend an.

»Oder es geht um etwas ganz anderes. Um uns. Sie wollen uns drankriegen.«

»Aber womit?«

»Du hast es selbst gesagt: Rabenstein hasst uns. Vielleicht will er Ducs vermeintliche Taten auch gegen uns verwenden. Uns als Mitwisser darstellen.«

»Bist du dir sicher, dass Duc wirklich nichts getan hat?« Ein ernster Ausdruck lag auf seinem Gesicht.

Wieder diese Frage. Linh zuckte die Schultern. So sicher wie am Vorabend war sie sich in Bezug auf Ducs Unschuld nicht mehr. Aber sie wollte, nein, sie musste einfach daran glauben, dass ihr Bruder mit der Sache nichts zu tun hatte, deshalb antwortete sie: »Ja, Duc hat mit Drogen nichts mehr zu tun.«

»Wir müssen uns gut überlegen, wie wir vorgehen. Du darfst nicht in die Höhle des Löwen, ohne dass wir wissen, wie du da wieder rauskommst. Und zwar am besten … mit Duc.«

»Du meinst …«

»Ich komme mit, und wir sehen zu, dass du deinem Bruder wirklich helfen kannst.«

15

Auf dem Tempelhofer Damm staute sich der Verkehr. Berlin war mal wieder eine einzige große Baustelle. Die Autos wälzten sich über die zwei Spuren stadtauswärts, wie stets im Schritttempo.

Ab und zu gab es ein Hupkonzert.

Das Landeskriminalamt lag direkt am alten Flughafen Tempelhof, dessen Vorfeld mittlerweile zu einem riesigen Park umgewidmet worden war, wo am Wochenende die Kinder ihre Drachen steigen ließen und die Hipster vegane Burger grillten.

Als sie einen freien Parkplatz entdeckten, hielt Linh zielstrebig darauf zu. Nachdem sie eingeparkt und den Motor abgestellt hatte, lehnte Adam sich zu ihr hinüber und gab ihr einen Kuss. Dann sagte er: »Du gehst vor, und ich bin in fünfzehn Minuten zur Stelle. Und dann machen wir es wie besprochen.«

Sie nickte, beugte sich noch einmal zu ihm und küsste ihn, heftiger nun und ausdauernder. Als sie sich voneinander lösten, flüsterte sie: »Das hat mir Spaß gemacht heute Nacht. Machen wir das bald noch mal?«

Er lächelte sie an und nickte. Dann sah er ihr nach, wie sie das Gebäude des Landeskriminalamts betrat, ein

Haus, das vor fünfzig Jahren mal modern gewesen war und nun aussah wie ein maroder Wohnblock.

Kaum war er allein, wurde er nervös. Heute Morgen, bevor sie losgefahren waren, hatte er im Bad die letzten Tropfen des Tilidins genommen. Die klare Flüssigkeit hatte kaum mehr den braunen Flaschenboden bedeckt. Es war also nur eine Frage der Zeit, bis die lähmende Angst sich wieder in ihm ausbreiten würde. Er musste dringend etwas unternehmen, aber er durfte jetzt nicht den Fokus verlieren. Linh war da drin und verließ sich auf ihn. Fieberhaft überlegte er, was er tun konnte, um für den Notfall gewappnet zu sein. Jetzt schnell zur Apotheke gehen? Aber ohne ein Rezept würden sie ihm höchstens ein paar Baldrianpillen verkaufen. Nein, er brauchte etwas, das schneller wirkte. Er stieg aus dem Wagen und blickte sich um. Da war ein Kiosk, und er hatte Glück: Es waren gerade keine anderen Kunden dort. Er kaufte sich eine kleine Flasche Wodka und dazu eine Packung Pfefferminzkaugummis. Zurück im Wagen trank er den Alkohol in einem Zug leer, die Flüssigkeit brannte in seiner Kehle. Er lehnte sich zurück und versuchte, sich ganz auf dieses Gefühl zu konzentrieren. Und tatsächlich spürte er kurz darauf, wie sich eine warme Ruhe in ihm ausbreitete, zusammen mit einem leichten Rausch. Das würde für die nächsten Schritte reichen. Die Kaugummis verstaute er in seiner Jackentasche.

❖

Linh sah Rabenstein schon von Weitem, als sie in den Flur im Keller einbog, in dem sich die Arrestzellen und die Vernehmungszimmer befanden. Der SEK-Mann tigerte nervös auf und ab. Als er sie erkannte, kam er direkt auf sie zugeeilt. »Frau Schmidt, wie wunderbar, dass Sie da sind.« Er grinste breit. »Wir machen gerade 'ne kleine Pause. Ihr Bruder ist echt ein harter Brocken und nicht sehr kooperativ. Er meint, wir würden ihm ja eh nicht glauben.«

»Hat er denn schon irgendwas zugegeben?«, fragte Linh freundlich. Sie hatte sich entschieden, ihr Misstrauen hintanzustellen und erst mal zugewandt zu sein – zumindest äußerlich.

»Gestern nach der Festnahme hat er ein paar interessante Dinge gesagt. Wollen Sie eine Zusammenfassung?«

»Sehr gern.«

»Also, er hat ausgesagt, dass er nichts von den Drogen wusste. Und er meinte, dass er immer geglaubt hat, seine Hallen richtig gut unter Kontrolle zu haben. Er will auch oft auf dem Gelände gewesen sein. Aber das kann ja nicht ganz stimmen. Selbst nach der Explosion war ja noch zu erkennen, welche Ausmaße die Drogenküche gehabt haben muss und wie viel Zeug da drin gekocht wurde.«

»Und weiter?«

»Er sagt, dass er keinen der Toten kannte. Das glaube ich ihm aber auch nicht. Wir prüfen gerade die Gehaltslisten von der ganzen Mischpoke.« Rabenstein sah sie triumphierend an. »Ich sag ja, wir haben an alles gedacht.«

»Gut. Soll ich dann mal reingehen?« Linh würde ihm nicht den Gefallen tun, für dieses selbstgefällige Gequatsche auch noch Beifall zu klatschen.

»Gern.« Er führte sie den Flur entlang bis zu einem der Vernehmungsräume, doch gerade als er die elektronisch gesicherte Tür öffnen wollte, sagte Linh: »Ich spreche allein mit ihm.«

»Auf keinen Fall«, erwiderte Rabenstein. »Das geht nicht. Sie sind ja eine Angehörige. Ich dürfte Sie eigentlich gar nicht zu ihm lassen – und schon gar nicht allein.«

Linh legte den Kopf schief, sie überlegte einen Augenblick, dann sagte sie: »Gut, dann lassen Sie uns jetzt reingehen.«

Sie spürte, wie sich von Sekunde zu Sekunde ihr Herzschlag beschleunigte. Sie wollte Duc sehen, gleichzeitig hatte sie Angst davor, weil sie ahnte, dass es ihm schlecht ging.

Rabenstein hielt seine Hand vor das Codefeld neben der Tür, als würde ihm Linh etwas abgucken wollen. Rasch tippte er vier Ziffern ein, das Schloss surrte, dann klickte die Tür auf. Der SEK-Leiter ging voran, und Linh folgte ihm.

Sie sah ihn zuerst, und obwohl er für einen Vietnamesen sehr groß und muskulös war, wirkte er hier, in diesem Raum ohne Fenster, zusammengesunken und schmal. Sein Gesicht war fahl, seine Lider glänzten. Die Hände waren mit Handschellen gefesselt, sie lagen teilnahmslos auf dem Tisch.

Jetzt hob auch er den Blick, und als er sah, wer da eingetreten war, weiteten sich seine Augen. Er starrte sie regelrecht an, dann wollte er aufstehen, aber Rabenstein war gleich bei ihm und drückte ihn auf den Stuhl zurück.

»Sitzen bleiben!«, befahl er. »Jetzt machen wir mal 'ne kleine Familienzusammenführung.«

Rabenstein nahm gegenüber von Duc Platz und schob den Stuhl neben sich zurück, als wollte er sie einladen, sich ebenfalls zu setzen, aber erst zog er ihn noch ein Stück näher zu sich heran. Ihr war es egal. Sie ließ sich neben Rabenstein auf den Stuhl fallen und vermochte es nicht, den Blick von ihrem Bruder abzuwenden, der sie seinerseits Hilfe suchend ansah. Rabenstein schaltete das Aufnahmegerät ein.

»Fortsetzung der Vernehmung von Duc Nguyen, anwesend sind POK Linh Schmidt von der Polizei des Landes Brandenburg und Einsatzleiter SEK Rabenstein. Es ist 12:28 Uhr.« Er räusperte sich. »So, gehen wir es noch mal durch, Herr Nguyen. Sie wussten also nichts von den Drogen.«

Ducs Stimme war heiser, aber sein Blick blieb weiterhin auf Linh geheftet. Er sah Rabenstein nicht an, als er antwortete. »Ich habe Ihnen doch schon gesagt, dass ich nichts davon weiß.«

»Wer kümmert sich denn bei Ihnen um die Rechnungen für die Hallen? Strom, Wasser und dergleichen.«

»Das macht die Buchhaltung. Wir sind ein großes Unternehmen.« Duc setzte sich etwas aufrechter hin.

»Und Sie prüfen das gar nicht?«

»Natürlich habe ich da ein Auge drauf«, erwiderte Duc. »Ich hab schließlich die Verantwortung für meine Mitarbeiter.«

»Hm.« Rabenstein zog einen Zettel aus der Innentasche seiner Jacke. Wieder dieses süffisante Grinsen, Linh konnte es echt nicht mehr sehen. »Ich hab von meinen Kollegen eine Analyse ihres Stromverbrauchs der letzten fünf Jahre bekommen. Die haben wir uns von der Bewag geholt. Ach, das heißt ja jetzt Vattenfall, das werde ich mir nie merken. Na ja, wie auch immer. Und siehe da: Ihr Stromverbrauch ist vor drei Jahren im Winter plötzlich um zweihundertachtzig Prozent gestiegen. Dabei war es doch da gar nicht so viel kälter als sonst auch. Und Sie können mir nicht erzählen, dass Ihnen das nicht aufgefallen ist. Sie wissen, was viel Strom verbraucht? Wenn man auf vielen Herden gleichzeitig Drogen kocht.«

Ein Stöhnen ging von Duc aus, dann senkte er den Blick und schüttelte den Kopf. Aber er sagte nichts.

»Geht das jetzt so weiter?«, fragte Rabenstein genervt. »Na, dann versuchen Sie es doch mal, Frau Kollegin.«

Linh rückte mit ihrem Stuhl ein wenig weiter nach rechts, um Raum zwischen sich und Rabenstein zu bringen. Er war ihr einfach viel zu nah, sie meinte fast, die Hitze zu spüren, die von seinem Körper ausging. Dann lehnte sie sich zurück und senkte die Stimme, noch ein tiefer Atemzug, bevor sie begann.

»Duc«, sagte sie leise und ganz ruhig, »du hast die Vorwürfe gehört. Ich weiß, dass du nichts damit zu tun hast. Ich weiß aber auch, was für ein beflissener Chef du bist – und ich frage mich, wie du das nicht mitbekommen konntest. Ich war selbst vor Ort nach der Explosion, und es sah schlimm aus. Richtig schlimm. Halb Lichtenberg hätte in die Luft fliegen können, so groß war die Drogenküche.«

Er hob den Kopf und sah sie an, sein Blick war ernst. Dann senkte er den Kopf wieder und blickte zu Rabenstein. »Ich weiß … ich weiß wirklich nicht, was da passiert ist«, sagte er heiser.

Rabenstein schnaufte wütend. »Es gab zwei Tote in der Halle. Sie kennen die Namen. Ich kann sie Ihnen auch noch mal nennen. Hat jemand von denen für Sie gearbeitet? Wir kriegen die Lohnlisten ohnehin – also wäre es gut, wenn Sie uns die Wahrheit sagen.«

»Duc … wer sind die Toten?«, fragte Linh, und Sorge schwang in ihrer Stimme mit. In der vietnamesischen Community kannte man sich. Es war also gut möglich, dass die Toten auch für sie keine Fremden waren.

Ein Räuspern, dann sprach Duc schneller, hektischer als bisher. »Ich glaube, dass einer der Männer für mich gearbeitet hat.«

Rabenstein ließ die Hand so energisch auf den Tisch knallen, dass dieser wackelte.

»Ha, wusste ich es doch. Welcher?«

»Thanh.«

»Und als was hat dieser Thanh für Sie gearbeitet?«

»Als Hausmeister für die hinteren Hallen.«

»Als Hausmeister, na so ein Zufall«, höhnte Rabenstein. »Ein Hausmeister, der Drogen kocht. Und davon wussten Sie natürlich nichts.«

»Ich sage doch, dass ich …«

Linh fiel ihm ins Wort. Sie konnte es nicht mehr mit ansehen, wie ihr Bruder von Rabenstein regelrecht in die Zange genommen wurde. »Duc, kannst du dir vorstellen, wer in deinen Hallen Crystal gekocht hat? Das war richtig gefährlich. Da hätten noch viel mehr Menschen draufgehen können.«

»Das weiß ich, Linh, das weiß ich. Und wenn ich es hätte verhindern können, dann …«

»Aber das konntest du nicht?«

»Weil ich nicht davon wusste!«, rief Duc, jetzt plötzlich laut und aufgebracht, und Linh hatte zum ersten Mal echte Zweifel an der Geschichte ihres Bruders. Sie drehte sich zu Rabenstein.

»Kann ich doch alleine mit ihm …« Sie hatte es ganz leise gesagt und den Satz noch nicht einmal beendet, aber der Kollege schüttelte schon den Kopf. Sie warf einen unauffälligen Blick auf ihre Armbanduhr. Wo blieb Adam nur?

In diesem Moment erklang eine blecherne Version von

Summer of '69. Rabensteins Handy. Linh musste grinsen. Es war zu absurd.

»Ja?«

Sie sah dabei zu, wie seine Gesichtsfarbe immer fahler, die Zornesfalte auf seiner Stirn immer tiefer wurde.

»Jetzt? Ich kann jetzt nicht.«

Wieder lauschte er dem Anrufer.

»Ich komme in einer halben Stunde.«

Die Stimme am anderen Ende der Leitung wurde lauter, so laut, dass Linh einige Wortfetzen aufschnappen konnte. Rabensteins Schultern spannten sich.

»Also gut. Ich komme.« Er stand auf und sah Duc und Linh nacheinander streng an.

»Sie reden nicht miteinander, verstanden? Kein Wort. Ich rufe einen Kollegen, der Sie in Ihre Zelle bringt. Ich bin gleich zurück.«

Er riss die Tür des Vernehmungsraums auf und trat auf den Gang, dann knallte er sie ins Schloss.

»Idiot«, sagten Linh und Duc beinahe gleichzeitig, und sie sahen sich an und mussten lachen. Linh beugte sich vor, um das Aufnahmegerät auszuschalten, das Rabenstein angelassen hatte.

Im nächsten Augenblick erklang ein ohrenbetäubender Alarm. Linh sah, wie ihr Bruder zusammenzuckte. Es war, als spannte er jeden Muskel im Körper an, bereit, sie und sich zu beschützen.

»Was ist das?«, schrie er.

»Keine Ahnung«, antwortete Linh laut, um gegen den Signalton anzukommen, der wie ein verrückt gewordener Feuermelder klang.

Nun kam zu dem Alarm noch Lärm von draußen hinzu. Jemand rüttelte energisch an der Türklinke. Die Tür hatte kein Fenster, aber Linh wusste auch so, wer da draußen stand und nicht mehr in den Raum kam. Es piepte viermal, der Code wurde eingegeben, doch die Tür surrte nicht auf, stattdessen piepte es noch mal, lauter diesmal. Alles gegen den Alarmlärm.

❖

»Hey«, rief Rabenstein, »Kollege, mach die Tür auf!«

»Geht nicht«, rief der junge Beamte, der soeben den Flur entlanggerannt kam.

»Warum das denn nicht?«

»Das hören Sie doch. Terroralarm. Da sind alle Türen gesperrt, niemand kommt raus, niemand kommt rein. Es gab eine Bombendrohung.«

»Aber … die Scheißtür muss aufgehen. Ich muss da rein!«

»Keine Chance, das SEK rückt gerade an.«

»Ich bin das Scheiß-SEK!«, schrie Rabenstein den Beamten an.

16

»Bombenwarnung? Was sollen wir denn jetzt ...?« Duc blickte sie mit vor Schreck geweiteten Augen an, doch Linh stand auf und ging um den Tisch herum, dann nahm sie ihren verdutzten Bruder fest in die Arme. Der ließ es geschehen. Dieser Moment war so innig, als hinge ihrer beider Leben davon ab. Und vielleicht war dem auch so. Duc konnte wegen der Handschellen die Umarmung nicht erwidern, aber er lehnte sich an Linhs Schulter. So verharrten sie eine Weile, dann schob Linh Duc von sich weg und sah ihn ernst an.

»Das war Adam«, sagte sie leise, als die Sirene endlich verstummt war. »Er hat uns Zeit verschafft, damit wir reden können. Aber uns bleiben wahrscheinlich nur ein paar Minuten, bevor Rabenstein wieder hier auftaucht.« Sie holte sich ihren Stuhl und stellte ihn neben den ihres Bruders. Sie beugte sich ganz nah zu Duc herüber, sprach fast flüsternd. Man konnte nie wissen, ob in diesen Räumen noch jemand mithörte.

»Also, erzähl, was war da los?«

Duc zuckte die Schultern, doch bevor er etwas sagen konnte, legte sie ihm die Hand aufs Knie.

»Pass auf, ich kann dir nicht helfen, wenn du mir nichts

sagst. Aber ich will dir helfen nein, ich muss dir helfen. Ich habe Mama versprochen, dass ich immer auf dich aufpasse, wenn du es schon nicht selbst tust, also: Was weißt du? Irgendwas musst du doch wissen. Wir müssen rauskriegen, was genau passiert ist, um zu beweisen, dass du damit nichts zu tun hast.«

»Ich habe damit auch nichts zu tun …«, sagte Duc, und auf einmal klang seine Stimme so hohl, dass Linh ganz bang ums Herz wurde. »Also, ich meine: Mit der Explosion habe ich nichts zu tun. Aber die Küche, die … war meine.«

Sie schaffte es nicht, ihn anzusehen, weil die Wut in ihr hochstieg, die kalte Wut, die sie von damals kannte, als sie nicht gewusst hatte, wie dieser Typ ihr Bruder sein konnte. Sie versuchte, die Tränen zurückzuhalten, und mit Mühe gelang es ihr. Sie stand unter Schock, das wusste sie, aber sie durfte jetzt nicht lockerlassen. Mühsam brachte sie hervor: »Du hast da echt Drogen kochen lassen? Verdammt, Duc … bist du … bist du wahnsinnig geworden?«

»Linh! Ich …«

Er wurde unterbrochen, weil Rabenstein von draußen wieder gegen die Tür hämmerte. »Ihr quatscht kein Wort miteinander, ist das klar?«

Linh legte den Finger auf die Lippen und bedeutete Duc, leise zu sein.

Ihr Bruder saß wie ein Häufchen Elend auf seinem Stuhl. Sie hätte ihm so gern die Handschellen aufgeschlossen, und gleichzeitig hätte sie ihn gerne verprügelt, so wie früher, als sie die nervige kleine Schwester war.

»Du sagst mir jetzt, was du da getrieben hast, verstanden?« Sie sprach tonlos und konnte die Enttäuschung in ihrer Stimme deutlich hören, aber gerade war ihr das einfach nur recht so. Und Duc, ihr großer Bruder, vermochte es nicht, sie anzusehen, weil er wusste, dass jetzt alles so war wie früher, als er immer wieder Scheiße gebaut hatte – und sie es gewesen war, die ihn dort ein ums andere Mal herausgeholt hatte.

»Weißt du«, sagte er leise, und es schwang so viel Scham mit, dass sie es selbst kaum ertragen konnte, »ich wollte dich damit nie belästigen.« Er nestelte nervös an den Handschellen herum. »Aber vor einem Jahr war es richtig eng. Während der Pandemie mussten wir dichtmachen, und viele der Händler konnten ihre Miete nicht mehr bezahlen. Nur die großen Asia-Supermärkte waren systemrelevant. Ich habe in einem Monat so viel Geld verloren, wie ich vorher in drei Monaten verdient hatte. Und der ganze Mist hat wie lange gedauert? Acht Monate? Neun? Ich weiß es nicht mehr – auf jeden Fall viel zu lange. Und wir haben keine Hilfen bekommen, gar keine. Ich konnte dabei zusehen, wie mein Kontostand in den Keller geht. Linh …« Seine Stimme zitterte. »Du weißt, dass es mir dabei nicht um mich geht. Ich muss nicht im Luxus leben. Aber da ging es auch nicht mehr um Luxus. Da ging es ums Überleben, um meine Mitarbeiter, um all die, die ich aus Vietnam geholt hatte, damit sie hier ein gutes Leben und eine Zukunft haben. Was hätte ich denen sagen sollen? ›Das war es, ich bin pleite, gute Heimreise?‹ Ich konnte das nicht. Da kam ein Anruf aus Tschechien. Es war nicht der erste, diese Leute versuchen es seit Jahren. Aber ich habe immer Nein gesagt. Bis zu jenem Winter im zweiten Lockdown. Da wusste ich, dass wir Insolvenz anmelden müssen, wenn es so weitergeht. Also habe ich zugesagt. Ich habe zugesagt, für die tschechischen Vietnamesen Drogen zu kochen.«

»Duc! Wie konntest du …? Du weißt doch, dass du dich damit immer mehr in den Abgrund reitest. Das weißt du doch …« Ihre Stimme wurde schrill. »Weißt du nicht mehr, wie es damals geendet hat? In der Wohnung in Marzahn? Hast du das vergessen?«

Duc hustete einmal, dann setzte er sich aufrecht hin und sah sie mit starrem Blick an. »Ja, das weiß ich, Linh. Wie könnte ich das jemals vergessen. Aber ich wusste auch, dass ich all die Leute, die ihr Vertrauen in mich gesetzt haben, nicht enttäuschen konnte. Also habe ich Leute zusammengesucht, die sich mit Crystal auskennen. Thanh war der Verbindungsmann zu den Tschechen, er hat auch die Ausrüstung besorgt – und dann haben wir angefangen. Scheiße, Linh, ich mag dein hohes Ross so sehr. Du bist die Frau, die immer alles richtig macht, die noch nie falsch abgebogen ist. Dafür bewundere ich dich. Aber ich musste diese Firma retten, meine Firma, mein Lebenswerk … Und ich dachte, wir machen das jetzt ein Jahr und dann … Dann hören wir einfach wieder auf.«

»Na, das hat ja gut geklappt«, sagte Linh zynisch. Duc atmete schwer.

»Wenn ich gewusst hätte, dass …«

»Wenn du was gewusst hättest? Dass beim Drogenkochen Leute sterben können? Na, das ist ja super, damit bist du aus dem Schneider, Duc. Weil du so ein guter Mensch bist.«

»Fick dich, Linh«, sagte er leise.

»Du hast mir versprochen, dass du das nicht mehr machst. Du hast es mir geschworen.« Ihre Stimme brach. »Verdammt noch mal!«

»Es tut mir leid, Linh. Wirklich, es tut mir leid.«

»Ist es zur Explosion gekommen, weil ein Fehler passiert ist?«

Duc schüttelte den Kopf. »Das kann nicht sein. Auf keinen Fall. Wir haben alles eingehalten, alle Regeln. Thanh und Phong waren Profis. Ich denke, dass mir jemand übel mitspielen wollte.«

»Ein Saboteur?«

»Wir hatten einen neuen Mitarbeiter, Tuan. Einen Profi der Tschechen. Er war Thanh empfohlen worden. Aber ich konnte ihn nicht checken, dafür war alles zu kurzfristig. Kaum war er da, liefen die Dinge aus dem Ruder.«

Sie rückte den Stuhl noch näher an ihn heran und drückte seine Schulter.

»Ich brauche alle Details, Duc. Wir haben vielleicht nur noch fünf Minuten, bis das SEK Entwarnung gibt. Aber wenn du willst, dass du hier irgendwie wieder rauskommst und nicht in Scheißmoabit landest, dann musst du jetzt alles sagen, was du weißt. Damit ich die Arschlöcher finden kann, die das zu verantworten haben. Wirklich, Duc, keine Geheimnisse mehr. Also, mit wem hattest du Stress? Wer hatte einen Grund, deine Drogenküche in die Luft zu jagen?«

Sie sah, wie ihr Bruder erschauderte, als würde es ihm kalt den Rücken herunterlaufen. Dann begann er zu sprechen, leise, aber flüssig, als wäre er das alles schon mehrfach durchgegangen. »Wir haben das Zeug aus Tschechien bekommen, all die Grundstoffe. Das über die Grenze zu kriegen, war einfacher, als die fertigen Drogen zu schmuggeln. Die Polizei passt einfach zu gut auf. Am Anfang lief auch alles super, meine Leute haben eine Einweisung von den Leuten da drüben bekommen, und wir haben gekocht, was das Zeug hielt. Die Tschechen haben uns dann auch die Männer geschickt, die die Ware entgegengenommen und gleich in Berlin vertickt haben. Es lief gut. Thanh hat sich um alles Organisatorische gekümmert. Aber irgendwann begannen die Probleme. Mal wurde ein Lkw mit Chemikalien abgefangen, mal wurde ein Kurier ausgeraubt, und das fertige Crystal war weg. Es war, als hätte irgendjemand spitzgekriegt, dass wir ordentlich auf dem Drogenmarkt mitmischen. Ich habe die Vorfälle nicht ernst genommen, so was passiert schließlich mal. Doch dann …«

»Dann machte es *bumm*.«

»Die haben mich nicht mal gewarnt.«

»Wer sind denn die?« Linh spürte ihren Herzschlag. Sie musste diese Wichser finden.

»Ich weiß es nicht«, erwiderte Duc schwach, und Linhs Herz schlug noch schneller.

»Das kann nicht sein«, sagte sie fest. »Wer ist denn in dem Berliner Geschäft groß gewesen, bevor du dazugekommen bist?«

»Ich weiß es wirklich nicht. Die Tschechen haben gesagt, dass sie den Berliner Markt im Griff haben und ich mir keine Gedanken um Konkurrenz zu machen bräuchte. Es würde nichts auf mich zurückfallen.«

»Und das glaubst du? Wenn du kiloweise Crystal kochst und in Berlin unter die Leute bringst? Verdammt, Duc! Wie kannst du denn so naiv sein? Also: Wem bist du auf die Füße getreten?«

»Ich weiß es nicht, ganz ehrlich.«

»Gab es überhaupt keine Kontaktaufnahme von irgendwelchen Konkurrenten?«

»Nichts, gar nichts.«

»Wer wusste noch von der Drogenküche?«

»Außer den Tschechen? Nur Thanh, Phong ... und Cadeo. Denen habe ich hundertprozentig vertraut.«

»Wo finde ich Cadeo? Arbeitet er noch in den Hallen?«

»Gut möglich, dass er erst mal abgetaucht ist. Es gibt da ein Nagelstudio, *Queen Beauty Nails* ...«

»Okay, das finde ich. Und dieser neue Mitarbeiter? Was weißt du über ihn? Könnte er eingeschleust worden sein?«

»Das vermute ich«, sagte Duc und nickte.

»Wo finde ich Informationen über ihn?«

»Falls es welche gibt, sind die bei Frau Hoffmann. Nur bei ihr. Sie hat alle Akten – und falls die Polizei alles schon beschlagnahmt hat, dann kann sie sie trotzdem auswendig.«

Linh musste leise in sich hineinlächeln. Renate Hoffmann war die gute Seele des Dong Xuan Centers, Ducs rechte Hand. Eine alte Dame, die sein Vorzimmer machte und die ebenso mütterlich wie resolut war, dass jeder sie fürchtete – sogar ihr Chef selbst.

»Wo ist sie? Ich kenne sie nur aus deinem Büro.«

»Da war sie auch so viele Stunden am Tag, dass sie eigentlich keine Wohnung mehr brauchte.« Er lächelte sanft, als sähe er die alte Frau vor sich. »Sie lebt in ihrer Datsche in Buckow.«

»In ihrer Datsche?«

»Ja. Am Britzer Garten.« Er beschrieb ihr den Weg durch die Kleingartenkolonie.

»Das finde ich. Ich rede mit ihr«, sagte Linh. »Und dann suche ich die, die dafür verantwortlich sind.«

Duc zerrte an seinen Handschellen und griff nach Linhs Hand. »Du musst aufpassen«, sagte er eindringlich. »Ich kann dich nicht noch mal in Gefahr bringen, nicht nach damals … Ich wollte das nie mehr zulassen.«

»Das hast du aber«, antwortete sie kühl. »Und wenn die Sache überstanden ist, dann …«

Draußen auf dem Gang erklangen Schritte, gleich darauf piepte es viermal, und die Tür flog auf. Rabenstein trat mit hochrotem Kopf in den Raum und sah sich um, als beträte er ihn zum ersten Mal. Linh wusste nicht, was er erwartet hatte – Bruder und Schwester nackt und in trauter Umarmung? Finster sah er sie beide an.

»Was haben Sie besprochen?«

»Nichts«, sagten Linh und Duc wie aus einem Mund. »Sie haben doch gesagt, wir sollen nicht miteinander reden. Wir haben nur hier gesessen und gewartet. Was war denn das für ein Terroralarm?« Linh sah ihn von unten herauf an, als wäre er ihr Vater. Doch Rabenstein schnaubte nur.

»Der Chef des SEK hat mich angerufen, weil es eine Bombendrohung gab, die kam per Telefon rein. Angeblich ein Sprengsatz hier im Gebäude. Hat sich aber alles als falscher Alarm rausgestellt. Wäre ja ein Wunder, wenn das nicht was mit Ihnen zu tun hätte.« Er trat näher an Linh heran. »Wenn ich rauskriege, dass Sie oder Ihr Mann etwas damit zu tun haben, dann gnade Ihnen Gott. Und ich werde das rauskriegen.« Er setzte sich auf den Stuhl. »So, und was will Ihr Bruder uns nun erzählen?«

Linh und Duc wechselten einen schnellen Blick, dann wandte sich Linh dem SEK-Leiter zu.

»Mein Bruder verweigert die Aussage und möchte in seine Zelle gebracht werden. Der Tag war einfach zu aufregend. Er möchte sich erst ausführlich mit seinem Anwalt beraten. Vorher sagt er gar nichts. Er braucht wohl …

einen Tag Pause.« Sie lächelte Rabenstein an. »Und ich muss zurück nach Rheinsberg. Es gab wohl einen Wolf, der Schafe gerissen hat. Um den muss ich mich jetzt kümmern. Die großen Fälle sind ja doch eher die Sache von erfahrenen Männern wie Ihnen. Schönen Tag noch, Herr Rabenstein.«

Sie stand auf und ging aus der Tür, ohne sich umzusehen. Das Lächeln trug sie durch den Flur und die Treppe hinauf und bis zur Straße, wo Adam Kaugummi kauend im Wagen wartete. Er sah sie fragend an, als sie einstieg. »Hat es geklappt?«

Sie grinste. »Du kannst zwar der größte Angstpatient sein, den ich kenne, aber du bist trotzdem ein Teufelskerl«, sagte sie, bevor sie ihm einen Kuss gab.

Und in diesem Moment tickte es in Adams Kopf: Die Wirkung des Tilidins flaute ab, er spürte es, er spürte schon die Angst und wusste, dass er bald wieder zu Hause sein musste. Doch er wollte wieder dieses Gefühl, dieses Hochgefühl. Und er wusste, dass er dafür neuen Stoff brauchen würde.

17

Queen Beauty Nails. Die Schrift über dem Laden war so edel geschwungen, als würden sie drinnen die Nägel mit Blattgold lackieren. Es war nur ein kurzer Weg vom Vietnamesen-Center bis hierher gewesen. Die Türglocke schellte eine schrille Melodie, doch noch dröhnender war die Musik, die in dem Laden lief. Irgendein Rap oder Hip-Hop in einer merkwürdigen Sprache. War das etwa wirklich Vietnamesisch? Thilo hatte noch nie von einer vietnamesischen Rapperin gehört.

Die Wände waren in einem grellen Pink gestrichen, davor standen Tische, die Oberflächen aus weißem Lack glänzten im hellen Licht der Neonröhren. Hinter den Tischen saßen, wie die Hühner auf einer Stange, vier junge Vietnamesen mit witzigen Frisuren, die alle ausschließlich aus reichlich Haargel zu bestehen schienen. Sie hielten die Köpfe gesenkt und konzentrierten sich auf die Frauenhände vor ihnen. Alle arbeiteten derart akribisch, dass niemand zu den Neuankömmlingen aufsah. Der beißende Geruch von Nagellackentferner lag in der Luft, oder war das der Nagellack selbst, der derart chemisch roch? Thilo war noch nie in so einem Studio gewesen. Und wenn er sich Sandras abgekaute Nägel ansah, dann war sie wohl auch noch nie in einem solchen Laden Kundin gewesen. Kurz standen sie unschlüssig im Eingangsbereich herum, bis sich einer der Jungs ein Herz nahm, die Hand seiner Kundin unter einer speziellen Lampe platzierte und aufstand.

»Habe Sie Termin?«

»Nein, haben wir nicht, und den brauchen wir auch nicht«, erwiderte Sandra Pitoli kühl und zeigte ihren Ausweis. »Wir suchen Cadeo.«

»Cadeo nich hier«, sagte der Mann mit unveränderter Miene. Doch Thilo hatte die drei anderen an den Tischen beobachtet und genug aus ihren Reaktionen gelesen, um zu wissen, dass sie hier richtig waren. Er achtete darauf, den Weg zur Tür mit seinem breiten Körper so gut wie möglich zu blockieren, damit sich keine Fluchtchance bot, dann ging er auf den dritten Jungen zu.

»Du bist Cadeo, richtig?«

»Hm.«

»Wir sind von der Polizei. Wir müssen mit dir sprechen.«

»Ich arbeiten …«, erwiderte der Junge mit der hochgekämmten schwarzen Tolle, die so fest aussah, als wäre sie betoniert.

»Die Dame wird sich die pinken Nägel wohl selbst fertig machen müssen«, gab Sandra Pitoli zurück und nickte der Frau zu, die die Szene derart gespannt verfolgte, dass es ihr wohl ganz egal war, ob ihre Beautybehandlung weiterging oder nicht.

»Gehe wir hinten«, sagte der Mann, stand auf und öffnete am Ende des Ladens eine ebenfalls pink gestrichene Tür, die in ein fensterloses Kabuff führte. Hier lief der Fernseher und zeigte ein Musikvideo, in dem die vietnamesische Rapperin vor einer Meereskulisse sang und dabei aufreizende Tanzbewegungen machte. Sandra nahm kurzerhand die Fernbedienung und stellte den Ton ab.

»Wolle Wasser?«

»Nein. Wir wollen Informationen. Können wir uns setzen?« Thilo ließ sich als Erster auf einen der unbequemen Stühle fallen, widerwillig nahm Cadeo am Tisch gegenüber Platz.

»Du hast bis gestern im Dong Xuan Center gearbeitet?«

»Hm.« Wieder murmelte er das Wort nur, und niemand konnte sich sicher sein, ob das nun ein Ja, ein Nein oder ein »Leck mich am Arsch« war.

Draußen hatten die Schleifer und Polierer die Arbeit wieder aufgenommen, das schrille Surren drang bis in den Aufenthaltsraum.

»Wir wissen, dass du sehr gut informiert bist über die Vorgänge im Center. Kannst du uns was über die Drogen erzählen, die dort gekocht wurden?«

Cadeo schien durch Sandra hindurchzusehen, er verzog keine Miene.

»Wo warst du, als es die Explosion gab?«

»In Halle 1, ganz vorne. Ick nich gesehn.«

»Aber du hast sie doch sicher gehört. Es war ja ein ziemlich großer Knall.«

»Ja. Hat *bumm* gemacht. Alle Angst. Viel Lärm, Schreie. Und dann Feuerwehr, ganz schnell. Und Polizei.«

»Und da hast du dir nichts dabei gedacht? Als die halbe Halle in die Luft geflogen ist?«, hakte Thilo nach.

»Ick nich wissen.« Cadeo sprach jetzt schneller, aber seine Miene blieb unbeweglich.

»Warum hast du denn am Tag danach schon die Fliege gemacht? Von einem der Leiter der Hallen zum Mitarbeiter in ein Nagelstudio. Das ist ja schon ein ziemlicher Abstieg.«

»Ick brauchen die Geld. Und Geschäfte in Hallen viel kaputt. Also ich hier arbeiten.«

»Du hast nicht gewusst, dass in den hinteren Hallen gekocht wurde?«

»Ick nich wissen.«

Thilo wurde langsam ungeduldig. Er beugte sich über den Tisch.

»Pass mal auf, du kleiner Wichser. Das ist hier keine Befragung, weil ein paar Sauer-Scharf-Suppen weggekommen sind. Hier geht es um Drogendelikte, Körperverletzung und sogar um Mord. Und deshalb wirst du uns jetzt alles sagen, was du weißt.«

Immer noch blieb Cadeo unbeweglich, er lehnte sich nicht mal zurück, so, als würde ihm das aggressive Auftreten des Polizisten nichts ausmachen. Stattdessen sagte er: »Wir in Vietnam nichts sauer-scharf, wir essen Pho Bo. Ist mit Huhn oder Rind.« Seine Miene wies nicht darauf hin, dass er einen Witz gemacht hatte, aber Sandra musste leise prusten, als er das sagte.

Thilo wurde sauer. »Was wusste Duc?«, fragte er laut. »Was wusste dein Chef über die Drogen? Und wer kann uns mehr sagen, wenn du gar nichts darüber weißt?«

»Ick nich wissen.«

»Wir nehmen den ganzen Scheißladen hoch, wir schauen uns hier alle Unterlagen an, alle Arbeitserlaubnisse, alles. Und dann wollen wir mal sehen, ob dir dann immer noch nichts einfällt.«

»Alles legal hier, wir alle Deutsche. Kein Problem«,

sagte Cadeo und verschränkte die Arme vor der Brust. Sandra atmete tief durch, dann lächelte sie.

»Okay, ich verstehe das. Ist wie bei der Mafia, Omertà, Schweigegelübde und so. Aber ich sage dir, Junge, wir werden wiederkommen. Und vielleicht überlegst du dir, ob du uns dann nicht doch was erzählen willst. Dein Boss sitzt im Knast – und er wird dort bleiben. Wenn du nicht auch da landen willst, dann solltest du mit uns sprechen.« Sie zog ihre Karte aus der Tasche, als wäre sie ein Bulle in einem Krimi. »Hier, ruf an, wenn dir was einfällt oder du es dir anders überlegst, okay?«

»Ick nich wissen«, erwiderte Cadeo ein weiteres Mal. Thilo stand auf, trat einmal kurz gegen den Tisch, sodass der gegen das Bein des Jungen stieß, doch der reagierte wieder nicht. »Wir sehen uns«, murmelte Kupferschmidt finster, dann verließ er wutschnaubend den Laden.

18

Adam konnte es nicht leiden, wenn die Menschen ihn so anstarrten. Er hatte tatsächlich lange nicht mehr geduscht, deshalb waren seine Haare fettiger, als es die ungeschriebene Prenzlauer-Berg-Gesellschaftsordnung vorsah. Und als er vorhin in den Spiegel geschaut hatte, war er erschrocken. Seine Haut war blass und fahl, die Adern an der Stirn zeichneten sich bläulich ab, und seine Augen lagen tief in den Höhlen.

Wie lange hatte er es nicht mehr ausgehalten, im Bad in den Spiegel zu sehen? Bestimmt waren es Wochen.

Jetzt lief er durch die Kollwitzstraße und fühlte sich wie auf dem Präsentierteller. Aber es musste sein. Er musste wieder aufs Revier. Bald. Er konnte die Angst nicht mehr aufhalten. Die innere Lähmung, die einherging mit einem Herzen, das so schnell schlug, als würde es ihm gleich aus dem Hals kommen.

Der Weg über die Danziger Straße war ein Spießrutenlauf. Obwohl es leicht nieselte, setzte er seine Sonnenbrille auf. Sein Atem ging schwer. Die Straßenbahn ratterte lärmend über die Gleise, in der Senefelder war es endlich ruhiger. Er konnte nicht die Apotheke in der Raumerstraße nehmen, obwohl sie näher gewesen wäre.

Aber er mochte den alten Chef nicht, außerdem kannte er ihn nicht so gut. An der Ecke zur Lychener Straße blieb er stehen und stützte sich kurz an der Hauswand ab. Er tat so, als müsste er sich die Schuhe zubinden. Noch konnte er zurück. Aber wenn er jetzt aufgab, dann würde er es so schnell nicht wieder versuchen. Und er musste es tun. Er konnte Linh nicht mit dem ganzen Mist alleinlassen. Sein schlechtes Gewissen war mittlerweile so groß, dass er nur noch daraus zu bestehen schien. Was den inneren Druck zusätzlich erhöhte. Ein perfektes Setting, hätte seine Therapeutin gesagt und die Augen verdreht. Aber er hatte sie ohnehin schon lange nicht mehr besucht.

Er kämpfte gegen die Übelkeit an. Eine Frau sah zwei Sekunden zu lange in seine Richtung, also setzte er die Brille noch einmal fest auf die Nase. Dann ging er weiter, überquerte die Pappelallee und bog nach rechts in die ruhige Greifenhagener Straße ein. Der Regen war stärker geworden, und die kahlen Äste der Straßenbäume schützten ihn nicht vor den eiskalten Tropfen.

Trotzdem wurde er langsam ruhiger, die Kälte und das stetige Geräusch des Regens lenkten ihn von seinen angstvollen Gedanken ab. Doch als er um die Ecke bog, auf die Stargarder, da sah er, dass vor der Gethsemane-Apotheke schon zwei Kundinnen warteten. Verdammt, so ein Mist.

Adam trat unschlüssig vor dem Schaufenster des Antiquitätenhändlers von einem Bein aufs andere, bis der Ladenbesitzer misstrauisch aus dem Fenster sah. Er machte ein paar Schritte in Richtung Apotheke, aber noch immer waren alle drei Verkaufstresen besetzt.

Als die zweite Frau herauskam und bevor sich ein junger Mann an ihm vorbei- und in die Apotheke hineinschieben konnte, trat Adam ein. Die Türglocke klingelte, und er spürte den Schweiß auf seiner Stirn. Die große Frau mit den Locken stand am Tresen und erkannte ihn erst, als er die Brille abnahm.

»Oh, Herr Schmidt, schön, Sie zu sehen.« Sie legte den Kopf schief, als sie sein Gesicht sah. »Alles in Ordnung?«

Er senkte seine Stimme und sagte leise: »Ich brauche dringend ein paar Sachen.«

Sie ließ ihren Blick einmal durch den Raum schweifen, als wollte sie eine unsichtbare Wand um ihren Verkaufstresen errichten.

»Was brauchen Sie denn?« Ihre Stimme war vorsichtig, zögernd.

Sie kannten sich schon lange, Adam war immer nur hier gewesen, immer nur bei Frau Neumann. Sie hatte ihm geholfen, als es ganz finster war. Obwohl er nicht wusste, ob es jemals so finster gewesen war wie in den letzten Wochen. Und doch lag da etwas in ihrer Stimme, das ihn daran zweifeln ließ, ob sie ihm auch heute helfen würde.

»Ich … ich denke, Sertralin wäre gut. Und Tavor, die große Packung. Und eigentlich bräuchte ich auch noch … Tilidin.«

Sie sah ihn einen Moment lang ruhig an, und als sie antwortete, war es, als würde sie mit einem Kind sprechen. Immerhin mit einem, das sie lieb hatte.

»Waren Sie bei Ihrer Ärztin?«, fragte sie sanft.

Er blickte sie an, schweigend.

»Herr Schmidt, ich kann das nicht machen. Nicht das alles, nicht ohne Rezept.«

»Aber ich krieg es nicht hin. Ich kann da nicht hinfahren, in die Praxis. Es ist einmal quer durch die Stadt, nach Tempelhof, ich weiß nicht ... Ich kann auch nicht das Auto ...«

»Kann Ihre Frau Sie nicht fahren?«

»Sie ... sie hat sehr viel zu tun, ist den ganzen Tag unterwegs ... und dann noch die Explosion in Lichtenberg, es ist ... Alle Kollegen sind deshalb auf den Beinen.«

Er sah, wie die Apothekerin mit sich rang. Sie tippte etwas auf ihrer Tastatur und sah auf den Bildschirm, als suchte sie dort die Lösung für all seine Wünsche. Adam trat unruhig von einem Bein aufs andere, er spürte einen Kloß im Hals, weil er ihr ansah, was gleich kommen würde. Hinter ihm warteten schon zwei weitere Kundinnen, und er wollte eigentlich nur noch weg. Mit einer kleinen Tüte in der Hand, einer Tüte voller Tablettenschachteln.

Nach einer gefühlten Ewigkeit hob sie den Kopf.

»Ich kann Ihnen einen Blister mit Sertralin geben. Tavor müsste ich bestellen, das wäre morgen da.«

»Sie haben das doch immer vorrätig, Herrgott. Ich kann nicht noch eine Nacht ...« Die Worte waren heftiger aus seinem Mund gekommen, als er gewollt hatte. Frau Neumann sah ihn erschrocken an. Er senkte die Stimme und zwang sich zu einem Lächeln. »Ich meine ja nur, ich brauche das wirklich dringend.«

»Ich bestelle es zu morgen. Dann können Sie es abholen. Wenn Sie bis dahin ein Rezept haben.«

»Aber ...«

»Sie brauchen ein Rezept, Herr Schmidt. Und Tilidin ...« Sie schüttelte den Kopf, dann sagte sie leise: »Sie müssen sich Hilfe holen. Wirklich. Machen Sie das. Sie können nicht auf eigene Faust diesen Scheiß nehmen. Sprechen Sie mit jemandem. Tun Sie es für Ihre Familie. Für Ihre Tochter.«

Adam wollte etwas erwidern, aber er sah in ihren Augen, dass es zwecklos war. Da war nicht nur Mitleid, da war auch sehr viel Entschlossenheit. Ihm blieb nichts anderes übrig, als zu gehen. Er drehte sich um, murmelte einen unverständlichen Gruß und eilte zum Ausgang. Die Tür öffnete sich nicht, weil die Elektronik hakte, also zog er daran. Es kostete ihn viel Kraft, der Schweiß stand ihm wieder auf der Stirn. Er hörte noch ihren Ruf von hinten, aber er drehte sich nicht um, er lief einfach, so schnell er konnte, zurück in Richtung Lychener Straße.

Dann erst fiel ihm auf, dass er das Sertralin vergessen hatte. Er spürte, wie ihn die Übelkeit überkam, dabei hätte er viel lieber geweint. Aber Tränen hatte er schon lange nicht mehr.

19

Mehr Kontrast ging nicht: Der Wald um sie herum strahlte eine so unglaubliche Ruhe aus, dass ihr der Sturm, der in ihrem Inneren tobte, nur noch gewaltiger vorkam. Zum Glück war auf der Landstraße nichts los, und Linh konnte ihren Gedanken nachhängen. Sie brauchte Zeit zum Nachdenken.

Vorhin hatte sie Caro von der Schule abgeholt und direkt zum Sport gefahren, doch als ihre Tochter ausstieg, war sie nicht sofort losgerannt wie sonst, sondern war mit fragendem Blick an der offenen Wagentür stehen geblieben.

»Mama, alles okay?«

»Ja«, hatte sie tonlos geantwortet.

»Sag es mir, ich kann das ertragen, ich bin schon groß«, hatte Caro beharrt.

»Es ist alles gut«, hatte Linh erwidert, dann hatte sie gewartet, bis Caro die Tür schloss, und war davongebraust. Der Blick ihrer Tochter ging ihr nun nicht mehr aus dem Kopf. Sie hatte Caro angelogen. Gar nichts war gut.

Duc saß im Knast. Die halbe Polizei von Berlin war ihm auf der Spur, durchsuchte jeden Zentimeter seines Lebens – und damit auch ihres Lebens.

Sie wusste nicht, was sie tun sollte.

Und Adam? Adam wollte ihr helfen, aber er konnte es nicht, auch wenn er sich noch so bemühte.

Sie hatte die Fahne vorhin durch den Minzgeschmack des Kaugummis gerochen, hatte seinen fahrigen Blick gesehen, der immer dann in seine Augen trat, wenn die Dämonen in seinem Kopf wieder Schlange standen.

Er würde Medikamente brauchen. Tabletten, die ihn verrückt machten, ihn eines Tages vielleicht sogar umbringen würden. Aber wenigstens funktionierte er dann. Sie schämte sich, weil sie sich gerade genau das wünschte: dass er einfach nur funktionierte – egal, was die Tabletten mit ihrem Geliebten machten.

Zu allem Überfluss hatte sie ja auch noch einen eigenen Job. Am Rande von Rheinsberg waren Wölfe gesichtet worden. Angeblich hatte ein Auto sogar einen angefahren. Aber diese Geschichten hörte sie ständig, zumeist waren es einfach nur Hunde – oder sehr graue Füchse.

Sie hatte keine Zeit für diesen Quatsch.

Sie nahm die Straße hinein in ihre kleine Stadt, die so viel ruhiger war als ihre Betonheimat. So viel friedlicher. Keine Migranten, keine Drogen, keine Sorgen, so schien es zumindest. Das stimmte natürlich auch nicht, aber von außen konnte der Besucher schon glauben, hier am Schloss Friedrichs II. sei die Welt noch in Ordnung.

Linh hielt vor dem Revier, Brombowskis Opel-Streifenwagen stand auf dem Parkplatz. Ein Glück. Sie hatte den alten Kauz wirklich vermisst. Sie straffte die Schultern, dann stieg sie aus und ging schnurstracks hinein.

»Tach, Klaus«, sagte sie und versuchte, freundlich und unbeschwert zu klingen.

»Linhi, na endlich. Ich dachte schon, du machst deinen Jahresurlaub im Winter …«

»Sorry«, erwiderte sie. »Es war … viel los.«

Brombowski stellte seinen Nachmittagskaffee ab und stand auf, dann beugte er sich über den Tresen, der den Eingangsbereich des kleinen Reviers von den dahinterliegenden Büros abtrennte. Seine Stimme war leise, als er sagte: »Ick hab dit jehört. Dit mit … mit deinem Bruder.«

»Oh …« Mehr brachte sie nicht heraus.

»Dit is doch totaler Quatsch, dit hat der nich gemacht. Dit gloob ick nich. Der is doch eener von der juten Sorte, ick erkenn dit.«

»Ich …« Sie rieb sich mit der Hand über die Augen. »Ich kann dazu nichts sagen …«

Ihr Brandenburger Kollege musterte sie kurz, dann kam er plötzlich um den Tresen herum und legte seine riesigen Pranken um sie. Linh ließ sich in diese Umarmung fallen, als hätte sie auf nichts anderes gewartet. Brombowski hatte sie bisher noch nie umarmt, er gab ihr höchstens mal die Hand, als wären sie Nachbarn in der Laubenpieperkolonie.

»Pass ma uff«, sagte er mit dieser tiefen, brummenden Stimme, die ihr immer ein Gefühl von Sicherheit gab. »Ick kümmer mich um die Wölfe. Ick halte hier die Stellung. Und du fährst wieder inne große Stadt – und machst, wat jemacht werden muss. Haste dit verstanden, Kleene?«

Linh konnte nicht antworten, weil ihr die Tränen übers Gesicht flossen. Sie nickte nur stumm an seiner Schulter.

20

Alles hier hatte sich verändert. Früher hatten die Dealer und Drücker im Görli wie scheue Rehe hinter den Büschen gewartet, sich versteckt, dort, wo auch ihr Zeug verbuddelt war. Sie waren nur am Zucken der Hecken zu erkennen gewesen.

Heute standen sie breitbeinig und zugedröhnt auf dem Gehweg, hatten die Hände in den Hosentaschen ihrer schrecklichen Fußballjogginghosen mit Logo von Paris Saint-Germain, wahlweise auch Olympique Marseille oder einem dieser seelenlosen englischen Clubs. Sie standen da und lachten, aber es sah nicht fröhlich aus, sondern nur hämisch. Hämisch und verloren. Eine unglückliche Kombination. Eine, die Raum ließ für jede Art von Kontrollverlust, für Gewalt und Verbrechen. Adam hatte längst aufgehört, sich zu fragen, ob Berlins Polizei ein Rassismusproblem hatte. Wer hier Dienst tat, der mochte nach einem Jahr keine Ausländer mehr. Nach höchstens einem Jahr. Weil die Jungs aus Mali oder Eritrea oder Niger oder Afghanistan auch nicht davor zurückschreckten, Mütter anzusprechen, die ihre Kleinen im Kinderwagen vorbeischoben. »Kokain?«, hieß es dann zischend und mit Akzent. Und niemand fand es mehr merkwürdig.

Die Polizei hatte den Görlitzer Park zu einem kbO ernannt, einem kriminell belasteten Ort, doch das hatte nichts besser gemacht. Und wie auch? Die Dealer hier waren vor Krieg und Gewalt aus ihren Heimatländern geflohen, und was hatten sie hier gefunden? Ohne Aufenthaltsgenehmigung vegetierten sie vor sich hin, hielten sich mit illegalen Jobs gerade so über Wasser und mussten immer fürchten, nach dem nächsten abgelehnten Asylantrag abgeschoben zu werden. Ein Leben war das nicht.

So war der Görlitzer Park zu einem Sündenpfuhl geworden, was ein komisches Wort für diese stoppelgrasige Einöde war – es klang viel zu schön. Der Begriff Drogenhölle war passender. Aber eine Drogenhölle mit Familienbesuch, zumindest tagsüber und an den Wochenenden.

Doch nun war der Tag vorbei. Adam hatte gewartet, bis der Berufsverkehr abgeklungen war, dann hatte er sich zu Hause eine Flasche Wein reingezogen, bis sein Atem ruhiger ging und er wieder so etwas wie Mut verspürte. Carolin war bei ihrer besten Freundin in der Husemannstraße, Linh war wahrscheinlich noch in Rheinsberg unterwegs. Adam hatte sich ins Auto gesetzt und war mit zitternden Händen nach Kreuzberg gefahren. Den Wagen hatte er auf der Skalitzer Straße abgestellt, da war ein freier Parkplatz genau gegenüber dem Park gewesen. Manchmal hatte der liebe Gott doch ein Einsehen.

So waren es nur ein paar Hundert Meter durch das Partyvolk, das sich selbst von den winterlichen Temperaturen nicht abschrecken ließ. Die Menschen trugen die Uniform der Nachtschwärmer: ein Wegbier in der Hand, die Wollmützen tief ins Gesicht gezogen, die Pupillen groß wie Vollmonde. Dabei war es noch früh. Er wich den jungen, nicht mehr ganz so jungen und den betrunkenen aus und betrat den Park. Er hörte das Knirschen seiner Schritte auf dem Sand, sie klangen laut und unförmig.

Adam wusste, dass es Wahnsinn war, was er da machte. Wenn sie ihn hier erwischten, war er geliefert. Er arbeitete nicht bei der Drogenfahndung, der Görli war nicht seine Baustelle – und er würde keine gute Erklärung finden für seine »Spezialoperation«. Aber er brauchte das Zeug, jetzt. Sonst konnte er dieses Jahr, das gerade erst begonnen hatte, gleich abschreiben. Und Linh … Er musste sich zwingen, den Gedanken nicht zu Ende zu denken.

Er musste nur wenige Schritte gehen, dann entdeckte er sie. Da standen zwei, bei denen ein junges Bleichgesicht gerade ein Tütchen kaufte, Hasch oder Koks, Adam war zu weit weg, um es zu erkennen. Aber sie machten den Deal so offensichtlich, dass es ein Leichtes gewesen wäre, die ganze Gruppe hopszunehmen. Das Ausmaß der Gesetzlosigkeit hier schockierte ihn jedes Mal aufs Neue – außer heute Abend, denn jetzt hatte er Hoffnung, dass sein Vorhaben wirklich klappen könnte.

Etwas weiter hinten im Park sah er eine Gruppe von vier oder fünf von ihnen. Sie rauchten, und auf dem Boden lagen leere Bierdosen herum.

Er verlangsamte seinen Schritt, schon wieder stand Schweiß auf seiner Stirn.

»Hey …«, sagte er leise.

»Habibi«, sagte ein großer Schwarzer mit strahlend weißen Zähnen, als wäre er gerade vom Bleaching gekommen. »Was magst du?«

»C'est un flic«, flüsterte einer neben ihm, ein Kleiner mit verschlagenem Blick.

»Bist du 'n Bulle?«, fragte da der große Schwarze, grinste aber immer noch. »Was willst du?«

»Ich bin kein Bulle«, erwiderte Adam und bemühte sich, ruhig zu bleiben.

»Willst du Coke?«, fragte der Große.

»C'est un flic«, wiederholte der Kleine seine Warnung und war der Erste aus der Gruppe, der den Rückzug antrat, eine kleine Rauchwolke hinter sich herziehend.

»Ich brauche kein Koks«, sagte Adam leise. »Ich brauche Medis.«

»Was denn? Propofol?«

»Nein, Tranquilizer. Und Tilidin.«

»Okay, vergiss es«, sagte der Schwarze, jetzt misstrauisch. »Doch ein Bulle.« Dann drehte er sich um und ging, die anderen im Schlepptau, tiefer in den Park hinein. Adam blieb wie angewurzelt auf dem Weg stehen, sein Atem ging schwer und stoßweise. Er verabscheute diese Jungs, auch wenn er wusste, warum sie das taten, warum sie das tun mussten – weil hier niemand auf sie gewartet hatte, weil sie hier niemand wollte und weil sie wahrscheinlich auch schon lange nicht mehr wussten, mit welchem Traum sie überhaupt hergekommen waren.

Sie mussten ein ausgeklügeltes Warnsystem haben, denn als Adam nach ein paar Minuten ebenfalls weiter in den Park hineinging, waren da auf einmal gar keine Dealer mehr, die Wege waren leer, alles wirkte verlassen. Unheilvoll. Er griff sich an den Hosenbund, ein Reflex, aber natürlich hatte er keine Waffe dabei, wenn er illegal Drogen kaufen ging.

Am Ende des Görli traf er auch niemanden mehr, also

drehte er sich um und trat den Rückweg an. Seine Verzweiflung wuchs. Er würde nichts bekommen. Sie wussten, dass er ein Bulle war, und hielten es für eine Falle. Verdammt, was sollte er nur tun?

Als er an dem Gebüsch vorbeiging, in das die Jungs vorhin verschwunden waren, hörte er ein Zischen. Er blieb stehen, und der große Schwarze trat heraus, allein diesmal, ein Joint glühte in seinem Mundwinkel.

»Gib mir hundert«, sagte er.

Adam legte den Kopf schief, doch er musste nicht lange überlegen. Dann griff er in seine Hosentasche und reichte dem Mann einen der grünen Scheine.

»Was hast du für mich?«

»Wir machen hier keine Medis«, sagte der Schwarze. Adam hätte ihm gerne eine verpasst, weil er dachte, der Typ wollte ihn betrügen. Aber dann fuhr der Mann fort: »War uns zu heiß, die Bullen gehen darauf echt ab, schlimmer als bei Koks, denn das wollen die selber. Aber am Kotti, an der Ecke unter dem Tunnel, da steht ein Kollege, ein Libanese oder so. Der hat alles, was du brauchst. Auch Tili.«

»Am Kotti unterm Tunnel?«

»Schönen Abend, Bulle.«

21

Der Fernseher lief, und sie wusste gar nicht, warum sie überhaupt noch Tagesschau guckte. Sie kannte niemanden mehr aus ihrem Freundeskreis, der noch »lineares Fernsehen« schaute. Aber für sie war es ein Ritual. Ihre Großeltern hatten es gemacht, ihre Eltern, also tat sie es auch. Aus den Kinderzimmern drangen verschiedene Geräusche zu ihr, Rocco spielte mit seinen Autos, Noah mit der PlayStation, Ronja telefonierte mit einer Freundin.

Sie aber konnte nicht wie früher lächelnd den Kindergeräuschen lauschen, und sie hatte auch keine Augen für das, was in den Nachrichten gezeigt wurde. Es ging eh immer nur um schlimme Dinge, um Krieg oder Naturkatastrophen. Sie hörte nur auf die Wohnungstür. Am Geräusch, wie die Tür ins Schloss fiel, wenn er nach Hause kam, konnte sie erkennen, wie der Abend enden würde. Ihr Gefühl trügte sie nie. Sie hatte einmal diesen Krimi über einen forensischen Phonetiker gelesen, der Mordfälle löste, indem er die Täter am Klang ihrer Stimmen überführte. Sie selbst konnte am Klang der Tür hören, ob es ein guter oder ein schlechter Abend werden würde.

Doch er schien sich zu verspäten, vielleicht hatte es in der Firma noch ein Feierabendbier gegeben, und er war dann mit den Kollegen weitergezogen. Leichte Hoffnung keimte in ihr auf. Doch als der Wetterbericht über den Bildschirm flimmerte und sie nicht recht wusste, was sie morgen anziehen sollte, weil es noch einmal kälter werden würde, hörte sie die schweren Schritte auf den Stufen, und dann drehte sich der Schlüssel im Schloss. Die alte Holztür knarzte in den Angeln, dann wurde sie so schwungvoll zugeworfen, dass die Dielen im Flur wackelten. Lisa schloss die Augen.

Manuel ging durch den Flur und öffnete die Tür zu Roccos Zimmer. »Bist du etwa noch wach? Wo ist Mama?«

Sie konnte die Antwort ihres Jüngsten nicht hören, stattdessen vernahm sie seine Schritte im Kinderzimmer. »Nun aber ab ins Bett, mein Schatz. Komm, ich deck dich noch zu.« Das Rascheln der Bettdecke, seine Worte gut verständlich: »Du kannst doch nicht so spät ins Bett gehen, dann bist du morgen früh wieder so müde. Warum hat Mama dich denn noch nicht ins Bett gebracht, hm? Na ja, jetzt wirst du ganz gut schlafen. Träum was Schönes.«

Leise schloss er die Tür zu Roccos Zimmer. Lisa hoffte, dass er jetzt noch Ronja und Noah eine gute Nacht wünschen würde, aber sein Schritt beschleunigte sich. Er ließ die beiden anderen Türen auf dem Flur links liegen, ging in die Küche und öffnete die Kühlschranktür. Gleich darauf hörte sie das unnachahmliche Ploppen des Kronkorkens. Lieblingskind – Bier – Lisa, so war hier die Reihenfolge. Das Beste kam zum Schluss. Oder eben auch nicht.

»Warum war Rocco denn noch nicht im Bett?« Mit dem Bier in der Hand kam er ins Wohnzimmer, doch er setzte sich nicht etwa in seinen Lesesessel, in dem er nie las, sondern ließ sich neben ihr aufs Sofa fallen. Er griff nach der Fernbedienung und schaltete das Gerät aus. »Hallo, Lisa? Es ist nach acht. Morgen, wenn ich ihn zur Kita bringen muss, dann weint er wieder, weil er so hundemüde ist. Und was soll ich dann sagen? Mama hat vergessen, dich ins Bett zu bringen, weil sie Fernsehen gucken musste? Ist es das, was ich ihm sagen soll?«

Sie schloss kurz die Augen, weil sie manchmal in diesen Momenten eine unangenehme Portion Mut spürte, die Lust, das Unvermeidliche nicht länger aufzuschieben, weil es eh kommen würde, sie hatte schließlich gehört, wie er die Tür zugeschmissen hatte. Dennoch versuchte sie, diese Portion Mut wegzuschieben. Vielleicht gab es ja doch noch Hoffnung, vielleicht würde heute alles anders laufen. Aber als sie die Augen wieder öffnete, saß er da und blickte sie herausfordernd an, dieser feiste, dumme, brutale Wichser – und sie spürte, wie sehr sie ihn hasste, für alles, was er ihr antat. »Du sagst ihm doch eh, was du willst, Hauptsache, ich stehe dadurch schlecht da.« Der Satz war schneller aus ihrem Mund, als ihr lieb war, und sie wusste, welchen unvermeidlichen Verlauf der Abend jetzt nehmen würde.

Er sah sie an, wie vom Donner gerührt. An seinem Atem roch sie, dass es tatsächlich nicht das erste Bier gewesen war, wahrscheinlich hatte der Apéro im Büro schon um 17 Uhr begonnen, wie so oft. »Ich will dich doch nicht schlecht machen«, fuhr er sie an, aber dann sah er zum Flur. Rocco würde noch nicht schlafen, sie las seine Gedanken, und richtig, er senkte die Stimme. »Du stellst mich immer so dar, als wäre ich böse, als würde ich ganz schlecht über dich denken und über dich sprechen. Ist es nicht so?« Das Flüstern war wieder vergessen, er war zu aufgebracht. »Nein, Lisa, ich nehme nur wahr, was ich sehe. Und was ich sehe, ist eine überforderte Mutter, die im Wohnzimmer sitzt und in die Röhre glotzt, während die Kinder in ihren Zimmern auf sich allein gestellt sind und ihre Mutter möglichst in Ruhe lassen sollen. Und all das, während ich den ganzen Tag arbeite und die Kohle verdiene, damit wir nicht nur diese Wohnung bezahlen können und die beschissen hohen Strompreise, sondern auch noch eine Woche in den Skiurlaub fahren können und drei Wochen nach Sardinien, weil du es da so schön findest. Das mache ich, und ich finde nicht, dass du mir vorwerfen solltest, dass ich dich schlechtmache. Dieses Opferding, das nervt mich nämlich richtig – und du weißt ja auch, dass dir das keiner abkauft. Also, ich mache das jedenfalls nicht. Weil ich ja sehe, wie du … wie du dich gehen lässt.«

Er fuhr sie mit seinem Blick ab, die Augen glitten über ihren Körper. Sie wusste nicht, ob er eine Affäre hatte, wahrscheinlich aber hatte er keine, denn mit Sex wurde er sanfter, und in den letzten Wochen war er alles andere als sanft gewesen. Aber sie wusste auch, dass er sie nicht mehr so attraktiv und sexy fand wie früher, was alles in ihrer Beziehung noch viel schlimmer gemacht hatte, weil er nun keine Sorge mehr hatte, er könnte ihre Schönheit zerstören.

»Du könntest doch auch mal früher kommen, um Rocco ins Bett zu bringen«, sagte sie und spürte, wie der Teufel auf ihrer linken Schulter sie wieder kitzelte. »Ich hab schließlich heute auch gearbeitet.«

Sie sah ihm dabei zu, wie er den Kopf schüttelte und sein Bier austrank, zwei Züge, dann war die Flasche leer. Wortlos stand er auf, und sie dachte schon, er hätte es sich anders überlegt, aber er ging nur zum Kinderzimmer und öffnete leise die Tür. Sie wusste, dass er nun einen schnellen Blick hineinwarf, zwei, drei Sekunden, dann schloss er sie wieder. Rocco musste eingeschlafen sein. Anschließend ging Manuel wieder in die Küche, sie hörte die Kühlschranktür, das Ploppen, dann setzte er sich wieder neben sie.

»Du schaffst es immer wieder, dass ich mir wie ein Idiot vorkomme, Lisa, aber echt. Weißt du, was die Leute auf meiner Arbeit sagen? Die sagen: ›Ey, du reißt dir den Arsch auf, und sie hat nichts Besseres zu tun, als mit dir zu streiten. Warum tust du dir das an?‹ Das sagen meine Freunde auf der Arbeit. Weil es ja wirklich so ist. Weißt du, was die anderen Kollegen machen? Die gehen jetzt noch in den Club. Nur ich hab gesagt, dass ich nach Hause gehe, weil ich Rocco noch Gute Nacht sagen will. Und das muss ich ja auch, weil du es nämlich nicht machst. Wie lange hätte der Junge denn aufbleiben sollen? Bis neun Uhr, zehn Uhr oder bis Mitternacht? Wie wäre es denn Lisa recht? Bis du das Fernsehen leer geguckt hast? Du gehst arbeiten, das weiß ich, aber das ist ein Delikatessengeschäft, in dem dein Job hauptsächlich daraus zu bestehen scheint, mit den Kunden zu flirten. Und deine paar Kröten sind ja wohl eher für deine Nägel und deinen Friseur als für die Familie. Oder gibst du mir was davon ab? Kann ich was davon abhaben?« Seine Stimme war immer lauter geworden, von Wort zu Wort, am Schluss hatte er geschrien. Sie wusste, dass Ronja und Noah in ihren Zimmern alles mitbekamen, aber die beiden hatten gelernt, dass es besser war, sich ganz still zu verhalten.

»Ich habe Angst vor dir«, sagte sie, ohne ihn anzusehen, und stand auf. Er wollte sie am Arm packen.

»Bleib hier«, sagte er, aber da war sie schon entwichen.

Manuel stand nun ebenfalls auf, die Bierflasche stellte er auf den Tisch.

»Du hast Angst? Vor mir?« Er grinste sie an. »Ich mache doch gar nichts.«

»Du bist unberechenbar.«

»Weil du einfach nicht aufpasst, was du hier abziehst«, fuhr er sie an. »Du bist so … so selbstgerecht! Und erwartest dann, dass ich das alles hinnehme. Ich bin so geduldig und so … großzügig … Und du schaffst es nicht mal, meinen Sohn ins Bett zu bringen.«

»Wer weiß, ob es dein Sohn ist …«

Der Schlag traf sie aufs Brustbein, so hart und schnell, dass sie nach hinten taumelte und gegen das Sideboard stieß. Sie schrie nicht auf, weil der Schock so groß war, dass der Schmerz erst nach Sekunden in ihr Bewusstsein drang. Sonst waren seine Schläge eher wie Warnungen gewesen, schmerzhaft, nie so, dass sie ernsthaft verletzt wurde. Dieser Stoß aber war anders. Er wollte sie wirklich verletzen, sie zerstören. Sie rang nach Luft. Doch Manuel ließ ihr dazu keine Gelegenheit, er packte sie an den Schultern und drückte sie fest gegen die Wand. Er war wütend, sie sah es, weil sein Gesicht ihrem jetzt ganz nah war.

»Pass auf«, zischte er, »wenn du noch einmal so eine Scheiße sagst, dann prügle ich dich windelweich. Hast du verstanden?« Er schüttelte wieder den Kopf, beinahe wirkte er verzweifelt, als hätte er keine andere Wahl. Unvermittelt holte er noch einmal aus und stieß ihr seine Faust in die Magengrube. Lisa japste. »Ich weiß echt nicht, warum du es immer so weit kommen lassen musst«, sagte er. Dann ließ er von ihr ab, drehte sich um, nahm die Bierflasche vom Tisch und ging in den Flur. »Ich bin im Bett, der Tag war echt hart. Kannst kommen, wenn du dich entschuldigen willst. Ansonsten lass mich in Ruhe.«

Sie wartete, bis sich die Schlafzimmertür auch wirklich geschlossen hatte, dann ließ sie sich auf die Couch fallen und krümmte sich. Ihr war schlecht, und sie konnte noch immer nicht richtig atmen. Sie spürte, wie ihr die Tränen übers Gesicht liefen. Wie war sie nur in dieser Hölle gelandet? Für heute war es vorbei, er würde nicht wieder rauskommen. Nach einer Eskalation gab er meistens Ruhe. Aber schon morgen würde es weitergehen. Und sie zweifelte nicht daran, dass er seine Drohung wahr machen würde. Sie wünschte sich, dass er tot wäre.

22

Bei *Hasir* in der Adalbertstraße schlugen die Funken und Flammen, als der Koch ein fettiges Stück Lamm auf den offenen Grill legte. Adam stieg aus dem Wagen und betrachtete kurz das Schauspiel. Er schüttelte den Kopf, um die Wehmut zu vertreiben, die ihn in solchen Momenten manchmal packte. Er wäre so gern dort hineingegangen und hätte etwas von dem leckeren Fleisch gegessen, ein Glas Wein getrunken, zusammen mit seiner Frau, so wie die anderen Leute, die dort saßen und den späten Abend genossen, vorm Clubbesuch oder beim ersten Date.

Wie lange war er nicht mehr in einem Restaurant gewesen? Und wie sollte Linh das überhaupt mit ihm aushalten? Irgendwann würde sie keine Pho-Suppe mehr mit ihm essen wollen, die sie mittlerweile sehr häufig zubereitete, damit er nicht das Haus verlassen musste. Und Carolin? Würde sie nicht auch mal wieder mit ihrem Vater ein paar sorglose Momente verbringen wollen? Er spürte, wie die Zeit verflog. Bald würde sie so groß sein, dass sie auch nicht mehr mit ihren Eltern essen gehen wollen würde – oder in den Urlaub fliegen. Fliegen. Allein beim Gedanken daran musste er bitter lachen. Wie weit war er davon entfernt, in ein Flugzeug zu steigen?

Er war echt ein Wrack – und dieser Gedanke war so schlimm, dass er spürte, wie die Angst seine Kehle verschloss. Er hasste die Angst, er hasste sie so sehr. Und er hasste sich, weil er so schwach war und sich dieser Angst ergab. Erbärmlich.

Adam ging die Adalbertstraße hinunter Richtung Kotti. Noch so ein Un-Ort. Je näher er den Hochhäusern und der überirdischen U-Bahn-Trasse kam, desto weniger Zeichen von Gentrifizierung gab es. In der Straße selbst befanden sich noch einige kleine Restaurants und Bars, der Platz aber war ein Meer von türkischen Friseuren, Pfandleihhäusern, Spätis und Spielsalons. Eine gelbe U-Bahn fuhr gerade aus dem Bahnhof und nahm Fahrt auf, die Lichter in den Fenstern waren wie vorbeiflackernde Augen. Im Eingang eines leer stehenden Geschäfts lag ein Typ auf einer Decke, zugedröhnt bis obenhin, die Spritze noch zu seinen Füßen. Adam wandte schnell den Blick ab.

Dort war der Durchgang mit der Aufschrift *Zentrum Kreuzberg*. Grauer Beton, gelbe Balkone, zwölf Etagen. Satellitenschüsseln an jedem Balkon. Ausgerichtet gen Süden, fürs heimatliche Fernsehprogramm. Daheim in der Fremde.

Adam sah sich um, scannte die Umgebung. Hier war die Lage anders. Adam wusste es, weil er die Akten der Kollegen aus dem Drogendezernat beim LKA am Tempelhofer Damm kannte. Der Kotti galt als Schwerpunktbereich in Sachen harte Drogen, deshalb waren hier viel mehr Bullen unterwegs als im Görli. Die Dealer verbargen sich mit ihrer Ware eher in den Hauseingängen oder sogar in sicheren Wohnungen. Die Verkäufer erkannten ihre Kunden – anders als im Görli, wo einfach jeder angequatscht wurde, der ahnungslos vorbeilief.

Adam blieb unter dem Hausdurchgang stehen und tat so, als würde er auf jemanden warten. Er holte sein Handy hervor und wischte ein paarmal über den Bildschirm, doch er las nicht, was da stand. Er hoffte einfach nur, dass er nicht zu lange warten musste. Und er hatte Glück. Schon nach wenigen Minuten ging ein Mann vorbei, klein und gedrungen, schwarze Lederjacke, tätowierte Hände.

»Was?«, fragte er leise und in lupenreinem Deutsch.

»Medis. Der Libanese?«

»Warte!« Der kleine Mann verschwand so schnell, wie er gekommen war. Adam trat wieder nervös von einem Fuß auf den anderen. Seine Übelkeit kämpfte mit dem Adrenalin.

Sein Handy surrte in der Hand. Er sah aufs Display. »Linh« stand da. Und das rote Herz, das sie selbst einmal eingespeichert hatte, bei ihrem zweiten Date. Es war als Witz gemeint gewesen. Er hatte es nie wieder gelöscht.

Mist, nicht jetzt! Das vibrierende Handy fühlte sich heiß in seiner Hand an, und es wurde heißer, je öfter es klingelte. Er wandte den Blick ab, doch das Vibrieren klang laut in seinen Ohren.

Die Tür des zweiten Hochhauses neben ihm öffnete sich. Diesmal trat ein großer, schwerer Mann heraus, nein, nicht schwer, muskulös. Das musste der Libanese sein. Er hatte eine Glatze und trug einen Jogginganzug von Calvin Klein, wie das gestickte Emblem auf der Hose eindrucksvoll bewies. Sein Blick war fest auf Adam gerichtet, und er ging direkt auf ihn zu, noch im Gehen steckte er sich eine Zigarette an.

»Du suchst Erlösung?« Die Worte klangen wie Hohn – und das war wohl auch die Absicht des Mannes.

»Hm«, murmelte Adam. »Ich brauche Tavor oder irgendwas anderes mit Lora – und Tilidin.«

»Was hast du denn vor? Willst du 'nen Boxkampf durchstehen?« Der Dealer grinste. Adam vermutete, dass er nicht der Erste war, der diese Bestellung aufgab. Es war kein Geheimnis, dass Tavor die Angst nahm und Tilidin die Schmerzen. Keine gute Kombi – oder eben eine sehr gute.

»Wie viel willst du?«

»Dreißig Tavor. Oder mehr. So viel, wie du hast. Und zwei Fläschchen Tili?«

Der Dealer legte den Kopf schief, sein Blick drückte fast so etwas wie Besorgnis aus. »Junge, Junge. Du meinst es ernst. Aber du passt auf, okay?«

Adam nickte schwach.

»Ich geb dir dreißig und zwei Flaschen. Für fünfhundert. Okay?«

Adam wusste, dass er in der Apotheke nicht mal ein Fünftel davon bezahlt hätte. Aber der freie Markt war seit dem Nachmittag für ihn keine Option mehr.

»Okay.«

»Geh nach vorne zum U-Bahnhof. Dort ist es sicherer. Bleib unten, in dem Gang unter der Hochbahn. Gib mir zehn Minuten. Ich schicke den Mann, der dich vorhin angesprochen hat. Der kriegt das Geld. Und Abmarsch.«

Der Libanese warf die Kippe weg und verschwand im Hauseingang, ohne sich noch einmal umzusehen.

Adam ging langsam an den Spätis und den Dönerbuden vorbei. Drinnen herrschte geschäftiges Treiben, aber ihm fiel auf, dass da fast nur Männer waren, junge und alte, die kaum miteinander sprachen. Es lag so etwas wie ein stillschweigendes Einverständnis in der Luft, aber da war noch etwas anderes: tiefes Misstrauen. Niemand hier traute dem anderen über den Weg.

Er sah den Fahrradfahrer nicht kommen, als er die Ampel bei Rot überquerte. Adam zuckte zusammen, war aber unfähig zu reagieren. Der Mann schlug einen Haken und konnte sich gerade noch so fangen, er schrie Adam ein paar wüste Verwünschungen hinterher. Den restlichen Weg bis zur Unterführung versuchte er, sein Zittern wieder in den Griff zu kriegen.

Er stellte sich an eine Säule aus Beton und ließ scheinbar den Blick schweifen, dabei war es seine Ausbildung, die es ihm erlaubte, unbeteiligt zu wirken, aber dennoch nur den einen Hauseingang im Blick zu haben. Er wollte so dringend fort von hier. Aber mit einem kleinen Beutel. Einem Beutel voller Sorglosigkeit. Voll chemischen Schlafes.

Er hatte offenbar den falschen Eingang beobachtet, denn plötzlich stand der kleine Mann wieder hinter ihm, einem Phantom gleich. Er hielt eine Tüte in der Hand, das gelbe M darauf zeigte, dass sie früher für Burger zum Mitnehmen genutzt worden war.

»Fünfhundert waren ausgemacht plus fünfzig für den Kurierdienst.«

Kein schlechter Lohn für eine Minute Arbeit, dachte Adam unwillkürlich. Aber seine Kraft zu diskutieren war unter null. Er kramte in seiner Hosentasche, nahm sein Portemonnaie heraus und öffnete es. Die Scheine waren bereits griffbereit, fünf grüne Hunderter, aber er hatte keinen Fünfziger.

Die schummrigen Straßenlaternen kamen ihm auf einmal viel zu hell vor, die vorbeirasenden Autos viel zu nah. Über ihnen donnerte die U-Bahn über die Gleise.

»Kannst du wechseln?«, fragte er und wusste sogleich, wie bescheuert das klang. Er kaufte ja keine Waschmaschine. »Nein, hab leider nichts dabei«, sagte der Mann ohne erkennbare Ironie in der Stimme, er klang sogar tatsächlich ein wenig bedauernd. Adam nahm den sechsten Hunderter und reichte ihn herüber, der Mann zählte nicht nach, sondern gab ihm stattdessen die Tüte. Ein Gefühl der Erleichterung durchströmte ihn. Es war geschafft, er würde endlich wieder schlafen können. Und funktionieren wie ein normaler Mensch.

Sein Handy vibrierte, und er wusste, wer ihn um diese Zeit anrief. Es gab nur eine Person auf der Welt. Er wollte den Anruf entgegennehmen, Linh sagen, dass alles in Ordnung war, denn das war es ja jetzt auch, da er endlich seine Medis hatte.

In diesem Moment brach die Hölle los.

23

»Polizei, stehen bleiben!« Der Ruf wie ein Hall, lauter als die U-Bahn über ihren Köpfen.

»Auf den Boden ... Halt, bleib hier, du Kasper ... Polizei, liegen bleiben ... Bastard, ey ...!«

Adam wurde von den Füßen gerissen, genau wie der kleine Kerl neben ihm, der noch Anstalten gemacht hatte, über das Geländer zur Straße zu klettern. Adam schnaufte, als der junge Bulle auf ihm saß. Er roch das Leder der Jacke, es roch ganz neu. Der Typ war in Zivil gewesen, Adam hatte ihn und die zwei anderen vorhin aus den Augenwinkeln wahrgenommen, bärtige junge Männer, sie hatten ausgesehen wie spanische Austauschstudenten, die sich auf dem Weg in den Club noch schnell eine Packung Kippen im Späti kaufen wollten.

Die hatten hier schon die ganze Zeit rumgestanden, und er, der größte Idiot der Welt, hatte nichts darauf gegeben. Er hatte nur an seinen Stoff gedacht, wie ein Junkie, ein elender Junkie. Seinen Stoff ...

Sie wanden ihm die Tüte aus den Händen, der Griff war schmerzhaft, er kannte ihn, denn er hatte ihn selbst schon allzu oft angewandt. Aber noch nie hatte er wirklich gespürt, wie es sich anfühlte, wenn man mit diesem

Griff auf den Boden gedrückt wurde. Die kleinen Kiesel auf den Pflastersteinen schnitten in sein Gesicht, während ihn der Bulle festhielt. Adams Gehirn arbeitete auf Hochtouren, das Adrenalin hatte die Angst weggeblasen. Nun war nur noch Überlebenswille in ihm. Er durfte keinen Fehler mehr machen – der größte war ohnehin schon passiert –, jetzt ging es nur noch darum, die absolute Katastrophe abzuwenden. Allein: Die Erfolgschance war winzig.

»Sauber!«, rief der Bulle auf ihm, und dann schlossen sich die Kabelbinder um seine Handgelenke, das ostentative Reißen des Verschlusses, und schon wurde er nach oben gezogen, auf die Beine gestellt wie ein Kindergartenkind, das sich das Knie aufgeschlagen hatte. Der Typ neben ihm hatte auch ordentlich was abbekommen, sein Gesicht war blutig, weil der Polizist ihn so hart auf den Boden geschleudert hatte. Aber er verzog keine Miene, keine Spur von Schmerz, nur ein finsterer Blick in Adams Richtung.

»Bulle«, flüsterte er, sein Mund bewegte sich nur unmerklich.

»Wie hast du mich genannt?« Der junge Polizist in Zivil, der hinter Adam stand, fauchte den kleinen Dealer an.

»Nicht dich. Den da.« Der Typ zeigte auf Adam. »Der ist ein Bulle. Hab ich mir doch gleich gedacht.«

»Was sagst du da?« Der Zivilpolizist drehte Adam um und musterte ihn. »Stimmt das?«

Adam schüttelte den Kopf, sagte aber nichts.

»Hast du Papiere?«

Wieder schüttelte Adam den Kopf. Der andere Polizist beendete gerade die Durchsuchung des Dealers. »Er hat auch keinen Ausweis dabei.«

»Wollt ihr uns eure Namen sagen, oder müssen wir die ganz große Hafenrundfahrt machen auf dem Revier?«

Wieder sahen sich Adam und der Dealer finster an und schwiegen. Die Beamten begutachteten jetzt den Inhalt der Tüte. Der Bärtige nickte seinen Kollegen aufmunternd zu. »Die reicht für einen schönen Haftbefehl, diese kleine Fast-Food-Tüte hier. Burger machen fett – und Stoff macht doof, so scheint es. Wir verhaften euch wegen des Handels und des Besitzes von Betäubungsmitteln, wegen des Verstoßes gegen das Arzneimittelgesetz und wegen des Verstoßes gegen das Neue-psychoaktive-Stoffe-Gesetz – da passt doch Tavor so schön rein. Also, das wird den Staatsanwalt freuen. Und ab mit euch.«

Die Polizisten zerrten Adam und den Dealer mit sich, sie bahnten sich einen Weg durch die Schaulustigen, die sich mittlerweile um sie versammelt hatten. Der Kabelbinder schnitt Adam in die Gelenke, aber er spürte den Schmerz nicht, weil die Demütigung viel zu groß war, die Demütigung und die Angst, das Lachen der jungen Leute, die die gefesselten Männer sahen, der kleine Dealer, der immer wieder »Scheißbulle« murmelte und dafür von dem Zivilpolizisten immer wieder eins auf den Hinterkopf bekam.

Gegenüber dem U-Bahnhof warteten ein Streifenwagen und ein Zivilfahrzeug. Der Dealer fuhr mit der blauen Wanne, Adam mit dem Zivilfahrzeug. Er wusste, wohin es jetzt ging. Die Wache von Abschnitt 53 war in der Friedrichstraße, es war nur eine kurze Fahrt. Er überlegte, wie er Linh erreichen konnte. Sie musste ihn aus diesem Schlamassel befreien. Aber wahrscheinlich … wahrscheinlich würde sie sich nur von ihm befreien, und er hätte es ihr nicht verdenken können. Er schämte sich so wahnsinnig.

Die Polizisten sprachen kein Wort, im Radio lief KissFM, irgendein deutscher Hip-Hop-Song, den Carolin auch gern hörte. Die Lichter der Adalbertstraße flogen vorbei, Adam lehnte den Kopf ans Fenster und betrachtete die Nachtschwärmer. Deshalb bemerkte er auch nicht den Wagen, der sie überholte, er spürte nur die Vollbremsung und sah dann das Blaulicht auf dem Dach des VW Passat vor ihnen. Er kniff die Augen zusammen und las das Kennzeichen, las es ein zweites, dann ein drittes Mal.

»Ach du Scheiße«, murmelte er, doch es musste lauter herausgekommen sein als gedacht, weil ihn der andere Bulle überrascht ansah. »Was soll denn dieser Mist jetzt?«, fragte sein Kollege. Die beiden Zivilbullen stiegen aus, und Adam sah durch die Windschutzscheibe, wie sein Kollege Thilo Kupferschmidt lässig aus dem Passat stieg und auf sie zukam.

Adam kannte Thilo gut, manchmal fürchtete er sogar, zu gut. Deshalb war ihm der Mann auch immer unangenehmer geworden. Aber er gehörte zu seinem Team. Er sah an Thilos Gang, dass er ganz ruhig und gechillt wirken wollte, doch Adam ließ sich davon nicht täuschen. Er erkannte, wie angespannt sein Kollege tatsächlich war. Was konnte das heißen? Woher wusste Thilo, dass Adam hier war? Es hatte keine Funkdurchsage gegeben. Und warum war Thilo allein? Da war keine zweite Person in dem Passat zu entdecken. Keine Sandra, niemand. Das konnte nichts Gutes bedeuten.

Die drei Polizisten trafen sich zwischen den Wagen, der Passat stand noch immer halb quer auf der Straße, sodass der entgegenkommende Verkehr abbremsen musste und sich ein kleiner Stau bildete. Doch die Bullen achteten nicht darauf. Er sah die überraschten Gesten der

Beamten. Die Drogenfahnder wussten offenbar nicht, wie ihnen geschah. Adam beobachtete, wie Thilo seinen Ausweis aus der Jackentasche holte, er hielt ihn hoch, und dann wies er auf den Wagen. Er schien ganz ruhig zu sprechen, während sich der junge Bärtige am Kopf kratzte. Der andere machte eine abwehrende Geste, sein Hals bewegte sich, als würde er laut sprechen, Adam aber verstand gar nichts.

Thilo redete immer noch ganz ruhig auf sie ein. Er wies in Richtung Himmel, als wäre sein Auftrag ein gottgegebener, dann wies er wieder auf den Wagen, in dem Adam saß, der immer kleiner wurde und am liebsten im Fußraum des Wagens verschwunden und niemals wieder aufgetaucht wäre.

So ging es noch ein paar Minuten hin und her. Adam hätte so gern etwas von dem Gespräch gehört – und dann doch wieder nicht, weil er wusste, dass er es kaum würde ertragen können.

Als der bärtige Bulle erneut den Kopf schüttelte und die Hände in die Hüfte stützte, wechselte die Stimmung. Thilo wandte sich leicht ab, dann holte er sein Telefon heraus und drückte aufs Display, als wählte er eine Nummer. Fünf oder sechs Worte, sofort kam Bewegung in die Zivilpolizisten, der ältere gab dem jüngeren einen fast unmerklichen Knuff, dann drehte der sich um und machte einige Schritte auf den Wagen zu, in dem Adam saß. Adam blickte den Bärtigen an, dessen Miene angespannt war, als ränge er mit sich um eine wichtige Entscheidung.

Adam zählte die Sekunden, bei fünf wandte sich der junge Polizist wieder um, bei sieben machte er eine Geste, und Thilo ließ das Telefon sinken. Er schien jetzt durch die Kollegen hindurchzusehen, blickte ebenfalls auf den Wagen.

Nun kamen die drei zusammen auf das Auto zu. Der junge Zivilbulle öffnete die hintere Tür und sagte zu Adam: »Na dann, der Kollege nimmt dich mit.«

»Warum das denn?«, fragte Adam.

»Befehl von ganz oben – die Vernehmung findet in Tempelhof statt, beim LKA.« Er zog Adam aus dem Wagen und wollte sich gerade daranmachen, den Kabelbinder aufzuschneiden, doch da erklang Thilos Stimme. »Nein, lass mal, das wirkt authentischer. Wir wollen hier ja nicht noch mehr auffallen als ohnehin schon.« Er wies auf die Menschen, die im *Hasir* und in den Bars saßen und das Geschehen verfolgten. Zwei junge Leute standen auf einem Balkon und filmten.

Adam fing ganz kurz Thilos Blick auf, aber er konnte ihn nicht deuten. War da Überraschung? Anspannung? Nein, irgendwas anderes, beinahe Fröhliches lag auf Thilos Zügen.

»Okay, dann alles klar.« Der Zivilbulle schob Adam zu Thilo herüber. »Aber du schreibst wirklich einen Bericht, ja? Ich will echt keinen Ärger kriegen, weil wir zwei Verdächtige über Funk melden und dann nur mit einem auf dem Revier ankommen.«

»Keine Sorge. Ich schreib alles auf, gemeinsam mit einer Lobnotiz an den Polizeipräsidenten, weil ihr so geile Arbeit gemacht habt, Jungs.«

»Und du sagst das nächste Mal Bescheid oder gibst mir ein Zeichen, Kollege«, sagte der Bärtige leise zu Adam. »Dann fass ich dich 'n bisschen sanfter an, klar?«

»Hm.« Adam wusste nicht, was er noch hätte erwidern können, zu perplex war er angesichts der neuen Situation.

»Hey, warte.« Der Zivilbulle griff noch aufs Armaturenbrett auf der Beifahrerseite, dann reichte er Thilo die Tüte. »Hier, für die Beweisaufnahme.«

»Danke, Kollegen. Eine ruhige Nacht euch.«

»Ach, so ruhig mögen wir es gar nicht. Von mir aus können wir noch so eine gute Beute machen.«

»Na dann: Waidmannsheil!«

»Waidmannsdank!«

24

Thilo führte Adam am Kabelbinder zum Wagen. Dabei schien er peinlich genau darauf zu achten, dass seine Hand jene seines Chefs nicht berührte. Keiner sprach ein Wort.

Adam war viel zu verwirrt, in seinem Kopf ratterte es, und dennoch schaffte er es nicht, zu verstehen, was hier vor sich ging. Er hätte gerne was von dem Tilidin gehabt, das in der Tüte war, die Thilo nun in den Wagen legte. Dann ließ er Adam auf der Beifahrerseite einsteigen. Wortlos nahm er das Blaulicht vom Dach, ließ den Wagen an und bog in die Oranienstraße ein, an deren Ende er den Wagen nach links lenkte und auf der seltsamen Brache am Axel-Springer-Hochhaus hielt. Die Heizung im Auto war viel zu warm eingestellt. Adam verabscheute diesen muffigen Geruch, eine Mischung aus Schweiß und heißem Staub.

Wortlos nahm Thilo die Tüte und sah hinein. Er drehte die beiden Fläschchen, betrachtete die Etiketten und las die Namen auf dem Tablettenblister, als hätte er sie noch nie gehört. »Holla!«, murmelte er nach einer Weile.

Adam spürte, wie sein Handy in seiner Jackentasche wieder vibrierte. Linh musste es in der Zwischenzeit noch vier- oder fünfmal probiert haben. Wahrscheinlich war sie krank vor Sorge. Er wusste, wie stark sie war – und dass sie nichts auf der Welt aus der Bahn werfen konnte. Außer ihrem Bruder. Oder ihm. Und gerade tat er es schon wieder – obwohl er eigentlich genau das Gegenteil hatte erreichen wollen.

Thilo Kupferschmidt hörte das Vibrieren des Handys ebenfalls. Er ließ es verstreichen, schien regelrecht den Atem anzuhalten. Als es aufgehört hatte, wandte er ihm den Kopf zu und sagte: »Das ist echt ein starkes Stück, Chef.«

Adam ballte die Fäuste, deren Gelenke noch immer in dem Kabelbinder steckten.

»Was willst du?« Die drei Worte kamen härter aus seinem Mund als geplant.

»Ich ...?«, Thilo sah ihn an, als hätte er weder mit der Frage gerechnet noch damit, dass sein Chef ihn in diesem Ton duzen würde. »Ich will ja gar nichts sagen, Sie werden ja sicher Ihre Gründe dafür haben, dass Sie diese Medikamente ... nun ja ... brauchen ... Deshalb ist das auch gar nicht meine Angelegenheit. Und ich möchte Sie dafür auch nicht kritisieren, Kommissar, also, ich meine, gar nicht. Das wäre ja anmaßend. Aber ...«

Er stockte, und Adam sah ihm an, dass er nicht weiterwusste. Das war typisch für Thilo. Er musste genau bis zu dem Zeitpunkt gedacht haben, als er mit ihm in dieses Auto gestiegen war. Aber das Gespräch, das hatte der junge Kollege nicht vorbereitet. So langsam setzte der Kommissar die Puzzleteile zusammen. Und als Thilo immer noch nicht weitersprach, sagte er: »Das war kein Zufall, dass du vorhin auch am Kotti warst, hm? Du hast mich verfolgt.«

Thilo hatte rote Wangen, was aber auch an der Wärme im Auto liegen konnte. Adam zerrte an seinen Fesseln.

»Du hast Schiss vor mir, oder? Thilo? Du hast Schiss, dass ich dir die Fresse poliere, wenn du mich befreist, oder? Ich kann dir sagen: Die Chance bestünde. Sie liegt sogar bei genau hundert Prozent.«

Er sah, wie sich Thilos Hände ums Lenkrad legten. Er schien sich festhalten zu müssen, um die Kontrolle zu behalten. Es dauerte einige Sekunden, vielleicht war es auch eine Minute, die Lichter der vorbeifahrenden Autos spiegelten sich in der Seitenscheibe des Wagens. Dann wandte sich Thilo wieder Adam zu, sein Blick war nun anders, kalt und finster.

»Ich glaube, das wäre in deiner Lage wirklich keine gute Idee.« Er hatte die Worte leise ausgesprochen, und es war das erste Mal, dass Thilo Kupferschmidt seinen Chef duzte.

»Meinst du?«, fragte Adam und versuchte, gleichgültig zu klingen.

»Ich denke, du kannst froh sein, dass ich es war, der dich aus der Festnahme befreit hat. Was meinst du, was passiert wäre, wenn die auf der Wache herausgefunden hätten, wer du wirklich bist? Ein Kommissar der Mordkommission. Der seit mehreren Wochen krankgeschrieben ist. Und nun wirklich keinen Auftrag hatte, einen Dealer hochzunehmen, indem er verdeckt Drogen bei ihm kauft. Ich glaube, das wäre das Ende. Dein Ende.«

»Tja, aber glauben ist nicht wissen.« Adam sagte es ganz ruhig, aber so langsam ging ihm die Kraft aus, noch länger die Fassung zu wahren – er war mit den Nerven am Ende und wusste, dass das hier zu nichts Gutem führen würde.

»Adam, du musst damit aufhören.« Thilos Stimme klang jetzt beinahe flehend, wäre da nicht dieser ironische Unterton gewesen. »Du steckst so tief in einer Sackgasse, dass ich nicht weiß, wie du da wieder rauskommen willst, wenn du weiter so überheblich bist und alle anderen wie Dreck behandelst.«

Adam riss sich zusammen und ging nicht darauf ein. »Warum hast du mich verfolgt, Thilo?«

»Sagen wir es mal so: Ich wollte dich vor dir selber schützen.«

»Und ausgerechnet heute landest du gleich einen Volltreffer?« Adam stockte und sah ihn fragend an. »Nein, so ist es gar nicht, oder? Du folgst mir schon länger.«

Thilo legte den Kopf schief, dann erschien ein verschlagenes Lächeln auf seinen Zügen. »Noch gar nicht so lange. Ich hab mir halt Sorgen gemacht, als du von einem Tag auf den anderen krankgeschrieben warst. Du warst ja plötzlich wie vom Erdboden verschluckt. Und dann habe ich dich heute Mittag im Auto vor dem LKA gesehen. Deine Frau kam gerade von der Vernehmung ihres Bruders. Deshalb war mir klar, dass du wieder mitmischen willst und irgendwas brauchst, um dich arbeitsfähig zu machen. Und spätestens, als du mit leeren Händen aus der Apotheke kamst, war mir klar, dass ich dem Ziel näher komme.«

»Du hast mich observiert? In meinem Kiez? In meinem Zuhause?« Der Schreck fuhr ihm tief in die Glieder. Das hier war teuflisch. »Warum? Was willst du?«

Er sah, wie sich die Miene des jungen Kollegen noch einmal veränderte, wie sie selbstbewusster wurde, klarer. Darauf hatte Thilo sich tatsächlich vorbereitet.

»Ich wusste, dass ich was finden würde«, sagte Thilo

Kupferschmidt und musste sich einmal räuspern, »aber ich habe nicht geahnt, dass es so einfach werden würde. So … so klar. Medikamente bei einem Dealer zu kaufen – ey, Adam.« Er wies auf das Hochhaus, in dessen Schatten sie parkten. Einige Fenster waren noch hell erleuchtet. »Weißt du, was die Journalisten von der *BILD*-Zeitung schreiben würden, wenn sie die Geschichte in die Finger bekämen? ›Drogenbulle am Kotti verhaftet!‹ Das wäre die erste Schlagzeile. Und dann würden sie in deinem Privatleben wühlen … Und ich glaube, sie würden so einiges rausfinden. Die nächsten Schlagzeilen wären dann: ›Drogenbulle war schon oft gewalttätig – das Aggressionsproblem des Adam S.‹, und dann würden sie irgendwann Carolin vor der Schule abfangen und sie zu ihrem Vater befragen. Weißt du, wie scheiße das werden würde?«

Adam zerrte an seinen Fesseln. »Lass meine Tochter da raus! Nimm ihren Namen nie wieder in den Mund, sonst … sonst bringe ich dich um! Verstanden?«

»Hast du schon mal gemordet, Adam? Möchtest du dich erleichtern? Heute Nacht ist deine Chance.«

»Sag endlich, was du willst, Thilo!«

»Okay, okay. Also … ich könnte das alles vergessen, keinen Bericht schreiben und meine Geschichte, die ich den jungen Beamten erzählt habe, in eine vertrauliche Akte einfließen lassen. Ich könnte sagen, dass ich einen V-Mann hatte, den ich führe und der in einer Mordermittlung im Drogenmilieu eine winzige Grenze überschritten hat. Nichts, was zu irgendeiner Nachfrage führen würde. Du würdest das hier bekommen …« Er hob die Tüte hoch, als hielte er einem Hund ein Leckerli vor die Nase, er wedelte sogar ein wenig damit herum. In dem Augenblick hätte Adam ihm wirklich gern den Kiefer gebrochen.

»Und dann würden wir nie wieder darüber sprechen. Und ich würde dir auch nicht mehr folgen«, fuhr Thilo fort. »Aber dafür möchte ich ein paar Sachen.«

»Und die wären?«

»Ich möchte, dass meine Beförderung im Sommer etwas anders aussieht, als du es vorgesehen hattest.«

Adam verzog das Gesicht. »Ich hatte überhaupt nicht vor, dich zu befördern, mein Lieber. Ich wusste, dass du eine hinterhältige Ratte bist. Ich hätte dich am liebsten in den Innendienst versetzen lassen, auf einen richtig langweiligen Posten mit Kellerbüro. Einbruchsdelikte oder so.«

»Vergiss es, Adam. Ich werde bei dir bleiben, ganz nah bei dir. Bis du irgendwann wirklich nicht mehr kannst, weil der Druck zu groß ist. Dann werde ich da sein, um dein Nachfolger zu werden. Und deshalb wirst du mich in ein paar Monaten zum Hauptkommissar machen – und zum stellvertretenden Leiter der Einheit. Ich weiß …« Wieder dieses teuflische Grinsen. »Du wolltest Sandra zu deiner Stellvertreterin machen. Ich glaube, ihr fickt – jedenfalls würde sie das gerne. Aber sie wird einen Schritt zurücktreten müssen. Denn ich will diese Beförderung. Und …«

»Und was? Magst du auch noch 'nen Lutscher?«

»Ich weiß, dass bei dem Banküberfall im letzten Sommer Geld verschwunden ist.«

Adam sah ihn fragend an. »Was meinst du?« Er hatte wirklich keine Ahnung.

»Bei dem Banküberfall mit Geiselnahme, den deine Frau gemanagt hat – da oben am Arsch der Welt. Ich habe alle Akten gelesen. Angeblich gab es eine Tasche mit Lösegeld, die Linh höchstpersönlich in die Bank getragen hat. Das haben die Geiselnehmerin und mehrere Zeugen zu Protokoll gegeben. Aber von der Tasche fehlt jede Spur. Und die Einzige, die Zugang zu dieser Tasche hatte und am Tatort unbesorgt von links nach rechts laufen konnte, war deine Frau.«

»Ich weiß wirklich nicht, wovon du redest.«

»Die Tasche, in der hunderttausend oder so drin waren.«

Adam schüttelte den Kopf.

»Du weißt wirklich von nichts, oder?« Thilo schien tatsächlich überrascht zu sein. Aber Adam wusste, dass er selbst noch viel überraschter war. Linh hatte nichts gesagt. Und Linh erzählte ihm alles. Es konnte nicht sein.

»Ich will dieses Geld. Und zwar alles. Innerhalb der nächsten drei Tage. Ich denke, du wirst mit deiner Frau reden müssen.«

»Sonst lieferst du uns beide ans Messer, oder was?«

»So ist es, Adam. Und das gilt auch, wenn du auf die dumme Idee kommst, mich irgendwie auszuschalten. Ich werde das hier für mich behalten. Aber es gibt Menschen, die wissen, dass ich dir auf der Spur bin. Der Einsatz damals bei dem Pädo in der Wohnung, als der mich fast gekillt hätte und du einfach nur dumm rumgestanden hast … Das habe ich nicht vergessen. Und ich habe Verbündete, die davon wissen.«

»Gut. Du willst eine Beförderung, über die ich nicht allein entscheiden kann. Und du willst Geld, das ich nicht habe, ja von dem ich nicht mal weiß, ob es wirklich existiert. Hm, sind jetzt nicht so gute Aussichten, oder, Thilo?«

»Du wirst das schon hinkriegen, Adam. Ich glaube, du weißt, wie hoch der Preis ist. Und jetzt beug dich vor.«

Adam lehnte sich auf seinem Sitz nach vorn, und Thilo schnitt ihm blitzschnell den Kabelbinder auf. Als sich der Kommissar zurücklehnte, sah er das Cuttermesser in der Hand des Polizisten aufblitzen.

»Du scheißt dir echt in die Hosen, so sehr hast du Angst vor mir, was?«

»Du hast drei Tage, Adam. Dann will ich die Kohle. Und ich will die vier Sterne auf der Schulter.«

»Du hättest eigentlich nur eine unehrenhafte Entlassung verdient.«

»Das sagt der Richtige.«

Thilo und Adam sahen sich an, als wäre der Kampf schon entschieden. Und Adam wusste, dass er es war, der mit dem Rücken zur Wand stand. Er öffnete die Tür.

»Fick dich, Thilo.« Er stieg aus.

»Sehr gern. Wir sehen uns im Büro. Jetzt hast du ja wieder genügend Stoff.«

Er hielt Adam die Tüte hin, der eigentlich am liebsten davongelaufen wäre. Aber er schüttelte sich einmal, weil ihm eine Gänsehaut über den Rücken lief, dann griff er danach und hielt die Tüte ganz fest, bevor er sich umdrehte und langsam davonging. Als ihn der Wagen überholte und einmal kurz hupte, musste Adam an sich halten. Erst als er die Rücklichter des Passats nicht mehr sah, öffnete er den Mund und schrie. Er schrie so laut, dass die Wut von den Wänden der Hochhäuser widerhallte. Er schrie so lange, bis er erschöpft nach Luft rang. Zwei Nachtschwärmer drehten sich erschrocken nach ihm um. Er musste wirken wie ein Alki oder ein Verrückter. Aber der Druck musste raus. Er musste raus.

25

Sie atmete ganz ruhig, doch gerade als er seine Bettdecke nahm, um auf die Couch zu gehen, flüsterte sie: »Leg dich sofort neben mich. Und denk gar nicht dran umzuziehen.«

Sie machte das Nachttischlicht an und setzte sich im Bett auf. Wie immer war sie nackt, auch im Winter trug sie keinen Schlafanzug.

»Was ist passiert? Woher kommst du so spät?«

Er sagte nichts, sondern setzte sich neben sie, und sie legte sofort den Arm um ihn.

»Hey, was ist los? Nun sag schon …«

Er ließ sich halten, genoss ihre warme Haut an seiner, dann, nach einer Weile, löste er sich und ging in die Küche, stieg auf den Hocker und nahm die Tüte vom Schrank herunter, die er eben dort versteckt hatte, damit Carolin nicht aus Versehen darauf stieß. Dann ging er wieder zu Linh ins Schlafzimmer. Er reichte ihr die Tüte und sagte: »Hier. Mach damit, was du für richtig hältst. Ich musste das tun. Ich brauche das Zeug. Ich kann sonst nicht arbeiten – und ich kann dir nicht helfen, Duc zu retten. Aber ich weiß, was du darüber denkst. Wenn du es ins Klo schütten willst, dann mach das.«

Sie öffnete die Tüte, hielt sie aber ein Stück von sich weg, als könnte etwas Ansteckendes darin sein. Dann schaute sie hinein. Ihre Augen verengten sich. Sie betrachtete die Blister eine Weile, dann sah sie auf, und ihre Blicke trafen sich. Da war nichts Verurteilendes in ihren Augen, keine Wut, nur Sorge. Und er glaubte, Enttäuschung zu sehen. Doch dann schloss sie die Tüte wieder und gab sie ihm, ohne ein Wort zu sagen.

Sie legten sich nebeneinander, und Linh löschte das Licht. Nach einer Weile sagte sie: »Da ist noch was, oder? Du atmest so schwer …«

Und Adam sagte in die Stille: »Thilo hat mich erwischt, als ich das Zeug gekauft habe. Er erpresst mich. Ich weiß nicht, was ich tun soll.«

Linh atmete einmal tief durch, dann noch einmal, bevor sie leise fragte: »Und was will er?«

26

Linh verließ die Wohnung früh am Morgen und brachte Caro zur Schule, während er wieder einschlief. Die Tablette, die er nachts noch genommen hatte, wirkte Wunder.

Als er zwei Stunden später erwachte, fühlte er sich zum ersten Mal seit langer Zeit wirklich ausgeschlafen. Die Ereignisse vom letzten Abend erschienen ihm nun nicht mehr ganz so schwerwiegend, obwohl die Gefahr noch lange nicht gebannt war. Thilo hatte ihn in der Hand und war unberechenbar. Doch Adam würde sich darum kümmern. Ihm würde schon etwas einfallen, um den Kollegen in die Schranken zu weisen. Aber zuerst musste er Linh helfen und mehr über Ducs Fall herausfinden. Und dafür musste er aufs Revier.

Unwillkürlich trat ein Lächeln auf sein Gesicht, als er merkte, dass der Gedanke ans Büro und an den bevorstehenden Tag ihn nicht mehr mit Angst erfüllte. Ganz im Gegenteil: Er konnte es kaum erwarten, wieder zu ermitteln. Der alte Adam war zurück, der, der nicht bleich und mit Schweißperlen auf der Stirn vor dem EDEKA stand und es nicht schaffte hineinzugehen.

Er wusste, dass seine Energie und sein Optimismus zu

einem Großteil von den Tabletten herrührten, aber auch dieses Problem würde er angehen, wenn die Sache mit der Explosion geklärt und Duc aus der Haft entlassen war. Er dachte an die Tüte, die ganz hinten auf dem hohen Küchenschrank lag. Für die nächste Zeit war er erst mal auf der sicheren Seite.

Er wollte gerade aus dem Bett steigen, da drang ein Schrei durch das gekippte Fenster ins Schlafzimmer. Ging das jetzt etwa schon wieder los? Hatte er diesem Schirrmacher nicht deutlich zu verstehen gegeben, dass er seine Frau nicht noch einmal anrühren sollte? Dem Mistkerl würde er jetzt ein für alle Mal eine Lektion verpassen.

Mit einem Satz war Adam aus dem Bett. Er spürte die Aufregung, das Adrenalin schoss nur so durch seinen Körper. Er konnte es kaum erwarten. Rasch zog er sich an, die Dusche musste wohl noch einen Moment länger auf ihn verzichten. Kaum auf die Stufen achtend, rannte er die Treppe hinab und um die Ecke ins Nachbarhaus, die Tür zu dem Altbau stand offen, und Adam ging entschlossen hinein.

27

Manuel Schirrmacher lag, Kopf voran, auf der Treppe zwischen der vierten und fünften Etage. Blut tropfte aus der Wunde am Kopf, in einem feinen Strom floss es die Stufen hinab und sickerte zwischen die Nähte des hellen Teppichs im Treppenhaus.

Adam stand wie angewurzelt da, schwer atmend, seine Brust hob und senkte sich, sein Herz raste noch immer von seinem Sprint. Er blickte auf Manuel Schirrmachers massigen Körper, nahm jedes Detail wahr: die Platzwunde, die muskulösen Schultern, das frisch gebügelte Hemd, das an den Oberarmen leicht spannte, den Schorf an der rechten Hand. Er konnte sich denken, woher der kam. Vor allem aber waren es die Augen, die Adams Blick immer wieder anzogen. Die leblosen Augen von Manuel Schirrmacher, die zur Stuckdecke hinaufstarrten.

Er wusste nicht, wie viele Sekunden verstrichen waren – oder waren es Minuten gewesen? –, bevor er sich endlich wieder rühren konnte. »Verdammt, verdammt, verdammt«, murmelte er immer wieder, beugte sich hinab und suchte am Hals des Mannes nach einem Puls. Doch da war nichts. Keine Regung unter seinen Fingern. Adam versuchte es noch einmal. Er passte auf, dass kein Blut vom Kopf des Mannes auf den Ärmel seiner Jacke oder an seine Finger gelangte. Woher kam überhaupt diese Platzwunde?

Er blickte sich um und entdeckte das angeschlagene Fensterbrett. »Ach du Scheiße!«, presste er hervor.

Ein plötzliches Geräusch ließ ihn herumfahren. Oben am Treppenabsatz im fünften Stock stand Lisa Schirrmacher, die Hände auf den Mund gepresst, die Augen vor Entsetzen geweitet. Krampfhaft versuchte sie, einen Schrei zu unterdrücken.

Adam streckte die Hände in ihre Richtung, es sollte eine beruhigende Geste sein, doch Lisa Schirrmacher wich reflexartig einen Schritt zurück.

»Frau Schirrmacher, bitte …« Er kam nicht weiter, denn in diesem Moment erklangen von unten auf der Treppe schnelle Schritte. Im nächsten Moment stand die Nachbarin aus dem Vierten, die mit den dunklen Locken, vor ihnen. Sie trug Sportkleidung und kam offensichtlich gerade vom Joggen. Sie blieb mit offenem Mund stehen, ihre AirPods noch in den Ohren. Mit schreckgeweiteten Augen blickte sie auf die Szene, die sich ihr bot, machte auf dem Absatz kehrt und rannte die Treppen wieder hinunter.

»Frau Gutierrez, warten Sie …«, rief Adam ihr hinterher, aber sie war schon aus dem Haus, die Eingangstür fiel krachend ins Schloss. Gleich darauf schloss sich noch eine weitere Tür – die Wohnungstür der Schirrmachers. Nun stand Adam allein im Treppenhaus, neben einer Leiche. Und es konnte sich nur noch um Minuten handeln, bevor die Polizei anrückte. Verdammt, wo war er da nur hineingeraten?

28

Das Telefon musste nur einmal klingeln, bevor sie dranging. »Kriminalpolizei, Abschnitt 15. Sandra Pitoli am Apparat.« Sie lauschte ins Telefon, und daran, wie sie sofort den Kopf hob, erkannte Thilo, dass er seine Gedanken über Adam erst einmal zurückstellen musste. Sandra wechselte noch ein paar Worte mit dem Anrufer, dann legte sie auf.

»Eine leblose Person in einem Treppenhaus. Nicht ganz klar, was passiert ist.«

»Fahren wir.« Thilo stand auf. »Wohin?«

»Wörtherstraße 28.«

»Im Ernst? Das ist doch gleich bei Adam um die Ecke.«

Sandra sah ihn einen Moment lang schweigend an, und er konnte ihren Gesichtsausdruck nicht deuten. Dann zuckte sie mit den Schultern, als wäre es ihr gleichgültig, und sagte: »Das ist die Adresse, die mir die Leitstelle eben durchgegeben hat.«

»Na, dann los.«

Sie sprinteten die Treppe hinunter, der Zivilwagen stand im Hof der Wache an der Eberswalder Straße. Das Stahltor fuhr zur Seite, und sie rasten mit Sirene und Blaulicht auf dem Dach aus der Einfahrt, bogen nach rechts und überquerten nach einer Minute die Schönhauser Allee. Es war kein weiter Weg bis zur Wörther Straße. Als sie dort eintrafen, sahen sie schon von Weitem den Krankenwagen und einen Streifenwagen der uniformierten Kollegen.

❖

Gerade als sie ausstiegen, kamen die beiden Sanitäter aus dem Haus, die Trage war leer. Sandra kannte den jüngeren vom Sehen, weil sie öfter Einsätze mit Rettungswagencrews hatten. Als der Mann sie erkannte, schüttelte er den Kopf. »Da war nüscht mehr zu machen«, sagte er. »Den Gerichtsmediziner hab ich in der Leitstelle schon angefordert.«

»Sehr gut, vielen Dank«, sagte Sandra. »Mann oder Frau?«

»Mann, Mitte vierzig.«

»Ist er gestürzt?«

»Würde ich sagen. Oder er wurde gestürzt. Aber dafür seid ihr die Experten, wir räumen ja nur hinterher auf. Viel Glück euch.«

Die Sanitäter winkten einmal, dann stiegen sie in den Krankenwagen, während Sandra und Thilo den Flur des Altbaus durchquerten. Vor der Tür erklangen neue Sirenen, offenbar hatte die Leitstelle mehr Streifenwagen geordert, um das Haus besser absperren zu können. »Ungeklärter Todesfall.« Wenn das über den Polizeifunk lief, machten sich die Kakerlaken von der Regenbogenpresse sofort auf den Weg.

Im dritten Stock stand ein junger, milchgesichtiger Beamter und wollte ihnen den Zugang verwehren.

»Pitoli, Kupferschmidt, Abschnitt 15.«

Der junge Mann nickte. »Der Tote liegt ein Stockwerk höher auf der halben Treppe. Sieht ganz schön verdreht aus.« Es klang so, als würde der Mann den Anblick nicht so schnell wieder vergessen.

Sie stiegen weiter die Treppe hinauf, und Sandra flüsterte: »O Mann.«

Es war wirklich kein schöner Anblick, gerade so, als hätte jemand den Mann auf links gekrempelt – oder als wäre er ein Schlangenmensch. Sein Kopf war so verdreht wie sein Rücken, die Beine lagen krumm und schief unter dem Körper. Am Kopf war verkrustetes Blut zu sehen, genau wie an dem Fensterbrett in etwa einem Meter Höhe auf dem Flur. Sandra schaute nach oben und maß die Entfernung ab. »Ein hohes Treppenhaus, aber das allein ...«

Thilo wies auf das Fensterbrett. »Er ist da gegengeknallt. Hat offenbar richtig Pech gehabt.«

Sein Blick ging nach oben, wo eine junge Beamtin stand, die die Augen ebenfalls nicht von dem Leichnam abwenden konnte.

»Wissen wir, wer er ist?«

Die junge Beamtin nickte schüchtern. »Die Nachbarin, die uns verständigt hat, sagt, dass er oben im fünften Stock gewohnt hat.«

»Allein?«

»Hat sie nicht gesagt. Sie spricht nicht so gut Deutsch.«

»Okay. Sperren sie die Tür dort oben ab. Falls jemand zu Hause ist, darf er nicht hier herunter – oder auch nur einen Blick darauf erhaschen.«

Sandra erhob sich und fragte die junge Frau: »Hat die Gerichtsmedizin gesagt, wann jemand hier sein wird?«

»Es ist viel los in der Stadt. Es wird wahrscheinlich noch eine knappe Stunde dauern.«

»Okay, dann müssen wir schon einmal anfangen. Thilo, machst du Fotos? Von ihm, vom Fensterbrett, von oben.«

»Aye, aye«, erwiderte ihr Kollege, und Sandra verdrehte die Augen.

Sie zog sich die Gummihandschuhe über, die sie aus dem Revier mitgenommen hatte. Sofort begannen ihre Hände zu schwitzen. Sie beugte sich herab und besah sich die Wunde am Hinterkopf des Toten. Die Haut war auf drei bis fünf Zentimetern aufgeplatzt, schwer zu sagen, wie viel genau – in jedem Fall sehr weit und sehr tief. Sandra sah weiße Knochenmasse. Der Schädel musste mit großer Wucht auf das Hindernis aufgeprallt sein. Da waren auch ganz feine Holzsplitter zu erkennen, aber Sandra wusste, dass sie die im Labor noch genauer analysieren würden.

Thilo steckte sein Handy wieder in die Hosentasche und stellte sich neben sie.

»Und?«, fragte er und beugte sich nur ein Stück zu dem Leichnam herab. Er blieb immer auf Abstand.

Sie hingegen hatte nie Berührungsängste mit toten Menschen gehabt. Vielleicht weil sie mehr Berührungsängste mit den Lebenden hatte, dachte sie manchmal.

»Keinerlei Kampfspuren«, erwiderte Sandra.

»Vielleicht ausgerutscht und hinuntergestürzt? Und dabei sehr unglücklich aufgekommen?«

Sie wies auf die Wohnungstür. »Lass uns hochgehen und mit der Familie sprechen.«

Gemeinsam stiegen sie die Treppen empor, und Sandra drückte den goldenen Knopf unter der Aufschrift »Schirrmacher«. Sie glaubte, im Inneren Stimmen zu hören, doch es öffnete niemand. Als sie noch einmal klingelte, war drinnen alles still.

»Niemand daheim?« Sie sah Thilo an.

»Merkwürdig«, erwiderte der.

»Versuchen wir es einfach gleich noch mal, wenn wir mit den Nachbarn gesprochen haben.«

Thilo betrachtete nachdenklich die breite Treppe mit dem hellen Teppich. »Fällt ein erwachsener Mann einfach so da runter? Ist ja nicht mal richtig steil oder so.«

»Wir werden es rauskriegen. Na los, zu den Nachbarn.«

»Riemer« stand über der Klingel der Wohnung, die genau unter jener der Schirrmachers lag.

»Paket?«, rief jemand von drinnen.

»Polizei«, rief Thilo zurück.

Ein junger Mann mit nacktem Oberkörper öffnete die Tür und strich sich verwundert durch das verwuschelte Haar. Er sah genauso aus, wie sich Thilo die Bewohner dieses Kiezes vorstellte. Ein bisschen ungeduscht, sehr viel Brusthaar, AirPods in den Ohren, das Abbild luxuriöser Verwahrlosung.

»Wird das 'n Drogentest?«, fragte der Mann und legte den Kopf schief, sein Ton war ironisch.

»Würden wir denn was finden?«, gab Thilo zurück.

»Es geht um den Toten«, sagte Sandra.

»Welchen Toten?«

»Haben Sie es denn nicht mitbekommen?« Sandras Züge zeigten Verwunderung. In ihrer Wohnanlage in Neukölln wusste jeder alles von jedem, dort bliebe so etwas keine fünf Minuten geheim. Gerade solch dramatische Vorgänge. »Ihr Nachbar von oben ist die Treppe hinabgestürzt – und gestorben.«

»Wann denn?«

»Vor etwa einer halben bis Dreiviertelstunde?«

Jetzt lugte der junge Mann neugierig ins Treppenhaus, doch Thilos breites Kreuz versperrte ihm die Sicht. »Krass«, sagte er dann, als wäre er ein Komparse mit Sprechrolle in einem schlechten Krimi.

»Ja, krass«, erwiderte Thilo. »Was mitbekommen?«

»Ich hab ja gesagt, ich wusste nicht mal, dass der Mann tot ist. Ich hab bis eben gepennt.«

»Ah, okay«, sagte Thilo und legte so viel Verachtung in seine Stimme wie möglich.

»Wie war denn Ihr Verhältnis zu Ihren Nachbarn von oben?«, fragte Sandra, und der Ausdruck auf dem Gesicht des jungen Mannes zeigte Unverständnis.

»Hier grüßt man sich nur. Aber ich kannte die eigentlich gar nicht. Wir waren nicht befreundet oder so. Ich arbeite und gehe feiern, und dann verreise ich auch viel. Ich häng doch nicht mit den Nachbarn im Garten ab. Ab und zu hab ich da mal 'n Paket abgeholt oder so. Die Frau war immer ganz nett. Den Typen hab ich nie gesehen.«

»Haben Sie nachts mal was gehört? Streit, Trampeln, Schreie, irgendwas in der Art?«

»Na, die haben gevögelt, glaube ich, das hört man, wenn das Fenster offen ist. Kann aber auch nicht sagen, ob es die waren oder jemand anders.«

»Kein Streit? Nichts?«

»Nee. Keine Ahnung. Aber ich schlaf auch wie 'n Stein.«

»Okay, alles klar«, beendete Thilo die Befragung. »Ich würde ja gerne sagen: Sie haben uns sehr weitergeholfen – stimmt nur leider nicht.«

»Na, hören Sie mal …«, rief der junge Mann.

Doch Thilo hatte sich schon umgedreht und ging auf

die nächste Tür zu. »Schönen Tach noch!«, rief er über die Schulter zurück.

Sie standen jetzt vor der gegenüberliegenden Wohnung. Die junge Beamtin wies sie darauf hin, dass das die Nachbarin war, die den Toten gefunden und die Sanitäter verständigt hatte.

»Hm«, sagte Thilo und las: »Gutierrez. Kannst du Mexikanisch?«

»In Mexiko spricht man Spanisch. Herrgott, Thilo. Hast du deinen Abschluss in der Baumschule gemacht? Und nur weil du gerne Tacos isst, heißt das noch lange nicht, dass jeder mit einem solchen Namen automatisch aus Mexiko kommt.«

»Blöde Kuh«, zischte ihr Kollege.

»Angenehm. Ich spreche übrigens ganz gut Spanisch, weil Italienisch meine Muttersprache ist. Sehr ähnlich, diese beiden Sprachen.« Sie drückte die Klingel.

Eine junge Frau mit wilden Korkenzieherlocken öffnete ihnen und lächelte zuerst Sandra und dann Thilo schüchtern an.

»Ja?« Selbst in diesem einen Wort lag so viel Akzent, dass klar war, dass Sandra hier tatsächlich auf ihre Spanischkenntnisse zurückgreifen musste.

»Frau Gutierrez? Wir sind von der Polizei. Können wir reden?«, fragte sie.

»*Si*, aber mein Deutsch ist nicht gut. Ich komme aus Spanien …«

Sandra wechselte ins Spanische. »Es geht um den Toten. Sie haben den Notruf gewählt?«

»Si. Manuel …« Sie sagte seinen Namen ganz sanft. »Das war echt so furchtbar. Ich war joggen, und als ich zurückkam …« Sie schüttelte fassungslos den Kopf.

»Das muss schlimm für Sie gewesen sein.«

»Ich bin erst mal wieder auf die Straße gelaufen«, sagte die Frau und nickte. »Das war echt ein Schock.«

»Wir ermitteln, ob es wirklich ein Unfall war, dieser Sturz. Können Sie uns etwas dazu sagen?«

Die junge Frau sah sie für einen Moment nur an und sagte dann sehr leise, als fiele es ihr schwer, die Worte auszusprechen: »Da war dieser Mann. Manuel lag auf dem Boden, und dieser Mann hat sich zu ihm hinuntergebeugt. Und oben an der Treppe stand Lisa. Es sah aus, als würde sie schreien, aber da kam kein Ton aus ihrem Mund …«

»Was für ein Mann?« Sandra spürte das Adrenalin in sich aufsteigen. Wie immer, wenn eine Ermittlung Fahrt aufnahm.

»Dieser Mann … Er war auch neulich schon hier, vorgestern war das. Der ist in die Wohnung rein, und dann haben die sich geprügelt.«

»Kennen Sie den Mann? Oder können Sie ihn beschreiben?« Sie sprach jetzt schneller, sie war aufgeregt, denn das war wirklich eine Spur. Auch Thilo musste es bemerkt haben. Er verstand zwar kein Wort des Gesprächs, doch Sandra spürte seinen aufmerksamen Blick auf sich.

»Ich weiß nicht genau … Er war … nicht so groß, aber drahtig, also sehr sportlich. Dunkle Haare, und sehr blass sah er aus, als wäre er krank … Seine Augen waren so … hm, ich muss noch mal nachdenken.«

Sandra nahm ihr Handy aus der Hosentasche und durchsuchte die Galerie, dabei achtete sie darauf, dass Thilo keinen Blick auf das Display erhaschen konnte. Als sie ein bestimmtes Foto gefunden hatte, hielt sie es der Spanierin hin. »Dieser Mann?«

Die nickte sofort und kniff die Augen zusammen. »Ja, das ist er. Aber … der steht auf dem Foto ja neben ihnen.«

»Ja, das ist ein Kollege. Das hat alles seine Ordnung, kein Grund zur Sorge«, erwiderte Sandra. »Herr Schirrmacher hat wohl Widerstand geleistet bei einer Vernehmung.«

»Aber Ihr Kollege hat ihn geschlagen«, sagte die Spanierin und blickte Sandra mit großen Augen an.

»Ja, das passiert manchmal, wenn jemand Widerstand leistet. Ich würde Sie bitten …« Sie zögerte kurz, bevor sie fortfuhr. » … mit niemandem darüber zu sprechen, in Ordnung?«

»Ja, okay«, sagte die junge Frau und nickte.

»Ist Ihnen denn sonst noch etwas aufgefallen? Haben Sie gehört, warum der Kollege oben bei Herrn Schirrmacher war?«

»Ich glaube, die beiden, also Manuel und Lisa, die taten sich nicht gut.«

»Was meinen Sie damit?«

»Na, kennen Sie das nicht? Wenn Sie jemanden treffen, und er ist total freundlich und zugänglich – und dann trifft man denselben Menschen mit seinem Partner, und beide sind total verändert. Grimmig und kurz angebunden und einfach … na ja, toxisch eben. Ich glaube, so war das bei den beiden.«

»Gab es viel Streit?«

Die junge Spanierin nickte. »Die haben manchmal ganze Abende durchgebrüllt. Mal er, mal sie, mal beide. Furchtbar war das. Ich bin aus Spanien nach Deutschland gekommen, weil mir dort alles zu temperamentvoll war. Ich dachte, ihr Deutschen seid viel ruhiger und normaler. Aber dann zieh ich hierher, und alles geht wieder von vorne los. Ich glaube, der Mann, also ihr Kollege, hatte das auch mitbekommen.«

»Danke. Sie haben uns sehr geholfen.« Sandra wandte sich an Thilo. »Komm, wir haben alles.«

»Was hat sie denn gesagt?«, fragte er, als sich die Tür hinter ihnen schloss.

»Dass es wohl Gewalt in der Wohnung gab.«

»Verdammt. Das wäre ein Motiv.«

»In der Tat. Lass uns eine Abfrage machen, was es über die Familie gibt – und dann sollten wir noch mal bei den Schirrmachers klingeln. Wir müssen die Frau vernehmen.«

»Das müssen wir«, sagte Thilo. »Und was hat sie mit ›hombre‹ gemeint? Das heißt doch Mann, oder?«

»Sie hat gesagt, dass der Nachbar ein merkwürdiger Mann war«, erwiderte Sandra und ging schnell die Treppe hinauf zur Wohnung der Schirrmachers, damit ihr Kollege keine Gelegenheit hatte, weiter nachzufragen. Sie musste sich erst mal selbst darüber klar werden, was sie mit dem anfangen sollte, was sie gerade von der Spanierin erfahren hatte. Wenn sich herausstellte, dass es sich tatsächlich nicht um einen Unfall, sondern um ein Tötungsdelikt handelte, dann hatten sie gleich zwei dringend tatverdächtige Personen: die Ehefrau des Toten – und Adam.

❖

Thilo ging hinter Sandra her und konnte sich ein Lächeln nicht verkneifen. Von seinem Erasmus-Jahr in Sevilla hatte er ihr nie erzählt, und er hatte zwar einiges vergessen, aber dass die junge Spanierin, die er auch noch ganz scharf gefunden hatte, soeben Adam Schmidt auf Sandras Handy identifiziert hatte, das hatte er sehr wohl verstanden. Und auch dass sein Chef das potenzielle Mordopfer zwei Tage vor der Tat verprügelt hatte.

Das hier war ein sehr lohnenswerter Besuch gewesen. Er würde all das zu nutzen wissen. Obwohl er seit der Sache gestern Nacht eigentlich so schon genug gegen Adam in der Hand hatte, um ihn zu vernichten. Aber wie hatte sein Vater immer gesagt: Viel hilft viel.

29

Linh betrat das Nagelstudio mit einem Lächeln. Alles hier erinnerte sie an früher und an die Freundinnen ihrer Mutter, die auch in so einem Studio gearbeitet hatten. Manchmal hatte sie zusehen dürfen, wie Hanh und Cai kunstvoll die Nägel ihrer Kundinnen verziert hatten. Damals hatte sie noch geglaubt, die funkelnden Strasssteinchen seien echte Diamanten und die Kundinnen allesamt Millionärinnen. Obwohl sie später eines Besseren belehrt wurde – ihre Liebe für den Geruch von Aceton hatte sie nie wieder verloren, auch wenn das bestimmt ziemlich schräg war. Und so hatte sie sogar selbst neben der Polizeischule einmal in der Woche in einem Studio in Mitte gejobbt, im Alexa ganz oben unterm Dach.

An den Tischen im *Queen Beauty Nails* saßen drei Kundinnen, ein vierter Platz war noch frei. Linh erkannte den Mann – und als er Linh sah, bemerkte sie in seinem Gesicht einen merkwürdigen Ausdruck, als wäre auch sie ihm nicht fremd. Er stand auf und kam auf sie zu, nicht ohne einen Blick auf ihre Nägel zu werfen.

»Habe Sie Termin?«

»Nein. Aber ich würde gern mit dir sprechen, Cadeo. Können wir uns dort hinsetzen?« Sie sagte es auf Vietnamesisch und fügte leise hinzu: »Ich bin Linh, Ducs Schwester. Aber ich bin auch Polizistin, ich sage es dir lieber gleich.«

»Noch eine Polizistin«, erwiderte Cadeo, ebenfalls auf Vietnamesisch. Er klang aber nicht genervt, eher ironisch. »Komm, setz dich«, sagte er und zog ihr den Stuhl zurück, dann nahm er ihr gegenüber Platz.

»Möchtest du, dass ich dir die Nägel mache, während wir sprechen? Ehrlich gesagt wären die mal wieder dran.« Linh sah verstohlen auf ihre Hände und grinste. »Ich bin eine Mutter und arbeite in Vollzeit, ich habe keine Zeit für Nägel«, sagte sie, und sie mussten beide lachen.

»Möchtest du Kaffee oder Tee?«

»Wenn du hast, würde ich sehr gern einen Kaffee Sua Da nehmen.«

»Klar, mach ich dir.« Er ging zu der kleinen Küche an der anderen Wand, gab Eiswürfel in ein Glas und ließ die Kaffeemaschine zischen. Linh freute sich. Sie liebte den vietnamesischen Eiskaffee, den sie schon als kleines Mädchen hatte trinken dürfen, damals noch mit ganz wenig Kaffee und ganz viel von der süßen Kondensmilch.

Nach wenigen Minuten kam Cadeo zurück, das Glas war beschlagen vor Kälte. Linh zog an dem Strohhalm, dann schloss sie die Augen vor Glück. Wie der starke Espresso sich mit der Süße der Kondensmilch vermischte, dazu kam die Kälte des Eises. Es schmeckte so gut, und es nahm ihr für einen winzigen Moment die Sorgen, weil es sie an Vietnam erinnerte, an Exotik und Heimat zugleich.

»Danke, der ist echt lecker«, sagte sie leise und strahlte dabei. »Na gut, dann nehme ich einmal neue Nägel, wenn ich eh schon hier bin.«

Cadeo atmete tief durch und lächelte. Etwas tun zu können, schien ihn zu beruhigen.

»Also, einmal Neumodellage.« Er griff zu einer Tube Kleber und nahm die Kiste mit Kunstnägeln, dann wählte er die passende Größe und begann, die »Tipps« auf das äußere Ende von Linhs Nägeln zu kleben. »Worüber willst du sprechen?«, fragte er, immer noch auf Vietnamesisch. Die anderen Kundinnen sprachen miteinander, niemand schien auf sie beide zu achten.

Linhs Gesicht wurde ernst, alle Leichtigkeit, die sie eben noch verspürt hatte, verflog augenblicklich. »Ich war bei Duc. Ich weiß, was in der hinteren Halle passiert ist.«

»Hm …«

»Du wusstest auch davon, oder? Ich weiß, dass Duc dich sehr mag. Und dass er große Stücke auf dich hält. Und ich glaube, dass du nicht hier wärst, wenn du nicht irgendwie mit drinstecken würdest.« Immer noch war Cadeo ganz versunken darin, ihr die hässlichen Krallen auf die Finger zu kleben. »Hey, Cadeo, im Ernst: Ich lass mir hier die Hände verunstalten. Und dafür kriege ich was von dir. Also: Was weißt du?«

Der junge Mann arbeitete noch ein paar Sekunden schweigend, als hätte er die Frage überhört, aber dann begann er, in ruhigem Vietnamesisch mit kleinen, schlanken Worten zu erzählen.

»Duc hat mir gesagt, dass wir kochen müssen, weil die finanziellen Verluste nach der Pandemie zu groß waren. Ich wollte nichts davon wissen, weil wir ein sauberes Geschäft mit einem guten Ruf aufgebaut hatten. Aber dann hat er mir erklärt, dass es keine Alternative gibt. Er hat auch gesagt, dass ich nicht kochen muss, sondern dass ich nur für die Lieferungen aus Tschechien zuständig bin. Ich musste darauf achten, dass die Rohstoffe und die Ausrüstung ungesehen in die hintere Halle kommen. Alles war gut, bis ein Neuer kam. Thanh hat ihn empfohlen bekommen.«

»Ich weiß von dem Jungen. Tuan, oder?«

»Ja, Tuan.« Cadeo sagte es wie aus weiter Ferne. »Der Hund! Ich glaube, er hat uns verraten.« Cadeo ließ den Polierer sinken, mit dem er eben ihre Nägel aufraute.

»Was genau meinst du?« Linh sah zu, wie Cadeo den Polierer wieder ansetzte und wütend über ihre Nägel glitt.

»Ich weiß nicht viel, weil die Jungs aus der Halle ja nicht mehr reden können. Aber es ist gut möglich, dass Tuan die Explosion herbeigeführt hat. Ich habe ihn wegrennen sehen, kurz bevor alles in die Luft flog.«

»Du hast ihn wegrennen sehen?«

»Ja. Ich habe gerade Miete kassiert, vorne beim Asia-Supermarkt, und habe durchs Fenster geschaut. Und da rannte er, als wäre der Teufel hinter ihm her, er rannte vom Gelände und war weg.«

»Bist du ihm hinterher?«

»Wollte ich eigentlich. Aber gerade als ich den Supermarkt verlassen habe, hat es mich von den Beinen gehoben, und ich bin auf dem Boden gelandet. Dann wusste ich erst mal nichts mehr.«

»Du hast ihn nicht wieder gesehen?«

»Wir alle suchen ihn. Alle Kollegen, die Duc eng verbunden sind. Wir suchen ihn nachts in all den Gegenden und Bars, die von Vietnamesen frequentiert werden. Aber bisher haben wir keine Spur von ihm. Ich habe schon überlegt, ob er sich nach Vietnam abgesetzt hat.«

»Das glaube ich nicht. Ich denke eher, er wird von seinen Auftraggebern gedeckt.«

»Wirst du nach ihm suchen?«, fragte der junge Mann nach einer Weile.

»Ja. Nach ihm und seinen Auftraggebern.«

»Das ist gut«, erwiderte Cadeo. »Der soll im Knast verrotten. Ich …« Er zögerte, als hätte er einen Kloß im Hals. »Ich habe die Jungs in der Halle sehr gemocht. Thanh war ein Freund von mir.«

»Wir finden die Mörder.«

»Gut. Hast du dich schon für eine Farbe entschieden?«

Linh brauchte einen Moment, um den Themenwechsel zu verarbeiten, aber Cadeo zeigte aufmunternd auf die Palette von Kunstnägeln, die neben dem Tisch auf einem Aufsteller stand. Linh sah sich die Farben an, die von Grell bis Extragrell reichten, und konnte sich trotz der ernsten Situation ein Lachen nicht verkneifen.

30

Er hatte auf der anderen Seite des Platzes ausgeharrt, verborgen in einem Hauseingang. Wie ein Verbrecher. Und in gewisser Weise war er ja auch einer. Vor allem aber war er ein Feigling, das wurde ihm jetzt bewusst, als er sah, wie Thilo und Sandra zusammen mit Lisa Schirrmacher aus dem Haus kamen. Seine Nachbarin, wieder mit großer Sonnenbrille, hielt den Blick zu Boden gerichtet. Sie trug ihren Sohn auf dem Arm. Adam konnte sich vorstellen, wie unwohl sie sich fühlen musste, wie viel Scham sie verspüren musste, während sie von der Polizei abgeführt wurde – ein Gefühl, das auch er nur zu gut kannte. Verdammt! Er hätte dableiben und sie in dieser schwierigen Situation unterstützen müssen. Vor allem wenn … Er wagte kaum, den Gedanken zu Ende zu denken. Was, wenn sein überhitzter Auftritt vorgestern bei Manuel Schirrmacher letztendlich der Auslöser für diese finale Eskalation zwischen den Eheleuten gewesen war?

Kurz nachdem seine Kollegen mit Lisa Schirrmacher in den Wagen gestiegen und davongefahren waren, vibrierte Adams Handy und zeigte eine neue Nachricht an. Er öffnete die App und las.

Eine Zeugin hat dich bei dem Toten gesehen und sagt, ihr hattet Streit. Was war da los, Adam? Melde dich bitte! S.

Sandra. Sie würde ihn nicht noch tiefer in die Scheiße reiten. Ganz im Gegenteil. Sie würde wahrscheinlich noch versuchen, ihn vor Thilo in Schutz zu nehmen. Aber selbst aus der kurzen Nachricht konnte er ihre Sorge und ihre Zweifel herauslesen. Er musste sich etwas überlegen. Er musste handeln, und zwar schnell. Er entschied sich zur Flucht nach vorne.

Keine zwanzig Minuten später sprintete er die Stufen hoch, vorbei an der Beamtin, die auf dem Flur den Kleinen der Schirrmachers bespaßte, und platzte in das Vernehmungszimmer in der dritten Etage des Reviers. Thilo, Sandra und Lisa Schirrmacher blickten überrascht auf und starrten ihn an, als wäre er ein Gespenst. Thilo war der Erste, der die Sprache wiederfand.

»Hallo, Herr Kommissar, mit Ihnen hatten wir ja jetzt gar nicht gerechnet. Sie sind doch noch krankgeschrieben, oder?« Thilos Stimme schwankte zwischen Hohn und Wut. »Oder sind sie plötzlich wie durch ein Wunder wieder gesund medikamentiert?«

Adam hätte ihm am liebsten die Fresse poliert. Er nahm Sandras entgeisterten Blick wahr, der »Was soll das?« zu fragen schien. Und mittendrin Lisa Schirrmacher, die die Welt nicht mehr verstand.

Er legte so viel Stärke und Autorität in seine Stimme, wie er aufbringen konnte. »Ich bin wieder im Dienst und übernehme ab jetzt die Vernehmung.«

Sandra sprang sofort auf und bot Adam ihren Platz an. Sie schien sichtlich erleichtert zu sein, der Situation zu entkommen, und ging ohne ein weiteres Wort aus dem Raum.

Adam setzte sich und beugte sich zum Mikro vor, das in der Mitte des Tisches stand. »Vernehmung der Zeugin Lisa Schirrmacher im Abschnitt 15, Einheit der Kriminalpolizei. Anwesend sind KHK Adam Schmidt und PK Thilo Kupferschmidt. Es ist Donnerstag, der 28. Januar, um 13:30 Uhr.«

»Frau Schirrmacher, Ihr Mann ist tot. Aber das wissen Sie ja bereits«, begann Thilo und spannte seine Armmuskeln an, sodass sein Bizeps hervortrat. Alles an dem Kollegen war abstoßend, und Adam schämte sich, dass er seine Nachbarin hiervor nicht beschützen konnte. »Was hatten Sie gegen Ihren Mann?«, fragte er, und seine Stimme war wie weiches Kerzenwachs, schmierig und so, dass man sich schnell daran verbrennen konnte.

Er wäre ein guter Polizist, dachte Adam, wenn er nicht so ein furchtbarer Mensch wäre. Eine Gänsehaut legte sich auf seine Arme, als er an die Ereignisse der gestrigen Nacht dachte. Er musste Thilo loswerden. Aber wie?

»Was meinen Sie?«, fragte Lisa Schirrmacher verstört.

»Die Nachbarn sagen, es gab immer wieder Streitereien. Und das da in Ihrem Gesicht, das sieht ganz nach einem blauen Auge aus. Scheint sogar noch recht frisch zu sein. Es ist noch gar nicht so lange her, was? Also, sagen Sie: Haben Sie Ihren Mann gehasst? Vielleicht sogar zu Recht?«

»Ich … ich weiß nicht … Nein, ich habe ihn nicht gehasst.« Sie blickte Hilfe suchend zu Adam.

»Sie schaffen es nicht mal, seinen Namen zu sagen«, beharrte Thilo. »Manuel, haben Sie Manuel gehasst?«

»Nein, das habe ich nicht.«

»Aber er hat Sie angegriffen? Es gab Streit, und er hat sie angegriffen?«

Tonlos antwortete sie: »Er brauchte keinen Streit, um mich …« Ihr brach die Stimme.

»Um Sie anzugreifen? Um Sie zu schlagen? Und irgendwann konnten Sie nicht mehr und haben einen passenden Moment abgewartet, um sich ein für alle Mal von Ihrem gewalttätigen Ehemann zu befreien. War es so?«

»Was? Nein, ich habe nicht …«

»Was haben Sie nicht?«

»Herr Kollege!«, fuhr Adam dazwischen. Er konnte nicht länger mit ansehen, wie Thilo die Frau bedrängte. »Es reicht jetzt. Lassen Sie die Zeugin jetzt mal in Ruhe berichten, was bei ihr zu Hause los war.« Er wandte sich an Lisa Schirrmacher. »Gab es Gewalt gegen Sie, Frau Schirrmacher? Hat Ihr Mann Sie geschlagen? Bitte, sagen Sie es. Das wird die Dinge einfacher machen.«

Die Tränen liefen ihr über die Wangen, einfach so, ohne ein Schluchzen oder Wimmern. Es waren stille Tränen – und dann fing sie an zu sprechen.

»Ja, er hat mich geschlagen. Wenn er nach Hause kam und sich die Dinge nicht so entwickelt haben, wie er es sich erhofft hatte – also, wenn es im Büro nicht gut gelaufen war oder ich nicht mit ihm schlafen wollte oder irgendwas mit den Kindern war –, dann hat er … Dann hat er mich verprügelt. Er hat immer etwas gefunden, was als Grund dienen konnte. Und ich habe … ich habe das einfach über mich ergehen lassen.«

»Haben Sie sich nicht gewehrt?«

»Sie haben ihn doch gesehen. Oder haben Sie das nicht? Er war ein Bär von einem Mann. Ich hatte gar keine Chance gegen ihn. Ich habe die Augen geschlossen und es über mich ergehen lassen. Und ich schäme mich so sehr dafür. Weil ich nicht so eine Frau bin. Eine, die das einfach so hinnimmt. Ich wollte niemals so eine Frau sein. Ich habe Abitur, ich habe studiert, meinen Sie etwa, ich habe Bock, eine Frau zu sein, die sich von ihrem Mann verprügeln und demütigen lässt? Ich habe mir den falschen Mann ausgesucht – das ist wohl das, wofür ich mich am meisten schäme.«

»Was ist letzte Nacht geschehen? Gab es da wieder einen vermeintlichen Übergriff?« Thilo trommelte mit den Fingern auf den Tisch, während Adam seine Fäuste ballte. Er stieß mit dem Fuß gegen den Stuhl seines Kollegen. »Das reicht jetzt«, sagte er leise und drohend.

»Was reicht?« Thilo hielt seinem Blick stand.

»Du solltest ihr glauben. Er hat sie geschlagen.«

»Ach, und woher weißt du das so genau?«, fuhr Thilo ihn an, bevor er sich wieder an Lisa Schirrmacher wandte. »Verkaufen Sie mich nicht für dumm! Ich merke doch, dass hier etwas im Busch ist. Also, wie gut kennen Sie sich eigentlich, Sie und Herr Schmidt?« Er beugte sich über den Tisch, auf die Frau zu, die eingeschüchtert zurückwich.

»Ähm …«

»Sie müssen darauf nicht antworten, Frau Schirrmacher«, ging Adam dazwischen. »Sagen Sie uns einfach nur, ob Ihr Mann Sie letzte Nacht auch … angegriffen hat.«

»Nein. Ich weiß nicht, die Tage verschwimmen. Aber … Nein, da war nichts.«

Sie schaffte es nicht, Adam anzusehen.

»Frau Schirrmacher, wirklich, Sie müssen uns die Wahrheit sagen.« Adam senkte die Stimme. »Was war gestern Nacht?«

»Nichts.« Sie brach in Tränen aus. »Bitte hören Sie auf. Ich möchte jetzt gehen, ich möchte zu meinem Sohn …«

»Wir werden aber nicht aufhören«, fauchte Thilo. »Sie sind die Hauptverdächtige in einem Tötungsdelikt. Und wenn wir rauskriegen, dass da etwas war, das genau vorher geschehen ist und ein gutes Motiv liefert, dann könnte es auch Mord gewesen sein. Und deshalb werden Sie so lange mit uns sprechen, bis wir die Vernehmung beenden.«

Ihr Schluchzen hallte durch den Raum, so laut, dass nun selbst Thilo nicht mehr weitersprach.

»Okay, machen wir eine Pause, in Ordnung?« Adam sah nicht Lisa Schirrmacher an, sondern Thilo.

»Lass uns rausgehen. Wir holen Ihnen ein Glas Wasser, Frau Schirrmacher.«

Er machte das Aufnahmegerät aus, stand auf und schickte sich an, den Raum zu verlassen. In seinem Rücken hörte er die Frau sagen: »Sie wissen doch, wie er war, Herr Kommissar. Sie waren doch da. Ich hätte ihn doch niemals die Treppe …« Wieder wurde sie von Schluchzern geschüttelt, und Adam spürte Thilos Blick in seinem Nacken. Verdammt, warum war er immer zur falschen Zeit am falschen Ort?

31

»Können wir sprechen?« Er fragte es ganz leise. Zwar war er allein auf dem Klo des Reviers, aber es konnte jeden Moment jemand hineinkommen.

Die Stimme am anderen Ende sagte nur vier kurze Worte. Thilo Kupferschmidt nickte, als stünde er seinem Gesprächspartner gegenüber, dann folgte seine Antwort.

»Um Adam. Genau. Ich hab jetzt alles, um ihn … na ja, um ihn dranzukriegen.« Er senkte seine Stimme noch mehr. »Ich hab sogar etwas, das er nie wieder loswerden wird. Den ultimativen Makel. Und da ich weiß, dass auch Sie ihm auf der Spur sind …«

Kurzes Schweigen, dann hörte er wieder ein paar knappe Sätze. Thilo beeilte sich mit seiner Antwort.

»Okay, dann im *Schusterjungen*. Um halb neun.« Er wollte noch ein »Tschüss« hinterherschieben, doch da hatte der Angerufene das Gespräch bereits ohne einen Abschied beendet.

Trotzdem: Thilo war zufrieden. Die Stimme am anderen Ende der Leitung war am Schluss auch viel freundlicher gewesen.

Adams überraschendes Auftauchen im Revier und sein Auftritt eben in der Vernehmung hatten Thilo zur Weißglut getrieben – und das Fass endgültig zum Überlaufen gebracht. Er würde sich nicht länger von diesem Psycho rumkommandieren lassen. Nein, das würde bald ein für alle Mal vorbei sein. Lächelnd blickte Thilo auf sein Telefon, doch gerade als er es in die Tasche stecken wollte, surrte das Handy wieder. Eine Nummer, die ihm unbekannt war.

»Ja? Kupferschmidt?«

»Hi, Thilo.« Eine Frauenstimme. Sanft und … irgendwie betörend. Sie kam ihm bekannt vor. Er kramte in seinem Gedächtnis, aber er kam nicht drauf.

»Wer ist denn da?«

»Hier ist Linh. Linh Schmidt.« Eine kurze Pause. »Adams Frau.«

Thilo nahm kurz das Handy vom Ohr und hielt es ein Stück von sich weg, als fürchtete er, er könnte sich daran verbrennen. Sein Hirn arbeitete auf Hochtouren.

»Hallo?« Die Stimme aus der Ferne. Er nahm das Gerät wieder ans Ohr.

»Ja, ich bin noch da. Was … was möchtest du?«

»Ich … ich weiß, dass du meinen Mann im Visier hast.«

Konnte das Zufall sein? Hatte sie sein vorheriges Gespräch belauschen können? Unsinn. Das war nicht denkbar, und er würde jetzt nicht anfangen, Gespenster zu sehen.

Da er stumm blieb, sprach sie weiter.

»Und ich … ich verstehe das sogar, denn bei ihm ist einiges schiefgelaufen in letzter Zeit.«

»Oh, das kannst du aber laut sagen.«

»Ich möchte dir ein Angebot machen. Du weißt von der Tasche, richtig?«

»Von der Tasche aus der Sparkasse? Ja, ich weiß davon. Gibt es sie also wirklich …«

»Ja, die gibt es genau wie das ganze Geld. Ich glaube, Adam versteht gar nicht, wie schlecht es gerade für ihn aussieht. Aber ich weiß es. Deshalb möchte ich dir das Geld geben – und dich bitten, ihn in Ruhe zu lassen.«

»Linh.« Seine Stimme war nun ganz sanft. »Du weißt doch, dass ich das nicht annehmen kann. Ich bin Bulle genau wie du. Wir haben beide einen Eid geschworen. Und wir sind nicht wie dein Mann. Wir sind ehrliche Leute.«

»Thilo, lass den Quatsch. Ich weiß doch, dass du das Geld willst. Wir treffen uns, du bekommst die gesamte Summe, und niemand muss erfahren, dass es dieses Gespräch zwischen uns gegeben hat.«

Erneut nahm er das Telefon vom Ohr und schloss die Augen. In seinem Kopf ratterte es, und seine Wangen waren ganz heiß. Er glühte bestimmt wie ein Sonnenbrandopfer. Es fühlte sich jedenfalls so an. Einige Augenblicke später, sie hatte nichts mehr gesagt, hatte er sich entschieden.

»In Ordnung. Wir treffen uns. Wie viel Geld ist in der Tasche?«

»Es ist viel, sehr viel. Hunderttausend. Die Scheine sind nicht markiert.«

»Okay. Wann treffen wir uns?«

»Um acht am Späti in der Husemannstraße?«

»In Ordnung, bis dann.«

Diesmal war er es, der zuerst auflegte. Der Klang ihrer Stimme hätte ihn sonst noch ganz wuschig gemacht.

Ein Lächeln breitete sich auf seinem Gesicht aus. Er hatte Linh mal auf einer Feier des Reviers kennengelernt. Sie war genau sein Fall. Klein, sportlich, lustig, das gefiel ihm. Nachher würde er sie treffen. Und das Geld bekommen. Viel Geld. Alles andere konnte er danach entscheiden. Erst mal wollte er Linh treffen. Adams Linh. Und im *Schusterjungen* könnte er dann noch einmal nachlegen, um sicherzugehen, dass sein Plan aufging. Nicht mehr lange, dachte Thilo und betätigte die Spülung.

32

»Hier soll sie wohnen?« Adam runzelte die Stirn. »In einer Laubenpieperkolonie?«

»Manchmal bist du ein richtiger Opa, wenn du so redest«, erwiderte Linh und lachte. »Ja, sie ist sogar hier gemeldet, das ist in manchen Datschen erlaubt.«

Sie parkten auf der Johannisthaler Chaussee und gingen durch das Portal der Kleingartenkolonie, hinter dem auf magische Weise der Verkehrslärm verschwand.

Während der Fahrt hatten sie sich gegenseitig auf den neuesten Stand gebracht. Adam hatte Linh von den Vorfällen im Nachbarhaus erzählt. Dabei hatte er jedoch verschwiegen, dass er erst vor Kurzem mit Manuel Schirrmacher aneinandergeraten war. Er wollte Linh nicht noch zusätzlich beunruhigen. Linh hatte ihm von ihrem Gespräch mit Cadeo erzählt, und er hatte entsetzt auf die hässlichen Kunstnägelkrallen gestarrt. Sein Gesichtsausdruck musste Bände gesprochen haben, denn Linh hatte gegrinst wie ein Honigkuchenpferd. Es tat gut, sie so zu sehen, die Leichtigkeit zu spüren, auch wenn die ganze Situation für sie gerade alles andere als leicht war.

❖

Es fühlte sich fast wieder so an wie früher, wenn sie mit Adam zusammen im Auto oder am Küchentisch gesessen hatte und sie über ihre aktuellen Fälle gesprochen hatten. Linh hoffte, dass dieser Zustand noch lange anhalten würde. Zumindest lange genug, um Duc zu entlasten und die Sache mit diesem Thilo zu klären. Adams Medikamente würden nicht ewig reichen, und danach bräuchten sie auf jeden Fall eine bessere Lösung, vor allem eine legale, sonst würde dieser Wichser von Thilo sie nie in Ruhe lassen. Aber jetzt zählte erst einmal, dass sie beide hier waren und Adam ihr half, diejenigen zu finden, die ihren Bruder im Knast hatten sehen wollen.

Nach ihrem Besuch im Nagelstudio hatte sie Caro von der Schule abgeholt, und sie waren zu ihren Eltern gefahren. Die lebten immer noch in der kleinen Wohnung im Plattenbau in Marzahn, in der sie und Duc aufgewachsen waren. Mama und Papa hatten sich nichts anmerken lassen, um ihre Enkelin nicht zu verunsichern. Aber sobald Caro im Schlafzimmer war und auf dem Handy daddelte, brach Linhs Mutter in Tränen aus. »Mein Duc«, flüsterte sie, und ihr Vater jammerte: »Warum macht er das denn? Das muss doch ein Irrtum sein … Kannst du nicht was tun?«

Zum ersten Mal in ihrem Leben schrie Linh ihren Vater an: »Warum muss immer ich was tun, um ihn zu retten? Ich habe … ich habe ihn einmal gerettet, aus einer Situation, die so schlimm war, dass ich nie wieder daran denken möchte, obwohl ich es jeden Tag mache. Aber nun … Er hat sich das selbst zuzuschreiben. Ich werde tun, was ich kann. Aber ich habe auch noch eine eigene Familie.«

Ihr Ausbruch war so heftig, dass weder ihre Mutter

noch ihr Vater etwas erwiderten. Nur Caro stand mit offenem Mund in der Tür. Sie hatte Linh noch nie so gesehen.

Nachdem Linh ihre Tochter getröstet hatte, war sie nach Hause gefahren – zu dem Mann, der endlich wieder so war, wie sie ihn kennen- und lieben gelernt hatte. Tatkräftig, freundlich, zupackend.

»Hm, vielleicht kaufen wir doch mal was im Grünen. Das ist echt entspannt hier«, sagte Adam und riss sie aus ihren Gedanken.

»Hast du vergessen, dass ich in der grünen Hölle arbeite? Ich brauche jetzt nicht noch einen Garten.« Sie knuffte ihm in die Seite.

Sie durchquerten die Anlage, offenbar gab es auch hier – wie in vielen dieser Kolonien – strenge Regeln, denn die Gärten sahen selbst jetzt im Winter alle aus wie aus dem Ei gepellt. Die Kleingärtner hatten die Beete zum Schutz vor dem Frost abgedeckt und die Hecken akkurat zurechtgestutzt. Alle Wege waren ordentlich geharkt und von altem Laub befreit. Im Sommer sah es hier wahrscheinlich aus wie im Schlossgarten von Versailles.

»Dort, Nummer 226«, sagte Linh und wies auf einen niedrigen Holzzaun. Der Bungalow war aus Holz und in rotbrauner Farbe gestrichen. Aus einem kleinen Schornstein stieg Rauch, anscheinend wurde die Hütte mit einem Ofen beheizt. Die Bewohnerin saß jedoch trotz der Kälte vor dem Bungalow auf der Terrasse. Sie hatte sich eine Wolldecke um die Schultern gelegt, in ihrem Mundwinkel steckte die unvermeidliche Kippe.

»Hallo, Frau Hoffmann«, rief Linh, und als die Sekretärin die junge Frau erkannte, hellte sich ihr Gesicht auf.

»Ick dachte, du kommst jar nicht mehr. Nun aber mal rin, meine Kleene.«

Linh und Adam öffneten die kleine Tür im Zaun.

»Ach, haste sojar dein Männeken mitjebracht? Hier, et jibt Kaffee. Hab aber keene Milch, nur Kaffeeweißer. Wohne ja nich wie ihr im Latte-macchiato-Kiez. Hier in Buckow jibt et noch ausm Filter.«

Sie hielt eine Thermoskanne in die Höhe, aber Linh und Adam lehnten dankend an. Nach einer kurzen Umarmung setzten sie sich zu ihr, und da erst sah Linh, dass die Frau am Tisch nicht etwa Kartoffeln schälte oder Häkelarbeiten machte. Sie wälzte stattdessen Akten, große Berge von Papier, die sie sortierte und abheftete. Zu einigen schien sie sich außerdem Notizen zu machen.

»Sind das etwa Akten aus dem Dong Xuan Center?«

»Na klar, meene Kleene, wat soll ick denn ohne meine Arbeit machen? Ick hab mir wat nach Hause mitjenommen, bis dein Bruder wieder rauskommt. Mann, die Leute müssen doch wat verdienen. Die kann ick doch nicht hängen lassen.«

Linh hätte Frau Hoffmann gerne gleich noch mal in den Arm genommen. Sie musste daran denken, wie ihr Bruder immer erzählt hatte, warum er gerade sie als Vorzimmerdame ausgesucht hatte. *Sie ist so streng zu mir wie du – und genauso liebevoll. Und außerdem kannst du für so wichtige Verwaltungssachen keinen Vietnamesen einstellen. Dafür haben die Deutschen genau den richtigen Charakter: Sie sind ordentlich und ein bisschen langweilig.* Dann hatten sie beide lachen müssen. Wie sie jetzt sah, hatte Duc damit genau ins Schwarze getroffen.

»Sagen Sie, Frau Hoffmann, was wussten Sie über … na ja, über das, was mein Bruder da getrieben hat?«

Die alte Frau nahm eine neue Zigarette aus der Schachtel und entzündete sie an dem alten Stängel, dass es nur so glimmte, dann stieß sie eine Wolke weißen Qualms aus.

»Ich bin ja nicht blöd. Auch wenn Ihr Bruder mir nichts erzählt hat. Er wollte mich immer beschützen. Aber ich wusste, dass die Zahlen scheiße waren – und irgendwann waren sie es nicht mehr. Da war mir klar, dass er einen Weg gefunden haben musste, um seine Leute zu schützen. Deshalb … na ja, deshalb war ich nicht wirklich überrascht, als er vorgestern nicht mehr ins Büro gekommen ist, sondern stattdessen Ihre Kollegen … Rohe Leute sind das. Keine Manieren. Aber ich hatte die wichtigen Akten längst hier, weil ich schon geahnt habe, dass was im Busch war.«

»Haben Sie eine Ahnung, wer hinter alldem steckt?«

»Wenn du dit so fragst, Kleene, dann heißt dit ja wohl, dass dein Bruder nüscht mit der Explosion zu tun hat?«

»Das wollen wir jetzt herausfinden. Das LKA und die Staatsanwaltschaft glauben, dass Duc es war. Aber ich weiß, dass er nie so weit gegangen wäre, den Tod von Menschen zu riskieren.«

»Das gloobe ich auch«, sagte Frau Hoffmann. »Aber ich weeß auch nicht, wer da noch mitjemischt haben könnte. Es jab keene Warnungen oder so wat – jar nicht. Es war eher sehr still im See. Wahrscheinlich sollte man da nervös werden, wenn alles so reibungslos läuft.«

»Haben Sie die Akten der neuen Mitarbeiter hier?«

Sie stand nicht auf, sondern beugte sich nach hinten über ihren Stuhl, weil dort ein Karton stand. Sie fischte darin herum und reichte Linh nach einigen Sekunden eine kleine rote Mappe voller Klarsichtfolien. Darin waren Fragebögen und Ausweiskopien von zehn oder elf jungen Leuten, die sich allesamt sehr ähnlich sahen.

»Welcher von denen kam zuletzt und wurde in der Halle eingesetzt, in der …« Linh brauchte den Satz nicht zu Ende zu sprechen.

»Das war die Nummer fünf. Tuan Le Phan. Er kam angeblich ganz frisch aus Vietnam. Das hat mich gewundert, weil er ein fast lupenreines Deutsch gesprochen hat. Nicht beim Bewerbungsgespräch, da hat er mit Duc Vietnamesisch gesprochen, aber als er dann aus meinem Büro raus ist, habe ich ihn auf dem Flur telefonieren hören. Da sprach er mit dem Anrufer Hochdeutsch. Das war wirklich merkwürdig, wenn Sie mich jetzt so fragen … Aber ich habe es gleich wieder vergessen. Vielleicht …« Sie zog die Stirn in Falten und drückte die Zigarette mit einer hektischen Geste im Aschenbecher aus, nicht ohne sofort eine weitere aus der Packung zu wedeln.

»Sie hätten nichts ändern können, Frau Hoffmann«, sagte Linh sanft. »Bitte geben Sie sich keine Schuld.«

»Wissen Sie, wie sich der junge Mann beworben hat?«, hakte Adam nach.

»Na, sicher nicht durch die Zeitung. So funktioniert dit nicht in der Community. Bei den Vietnamesen jibt es einen eigenen Arbeitsmarkt, der nur durch Stille Post funktioniert. Einer weeß wat, einer sucht – und jerade suchen ohnehin alle. Es ist ein verschwiegener kleener Markt, aber er funktioniert. Ich glaube, so kam auch der junge Mann zu uns.«

»Gut«, sagte Linh, »haben Sie vielen Dank, ja? Sie haben uns sehr geholfen.«

»Dat hoffe ich«, erwiderte die Sekretärin. »Und jetzt holt meinen Duc ausm Knast. Sonst fällt mir hier noch die Decke auf den Kopp. Ach nee, ick hab ja jar keene Decke.«

Sie lachte ein heiseres Raucherlachen, während sich Linh und Adam von ihr verabschiedeten.

33

Rabenstein betrat die Kneipe, die sich an der Ecke von Lychener und Danziger Straße befand. Es war eine der wenigen Altberliner Gaststätten, die sich in diesem Kiez noch gehalten hatten. Der Rest der Kneipen war durch diese ganzen Hipsterschuppen ersetzt worden, die Hafer-Cappuccini, Matcha Latte und Pulled-Beef-Burger für ein Schweinegeld verkauften. Hier aber gab es immer noch das gute alte Dreigestirn aus Berliner Kindl vom Fass, Eisbein mit Erbspüree und roter Grütze.

Im hinteren Raum mit den bunten Glasfenstern saßen junge Leute aus aller Herren Länder, die einmal im Leben die reichhaltige deutsche Küche probieren wollten. Kupferschmidt sah er nicht. Im Vorraum, gegenüber des hölzernen Tresens, standen drei Tische, die den Bewohnern des Kiezes vorbehalten waren. Die Stammtische sozusagen. Rabenstein nahm an einem der Tische Platz und winkte der Kellnerin.

»Ein Pils, bitte.«

»Groß oder klein?«

»Sehe ich aus, als würde ich kleine Biere trinken?«

Sie grinste und brachte ihm nach Minuten ein perfekt gezapftes Pilsner.

»Danke, du Perle.«

»Okay, lass mal stecken«, sagte die Frau und machte auf dem Absatz kehrt.

Rabenstein nahm einen großen Schluck und wischte sich danach den Schaum von den Lippen. Er blickte zur Tür und sah auf die Uhr. Zehn nach halb neun. Er war spät dran gewesen, aber Kupferschmidt war noch nicht hier. Merkwürdig. Der junge Kollege hatte so besessen geklungen vorhin. Besessen, aber auch so, als hätte er wirklich was gegen Schmidt in der Hand. Was Großes. Gegen den Mann, den Rabenstein von allen Berliner Polizisten am meisten verabscheute. Eine alte Geschichte war das, aber eine, die von Jahr zu Jahr größer wurde. Zumindest in seinem, in Rabensteins Kopf.

Wieder sah er auf die Uhr. Viertel vor neun.

Er winkte der Kellnerin und bestellte ein zweites Bier. Sein Magen knurrte. Er freute sich auf eine Schweineleber mit Kartoffelbrei und verbrannten Zwiebeln. Dieses Gericht schmeckte hier ausgezeichnet. Aber erst mal musste Kupferschmidt kommen.

Um 9 Uhr wählte er die Nummer des Kollegen. Es klingelte zweimal, dann wurde der Anruf weggedrückt.

Was sollte das denn jetzt? Rabenstein wurde langsam ungehalten.

Er schrieb eine SMS. Er hasste SMS. Aber er hasste es noch mehr zu warten.

Wann kommst du?

Nach zwei Minuten endlich die Antwort.

Sorry. Was dazwischengekommen. Morgen?

Was soll der Scheiß?,

schrieb Rabenstein zurück. Dann blickte er auf und rief der Kellnerin zu: »Ich nehm einmal die Leber.«

34

»Wie ist das mit ihm? Na ja ... ich meine, wie ist das, mit ihm verheiratet zu sein? Du bist doch eine ... eine wirklich tolle Frau. Und wenn er so drauf ist, dann ...«

Sie wusste, warum er so rumstotterte – und es machte sie noch wütender. Gerade hatte er sein Handy weggepackt, mit dem er eben noch eine SMS geschrieben hatte. Danach hatte es noch mal gesurrt, aber Kupferschmidt hatte nicht mehr darauf reagiert.

»Du meinst, wenn er so ängstlich ist? Oder aggro? Oder sich betrinkt? Oder nicht aus dem Bett kommt?«

Ihr harter Ton erschrak sie selbst, und sie sah in Thilos Gesicht, dass es ihm nicht anders ging.

Es war ein Fehler gewesen, sich darauf einzulassen. Andererseits: Sie hatte ihn vor der Übergabe treffen wollen, um zu spüren, ob von ihm eine Gefahr ausging. Sicher, sie war durchtrainiert und wütend, aber er war ein Mann – und auch die stärkste Frau war gegen einen mittelstarken Mann, der noch dazu Polizist war, chancenlos. Deshalb standen sie jetzt mit einem Bier auf dem Bürgersteig an der Ecke Kollwitz-Straße und Danziger, traten von einem Bein aufs andere, um gegen die Kälte anzukommen, und mussten auf die Vorbeigehenden wirken, als hätten sie gerade ihr erstes Tinder-Date. Eines, das definitiv nicht gut lief.

»Nein, ähm …« Die Ratlosigkeit stand ihm ins Gesicht geschrieben. Linh sah, dass er glaubte, seinem Ziel schon ganz nah zu sein. Er glaubte, dass für ihn alles glattlief und sogar besser als erwartet. Und sie spielte sein Spielchen mit, nur so konnte ihr Plan funktionieren. Doch sie würde ihm genau das nicht geben, was er wollte.

Thilo Kupferschmidt brauchte kurz, um sich zu sammeln. Er nahm noch einen großen Schluck aus seiner Tyskie-Flasche, dann fuhr er fort: »Aber es ist ja schon krass, du hast einen echt harten Job und dann das Familienleben und … Ich meine, Adam ist ja, wenn es ihm nicht gut geht, schon ein sehr besonderer Charakter.«

Sie trank ebenfalls einen Schluck, dann sah sie ihn an, nur für einen Moment, weil sie seinen Anblick nur schwer länger ertrug. Sie seufzte kurz, bevor sie zu ihrer Antwort ansetzte. »Weißt du, Thilo, Adam und ich haben uns irgendwann mal füreinander entschieden, und ich wusste da natürlich noch nicht, was er für Probleme in sich trägt. Aber ich hatte schon eine Ahnung …« Sie hing kurz ihren Erinnerungen nach, bevor sie fortfuhr. »Ja, es ist hart. Alles andere wäre eine Lüge. Aber Adam ist auch ein Eigenbrötler, und wenn es ihm nicht gut geht, dann zieht er sich zurück. So können Caro und ich unser Leben leben – und er versucht, wieder auf die Beine zu kommen. Und eines weiß ich sicher: Er ist selbst schwer depressiv ein dreimal besserer Polizist als du, wenn du so eine Show hier abziehst.«

Thilo verzog das Gesicht, als hätte er einen linken Haken abbekommen. Das konnte er nicht auf sich sitzen lassen. »Du warst nicht dabei, damals, als wir den Pädo im Wedding hochgenommen haben. Adam … Ich weiß, dass du ihn liebst und dass du ihn auch beschützen willst. Aber ich wäre fast gestorben! Weil er einfach nicht reagiert hat. Und da hab ich gedacht, dass ich was machen muss. Keine Ahnung. Aber Drogen und so harte Medikamente im Dienst, das geht nicht. Ich mache das doch jetzt nur, damit ich dann besser auf ihn aufpassen kann, immer an seiner Seite sozusagen. Durch den Deal können wir uns aufeinander verlassen. Verstehst du, was ich meine? Wir alle drei – und das hier, das ist doch ein guter Anfang.«

Er betrachtete sie von der Seite, und sein Blick war ganz sanft, flehend beinahe. Linh sah ihm fest in die Augen. Sie senkte ihre Stimme.

»Das heißt, wenn du das Geld und die Beförderung hast, dann kommt nichts mehr? Dann lässt du Adam in Ruhe arbeiten? Und verrätst ihn nicht?«

Thilo riss überrascht die Augen auf. »Na ja, klar, was denkst du denn, was für ein Typ ich bin? Ich bin doch nicht link. Ich bin doch kein Erpresser!« Er lachte ein lautes, viel zu hohes Lachen. Es klang gekünstelt. »Darum geht es doch die ganze Zeit: Wir müssen was füreinander tun – und dann können wir zueinanderstehen. Wir stehen dann gegenseitig in unserer Schuld. Ihr in meiner, weil ich nichts verrate, und ich in eurer, weil Adam mich befördert hat. Und dazu dieses kleine … nun ja, Taschengeld. Ich glaube eben, dass ich dann viel besser dafür sorgen kann, dass er der Chef bleibt, auch wenn es ihm mal nicht gut geht. Weil wir dann einander besser unterstützen können, auch in gefährlichen Situationen im Einsatz.«

»Das klingt alles logisch«, sagte Linh und nickte langsam, als dächte sie ernsthaft über Thilos Worte nach. Dieser miese Wichser! Stellte sich jetzt auch noch als Adams guter Freund und Wohltäter dar. Sie nahm noch einen Schluck Bier aus ihrer Flasche und zog ihren Wintermantel enger um sich. Die Sonne – oder vielmehr das bisschen Licht, das sich heute durch den grauen Winterhimmel gekämpft hatte – war längst hinter den Dächern der Häuser auf der Danziger Straße verschwunden. Sie ließ ihren Blick schweifen. Die Restaurants und die Schaufenster der Läden waren hell erleuchtet, auch in vielen Wohnungen brannte Licht. Die Menschen genossen ihren Feierabend, kochten vielleicht gerade ein Abendessen für ihre Lieben oder gingen anderen alltäglichen Dingen nach. Wann hatte sie zuletzt so etwas wie ein Familienleben gehabt? Sie spürte Wehmut in sich aufsteigen und fragte sich, was sie hier machte. Das Leben war so schön – und sie war wieder in so einen Sumpf geraten. Ja, manchmal war sie wirklich wütend auf Adam, der schuld daran war, dass sie diesen Scheiß erlebte. Andererseits: Wenn er wüsste, was sie hier tat, dann würde er durchdrehen.

»Aber ähm …« Thilos Gestammel holte sie ins Hier und Jetzt zurück. So langsam machte sie sein Stottern echt wahnsinnig. Sollte er doch endlich zum Punkt kommen. Doch Thilo schien immer noch mit sich zu ringen. »Ich meine, wenn du mal wirklich nicht mehr kannst, weil das alles einfach zu viel für dich wird, dann … dann kannst du mich immer anrufen. Ich bin für dich da, Linh.« Er sagte es, legte ihr dabei wie zufällig die freie Hand auf den Rücken und ließ sie dann noch ein Stück nach unten in Richtung ihres Pos wandern. Sein Griff war ganz weich, seine Hand ganz warm. Sie wollte vor Abscheu schreien und ihn von sich stoßen, aber sie ließ es geschehen und wandte sich ihm wieder zu, um ihn anzusehen.

Er vermochte es aber nicht, ihrem Blick standzuhalten, stattdessen glitten seine Augen über ihren Körper.

»Du meinst, du würdest dich meiner annehmen?« Sie versuchte, nicht zu viel Spott in ihre Worte zu legen.

»Mensch, Linh, keine Ahnung. Ich habe dich damals auf dem Sommerfest gesehen und gleich gedacht: Wow, was für eine tolle Frau! Und ja, ich respektiere Adam sehr, aber ich kann mir auch vorstellen, dass ihr manchmal durch tiefe Täler geht. Und da wollte ich dir nur anbieten, dass …«

»Dass ich jederzeit zu dir kommen kann und wir dann miteinander schlafen, wenn es mir mal schlecht geht?«

Seine Wangen wurden rot, aber seine Mundwinkel glitten tatsächlich ein wenig nach oben, als versuchte er sich an einem schüchternen Lächeln. »Ich wäre halt gerne für dich da, Linh.« Er kam nun noch ein Stück näher und beugte sich langsam zu ihr herab.

Doch Linh nahm ihre Flasche an die Lippen und hielt ihn damit auf Abstand. Sie trank einen letzten Schluck und sagte: »Wir sollten jetzt gehen und unseren Deal machen. Alles andere wird sich finden, okay?«

Thilo sah nicht einmal enttäuscht aus, als er ihre leeren Bierflaschen neben einem Mülleimer auf den Boden stellte und dann seine Hände in den Taschen seiner Jacke vergrub. »Ja, das klingt doch gut … Alles wird sich finden«, sagte er.

35

Sie war nicht hier unten gewesen, seitdem sie vor knapp einem halben Jahr die Tasche versteckt hatte. Es gab nie einen Grund, in diesen Keller zu gehen. Die Fahrräder standen im Hof, die Koffer brauchten sie nicht, weil Adam gerade ohnehin nicht verreisen konnte.

Sie nahm die zwölf Stufen mit schnellen Schritten und achtete darauf, dass Thilo ihr nicht zu nah kam, dennoch hörte sie seinen Atem dicht hinter sich. Sie schloss die schwere Stahltür auf, drückte auf den Schalter, die Neonleuchten flackerten einmal, dann verströmten sie ihr kaltes Licht im kahlen Gang. Ihr Kellerverschlag war der letzte ganz links, die Beleuchtung hier hinten ging nicht richtig, die Neonröhre flackerte die ganze Zeit. Linh kniff die Augen zusammen, weil sie dieser Stroboskopeffekt verrückt machte. Aber eine flackernde Lampe war definitiv besser, als mit Thilo hier unten im Dunkeln zu stehen.

Sie schloss den Verschlag auf, die Tür aus dünnen Holzlatten knarzte. Schon damals war sie beinahe begeistert gewesen ob der Unscheinbarkeit dieses Ortes. Niemand würde auf die Idee kommen, dass sie hier zwischen den ausgedienten Möbeln, alten Umzugskartons und anderem Kleinkram so viel Geld versteckt hatte.

»Es gibt hier doch viele Kellereinbrüche, oder?«, fragte Thilo, als hätte er ihre Gedanken erraten.

»Nein, bei uns nicht mehr. Die neue Tür ist doppelt gesichert, und hier im Haus passen alle gut auf. Außerdem: Wer sollte denn hier etwas von dem alten Zeug klauen wollen?«

Sie nahm die Umzugskartons mit Caros altem Spielzeug und wuchtete sie zur Seite. Dahinter stand die braune Ledertasche. Sie zog sie hervor, dann hielt sie sie ihm hin.

»Ich habe keinen Cent davon genommen. Nun gehört sie dir. Möchtest du nachzählen?«

Wieder lag da Ironie in ihrer Stimme, aber Thilo schien davon nichts zu merken. Sein Blick war ausschließlich auf die Tasche gerichtet.

Er griff danach, dann kniete er sich auf den Boden und öffnete den Reißverschluss. Seine Augen weiteten sich beim Anblick des Geldes, und Linh konnte gar nicht genug davon bekommen, ihm dabei zuzusehen, weil seine Reaktion so viel über die menschliche Natur erzählte, dass sie eine Gänsehaut bekam.

Sie hätte jetzt nackt vor ihm herumtanzen können, er hätte nur auf die grünen und gelben Scheine geachtet, die gebündelt in der Tasche lagen. So viele Bündel waren hunderttausend Euro gar nicht, aber der schiere Anblick war beim ersten Mal dennoch eindrucksvoll.

»So, dann wären wir hier fertig, ja?«, fragte Linh und legte den Kopf schief. »Und was willst du jetzt mit dem Geld machen? Erst mal Malediven oder erst mal Artemis?« Sie konnte sich das Grinsen nicht verkneifen.

Doch Thilo sah sie traurig an. »Ich geh doch nicht in den Puff, na hör mal!«, erwiderte er empört. »Was denkst du denn von mir?«

Sie räusperte sich, weil jetzt das kam, worauf sie sich heute in Gedanken den ganzen Tag vorbereitet hatte. Die Worte, die saßen, weil sie sie im Kopf immer und immer wieder durchgegangen war. Nun galt es endlich. »Ich denke, dass du ein kleiner widerlicher Erpresser bist, der die Dreistigkeit besitzt, sich einen Job und Kohle zu ergaunern, weil er die Krise eines Mannes ausnutzt, der so viel besser ist als er. Du gehst sogar noch so weit, die Frau dieses Mannes anzugraben, auf eine erbärmliche Art und Weise, obwohl du weißt, dass diese Frau nichts mehr hasst als Dummheit. Und du machst mir ein so dummes Angebot, dass du damit meine Intelligenz beleidigst. Aber sieh mal, was ich hier habe ...« Linh zog das Handy aus der Tasche und zeigte auf das rote Mikrofon und die Timeline, die lief. Die Dauer zeigte achtundvierzig Minuten an. Sie beobachtete, wie sich seine Augen wieder weiteten, diesmal aber vor Schreck.

»Jedes einzelne Wort, das du gesagt hast, ist hier drauf. Damit ist aber nicht Adam erledigt. Den kriegen wir schon wieder rehabilitiert. Du dagegen, Thilo, du wirst nicht nur deinen Job verlieren. Du wirst auch angeklagt werden. Und du kannst sicher sein, dass nach dieser Nummer kein Bulle in Berlin mehr mit dir reden wird, außer du sitzt in Handschellen vor ihm. Denn du kennst den Kodex: Kollegenschweine sind Ausgestoßene. Und von heute an wirst du ein Ausgestoßener sein. Dachtest du echt, ich würde mich von dir ficken lassen? Von dir Wurst?« Sie lachte, als ihr klar wurde, wie absurd das war.

»Das ist doch ...« Thilos Miene veränderte sich, und aus dem Schock wurde Wut, seine Brust bebte, und sein Kopf lief hochrot an. »Du spinnst ja wohl, du Schlampe, du bist ja nicht ganz dicht!« Er machte einen raschen Schritt nach vorn. Sie hatte nicht damit gerechnet, dass dieser massige Kerl so schnell war. Er griff nach ihrer Hand. Sie zog diese nach hinten, und er bekam nur ihren Oberarm zu fassen, aber er drückte fest zu. Sein Griff war wie eine Schraubzwinge. Linh schrie auf, sie hatte das Gefühl, ihre Knochen würden zermalmt. Und obwohl sie das Handy auf keinen Fall loslassen wollte, musste sie sich irgendwann dem Schmerz beugen. Das Handy fiel zu Boden, nun war sie geistesgegenwärtig genug, sich ebenfalls schnell fallen zu lassen, bevor er ihr einen Schlag verpassen konnte. »Du blöde Schlampe«, rief er außer sich vor Wut. »Blöde Fitschi-Schlampe!« Sie zuckte zusammen, nicht wegen der Worte, sondern weil er sich tatsächlich auf sie warf. Jetzt erkannte sie ihren Fehler, doch es war zu spät. »Gib mir das Scheißhandy!«, schrie er, und dann flog seine Faust und traf sie auf dem Rücken.

Sie begrub das Handy unter sich. Verdammt, warum hatte sie diese beschissene Idee gehabt, warum hier, in diesem Keller, in den nie jemand einen Fuß setzte? Warum mit ihm, dem sie nicht mal trauen würde, wenn er schlief? Warum hatte sie Adam nichts gesagt? All das ging ihr durch den Kopf, während er sie auf den Boden drückte. Der nächste Schlag ging gegen ihren Hinterkopf. Sie schrie auf. »Stopp«, presste sie mühsam hervor, doch er hörte nicht mehr auf. Er hielt sie mit seinem Gewicht am Boden, er musste fast hundert Kilo wiegen, und er drosch auf sie ein. Der nächste Schlag kam, und dann spürte sie seine Hände, sie waren überall, an ihrem Körper, auf ihrer Brust, überall.

»Du Schlampe, du wirst mich nicht zerstören, vorher zerstöre ich dich!«

Noch ein Schlag. Sie zuckte zusammen. Sie spürte den Schmerz und schmeckte Blut, wahrscheinlich war ihre Lippe aufgeplatzt, weil er sie auf den harten Steinboden presste. Sie hätte gerne aufgegeben, aber sie konnte es nicht, das Handy unter ihr durfte ihm nicht in die Hände fallen. Nur mit der Aufnahme darauf konnte Adam frei sein, also hielt sie es ganz fest.

Er ließ kurz von ihr ab und lockerte den Griff ein wenig. Linh hatte schon Hoffnung, dass er von ihr ablassen würde, doch dann hörte sie ihn lachen. Er lachte auf eine Weise, die ihr das Blut in den Adern gefrieren ließ.

»Du willst echt spielen?«, zischte er. »Dann spielen wir.« Sie spürte, wie er sie packte und auf den Rücken drehte. Sie wand sich in seinem Griff, aber er hielt sie fest. Dann hörte sie das Geräusch seines Reißverschlusses und schloss die Augen. »Nein, hör auf!«, rief sie, doch er sagte: »Das hättest du dir früher überlegen sollen.« Seine Stimme hart und kalt.

Sie versuchte ein letztes Mal, sich zu befreien, sie presste sich nach oben, überlegte fieberhaft, welcher Griff aus ihrer Kampfsportausbildung ihr jetzt helfen könnte, aber es gab einfach nichts, womit sie sich hätte befreien können. Einmal am Boden, konnte eine achtundvierzig Kilogramm leichte Frau gegen einen doppelt so schweren Bullen, der die gleiche Ausbildung hatte wie sie, einfach nichts ausrichten.

Er griff ihr zwischen die Beine und lachte, nun heiser und tief. Alles an ihm hatte sich geändert, sie sah die Tasche vor sich, spürte das Handy unter sich. Das alles würde ihr jetzt nicht mehr helfen, er würde sie …

Der Schuss hallte laut in dem engen Keller wider, schlug von den Wänden zurück, und dann wurde es ganz still. Da war nur das schrille Klingeln in ihren Ohren und ein Zucken. Und dann das Gewicht auf ihrem Körper, ein anderes Gewicht als eben noch, viel schwerer und endgültiger. Die Hand war nun nicht mehr zwischen ihren Beinen, weil sie sie wegschieben konnte. Aber sie schaffte es nicht, ihn von sich zu wuchten.

Aus den Augenwinkeln nahm sie eine Bewegung wahr und wandte unter Qualen den Kopf. Sie wusste nichts und wusste doch alles, und dann sah sie ihn. Adam stand im flackernden Licht der Neonröhre, er ließ die Pistole sinken, und dann war er mit wenigen Schritten bei ihr. Linh schloss die Augen.

36

Er zog den leblosen Thilo von seiner Frau herunter und beugte sich zu ihr. »Hey«, flüsterte er, »alles ist gut, ich bin bei dir.« Sie hielt die Augen geschlossen, schien aber ganz sanft zu nicken. »Hast du Schmerzen?«

»Du …« Sie flüsterte nur und blickte dann auf den Mann, der reglos neben ihr lag. Mit Mühe setzte sie sich auf und versuchte, Thilos Hals zu berühren. Doch Adam kam ihr zuvor. Als er die Ader fand, riss er die Augen auf. »Er hat noch Puls«, sagte er und prüfte es noch einmal, weil er es nicht glauben konnte. Bis eben hatte er gedacht – nein, er war sich ganz sicher gewesen –, dass er Thilo Kupferschmidt, seinen Kollegen, erschossen hatte. Aber da war es, ein Zucken unter der Haut, langsam zwar, kaum merklich, aber trotzdem eindeutig: Da war Leben.

Linh sah Adam fragend an. »Was nun?«

»Wir müssen die Rettung rufen«, antwortete Adam, ohne zu zögern.

»Aber wenn sie ihn hier finden, mit einer Kugel im Rücken …«

Adam rieb sich die Stirn, er fühlte Übelkeit in sich aufsteigen. Aber keine Angst, dafür sorgten die Medis. Nun gab es nur noch kaltes Abwägen.

»Ich weiß, wie wir es machen.«

Er betrachtete Linh, die wiederum Thilo ansah. Da lag etwas in ihren Zügen, das er nicht deuten konnte. Wenn sie sich jetzt entschied, dass alles aus war, dann würde er sich beugen – und er würde sich in Demut zurückziehen. Vielleicht würde er sich sogar stellen. Aber dann wandte sie sich ihm zu und ergriff mit ihrer linken Hand, an der noch etwas von dem Blut klebte, das über den Boden gelaufen war, seinen Unterarm. Sie drückte ihn fest, dann flüsterte sie: »Danke.«

Adam nickte ihr zu.

»Es tut mir leid, dass es jetzt so ist«, sagte sie leise. »Aber ...«

Und wieder nickte er.

Er wusste, dass es am besten wäre, wenn sie Thilo hier unten verbluten lassen würden. Dann würde es so aussehen, als hätte der Polizist einen Einbrecher überrascht und wäre dabei erschossen worden. Aber er sah in Linhs Gesicht und hörte die Stimme seines eigenen Gewissens: Sie würden es nie schaffen, das zu tun. Notwehr war Notwehr – und Thilo hatte definitiv verdient, was hier geschehen war. Denn Adam hatte gesehen, wie er Linh geschlagen und kurz davor gewesen war, sie brutal zu vergewaltigen. Allein deswegen hätte Adam ihn am liebsten umgebracht. Aber das Schicksal hatte vorgesehen, dass dieser elende Wichser überlebte – und nun sollte es so sein.

»Geh schon mal hoch«, sagte Adam leise. »Ich kümmere mich um das hier.«

»Okay.« Sie zögerte, dann flüsterte sie: »Es tut mir leid, Adam, ich hätte dir davon erzählen sollen. Ich wollte ihn in eine Falle locken, ich habe alles mit dem Handy aufgenommen. Wo ist das Ding überhaupt?« Sie blickte sich um, entdeckte ihr Telefon und klaubte es vom Boden auf. Die Aufnahme lief immer noch. Sie drückte auf das rote Stopp-Symbol.

Adam sah mit nachdenklichem Blick auf das Handy in Linhs Hand. »Dann ist da jetzt alles drauf … auch der Schuss …«, sagte er leise. Einen Moment lang schwiegen sie beide, bis Linh Anstalten machte, die Aufnahme zu löschen. Er hielt sie zurück. »Warte, wer weiß, wofür es noch gut sein wird …«

»Aber …«, setzte Linh zögernd an. »Es könnte dich … Ich wollte, dass wir endlich unsere Ruhe haben … Ich wollte dir damit helfen, und jetzt …«

»Ich verstehe dich«, antwortete er, ohne abzuwarten, ob noch etwas kam. »Ich weiß, dass ich es dir auch nie leicht gemacht habe, zu erkennen, was ich denke und fühle – und wie es mir geht. Und ich weiß, dass du Angst hattest, dass ich sonst endgültig die Kontrolle verliere. Wirklich, Linh, ich verstehe, warum du das gemacht hast. Und ich bin dir sehr dankbar. Mir tut es leid, dass er dir das angetan hat – und dass ich es so weit habe kommen lassen.«

Wieder drückte sie seine Hand.

»Woher wusstest du überhaupt, dass wir hier unten waren?«

»Ich habe euch gesehen, vorhin am Späti. Jetzt, da ich meine Medis habe und das Haus wieder verlassen kann, musst du also aufpassen, mit wem du dich draußen triffst.« Er versuchte, so viel Leichtigkeit und Witz wie möglich in seine Stimme zu legen. Linh lächelte matt, wurde aber gleich darauf wieder ernst.

»Wir sollten jetzt …« Sie wies auf Thilo. Adam zog sie

auf die Beine und sah zu, wie sie vorsichtig in Richtung Kellertür ging, sie öffnete und lauschte. Kein Geräusch war zu hören. Der Schuss schien von der Stahltür geschluckt worden zu sein, sodass er das nächtliche Haus nicht geweckt hatte. Sie nickte ihm zu, dann schob sie mit dem Fuß einen Keil unter die Tür, damit sie offen blieb, und verschwand, um im Erdgeschoss Wache zu stehen. Adam fühlte noch einmal Thilos Puls, er war unverändert da, schwach, aber vorhanden.

Unter Aufwand all seiner Kräfte hievte er den massigen Körper hoch und schleppte ihn aus dem Keller. Der Mann hing wie ein nasser Sack in seinen Armen, doch irgendwie schaffte Adam es bis in die Tiefgarage. Auch hier war niemand. Zum Glück blutete Thilo nicht mehr so stark wie unten in ihrem Keller, sodass sie kaum eine Spur hinterließen. Er legte ihn neben das Auto, dann schloss er auf, hob den Mann wieder an und hievte ihn auf den Beifahrersitz.

Er legte den Rückwärtsgang ein und setzte aus der Parklücke zurück, dann nahm er die Rampe und raste los. Die Charité wäre das beste Krankenhaus für diesen Fall, aber Thilos Puls war schon sehr schwach, deshalb blieb ihm keine Wahl. Adam raste die Danziger Straße hinab in Richtung Friedrichshain, die Rettungsstelle des Vivantes Krankenhauses war näher – und Adrenalin konnten die auch spritzen.

Er missachtete eine rote Ampel, überholte mehrere Autos, nahm die Kurven viel zu schnell, dann bog er auf die Landsberger Allee. Thilo neben ihm rührte sich nicht. »Verdammter Idiot«, flüsterte Adam und wusste nicht so recht, ob er den Kollegen oder sich selbst meinte. Er nahm die Auffahrt zum Krankenhaus mit vierzig Stundenkilometern, dann bremste er abrupt ab und kam direkt hinter einem Rettungswagen zum Stehen, dessen Sanitäter gerade mit Kaffeebechern aus dem Krankenhaus schlenderten. Er riss die Tür auf und rief den beiden zu: »Polizei, hey, helft mir! Ich hab hier 'nen Kollegen mit einer Schussverletzung.«

»Ach du Scheiße!«, rief der ältere, dann holten sie ihre Trage aus dem Krankenwagen und legten Thilo darauf.

»Auweia«, rief der andere. »Was ist denn mit dem passiert? Das wird aber 'n richtig knappes Höschen. Na, dann beten wir mal.« Adam hatte diese harten Kerle schon immer für ihren Umgang mit dem Tod bewundert.

Er beobachtete, wie die Männer die Trage in die Notaufnahme schoben. Die Schiebetüren schlossen sich hinter ihnen, trotzdem konnte Adam durch die Glasscheiben sehen, wie eine junge Ärztin angerannt kam und bei Thilos Anblick sofort anfing, Aufgaben zu verteilen.

Eilig wandte er sich zum Gehen. Was hatte der Sanitäter noch gesagt? Na, dann beten wir mal? Das war wohl tatsächlich das Einzige, was auch er jetzt noch tun konnte.

Doch er war sich nicht sicher, wofür er gerade mehr beten sollte – dafür, dass Thilo überlebte, oder aber dafür, dass das Gegenteil eintrat.

37

Sie hatte auf ihn gewartet, musste mit offenen Augen im Dunkeln im Bett gelegen haben. Als er neben ihr unter die Decke kroch, rutschte sie sofort an ihn heran. Dann schliefen sie schnell und wortlos miteinander. Eng umschlungen lagen sie anschließend da, still, sprachlos.

»Danke«, sagte sie nach einer Weile, leise und sanft, ihre Hand lag auf seiner Brust. »Es tut mir so leid. Ich hätte dir davon erzählen sollen.« Sie schmiegte sich in seine Ellenbeuge.

»Vor vielen Jahren habe ich Danke gesagt«, erwiderte Adam. »Da hast du mir das Leben gerettet. Es gibt nichts, was dir leidtun muss. Du wolltest mir helfen, weil ich zu gar nichts mehr imstande war.«

»Wird er es schaffen? Wird Thilo durchkommen?«

»Werden wir sehen.«

»Und dann?«

Er antwortete nicht mehr auf die Frage. Bald darauf schlief Linh ein, er hörte ihre ruhigen und gleichmäßigen Atemzüge. Leise stand er auf, holte die Tüte vom Küchenschrank und nahm eine weitere Tavor, danach dauerte es nur zwanzig Minuten, bis auch er tief und fest schlief.

Am Morgen erwachte zuerst Linh vom Klingeln von Adams Telefon. Sie rüttelte ihn, und es brauchte eine Weile, bis er erwachte. Die Medikamente hatten ihn in einen Tiefschlaf versetzt. Er rieb sich die Augen, als er abnahm.

»Ja?«

»Adam?«

»Sandra?«

»Thilo liegt im Krankenhaus.« Ihre Stimme war gefasster, als er erwartet hatte. »Er wurde angeschossen, wäre fast gestorben. Hier ist die Hölle los. Wann kommst du?«

»Verdammt.« Er schluckte schwer. »Weiß man schon, was passiert ist?«

»Nein, das ist völlig unklar. Jemand hat ihn ins Vivantes gebracht, ist dann aber verschwunden.«

»Okay. Ich komme so schnell wie möglich ins Büro. Ich muss vorher aber noch was erledigen ... Ich beeil mich, okay? Halt die Stellung.«

»In Ordnung, ich versuch's.«

»Danke, dass du mir Bescheid gegeben hast. Bis nachher.«

»Adam!«, rief sie schnell, bevor er auflegen konnte. »Da ist noch was anderes. Der Bericht der Pathologie ist da. Manuel Schirrmacher, der Typ aus der Wörtherstraße, du weißt schon.«

»Ja? Was ist mit ihm?«

»Es gibt keine Anzeichen von Fremdeinwirkung. Er hatte Restalkohol im Blut. Wahrscheinlich ist er einfach gestürzt und blöd gefallen. Der Staatsanwalt wird nicht ermitteln. Ich dachte, du willst das wissen.«

An ihrem Tonfall merkte er, dass sie gespannt auf seine Reaktion wartete. Deshalb versuchte er, seiner Stimme einen möglichst neutralen Klang zu geben, innerlich aber fühlte er sich erleichtert. Immerhin eine Sache, um die er sich keine Sorgen mehr machen musste. »Danke. Das sind gute Nachrichten. Fährst du zu der Frau? Thilo hat sie gestern in der Befragung hart rangenommen. Ich glaube, es wird ihr guttun, zu hören, dass nicht weiter gegen sie ermittelt wird.«

»Das mache ich gern. Bis später, Adam.«

Sie legten auf, und Kommissar Adam Schmidt fragte sich einmal mehr, ob Sandra Pitoli ihm auch nur ein Wort von dem glaubte, was er sagte, oder ob sie einfach nur viel zu vernarrt in ihn war. Beides war ihm recht, keine Frage – und doch musste er auf der Hut sein.

38

Während Adam mit Sandra telefonierte, stand Linh auf und ging in die Küche. Der Schock der Ereignisse der vergangenen Nacht saß ihr noch in den Knochen, und sie fühlte sich wie zerschlagen. Sie brauchte jetzt erst mal einen starken Kaffee. Gerade als sie sich an der Maschine zu schaffen machte, hörte sie den vertrauten Klingelton ihres eigenen Diensthandys.

Sie warf einen schnellen Blick aufs Display, dann nahm sie das Gespräch entgegen. Sie hatte ihm gestern noch eine Nachricht per SMS geschickt, weil er WhatsApp nicht benutzte. Er sollte nach Informationen über Tuan, den untergetauchten Vietnamesen, suchen, damit die Recherche nicht auf einem der Berliner Polizeicomputer stattfand. Sie mussten unauffällig vorgehen, sonst würden sie alle nur noch tiefer in Schwierigkeiten geraten.

»Morgen, Brombowski. Alles gut in Rheinsberg? Wie geht's den Wölfen?«

»Morgen, Chefin. Alles jut. Keine weiteren Wildtiersichtungen. Aber ick hatte gestern noch 'nen Unfall auf der B 96 zu bearbeiten. Deshalb komm ick erst jetzt dazu, dich anzurufen.« Er räusperte sich. »Kommst du voran?«

»Ich bin mir nicht sicher. Aber wir haben schon ziemlich viel Staub aufgewirbelt.«

»Dein Mann und du?«

Als sie nicht antwortete, sagte Klaus: »Pass bloß auf dich uff, Kleene. Also, wat ick rausjefunden habe ...« Er machte eine Pause.

»Nun mach es nicht so spannend.« Linh spürte die innerliche Anspannung, ihr war, als würde sie gleich platzen.

»Dieser Tuan, der war zuletzt in irgend so 'nem Kaff an der tschechischen Grenze gemeldet, ganz tief unten in Dunkeldeutschland.«

»Deutsch-tschechisches Grenzgebiet.«

»Klingelt's da?«

»Klar. Nirgendwo wird mehr Crystal gekocht als dort.«

»Dazu passt auch die Akte.«

»Wieso?«

»Er ist seit achtzehn Jahren in Deutschland. Und er hat schon einiges auf dem Kerbholz.«

»Was denn?«

»Drogen, hauptsächlich. Drei Verurteilungen wegen Betrugs, Drogenhandels und Schutzgelderpressung. Und das in so jungen Jahren. Holla die Waldfee.«

»Das kannst du laut sagen«, erwiderte Linh. »Nichts Offizielles in Berlin?«

»Leider nicht. Aber ich habe die Gerichtsakten eingesehen. Der Verteidiger damals war ein Herr Gül. Anwalt aus Berlin.«

»Gül? Kenne ich nicht. Aber ich frage mal Adam. Wir machen uns an die Arbeit. Klaus? Ich danke dir.«

»Is doch klar, Kleene. Mach langsam, ja?«

»Ich versuch's.«

Sie legte auf. Adam sah sie mit krausgezogener Stirn an.

»Hast du eben Gül gesagt?«

»Ja, wieso? Kennst du den?«

»Er ist einer der berühmtesten Rechtsanwälte von Berlin. Ein Türke, der nur für einen Auftraggeber arbeitet.«

»Und für wen?«

»Für Said Abou-Qadig.«

»Was? Den libanesischen Clanboss?«

»Ganz genau für den.«

»Aber Tuan lebte gar nicht hier. Er war irgendwo an der tschechischen Grenze gemeldet.«

Adam schüttelte den Kopf. »Das kann auch nur Tarnung sein. Gül würde nie in die Provinz fahren, wenn es nicht um Abou-Qadig geht. Und das bedeutet ...« Ihm stockte der Atem, als er die ganze Tragweite dessen erkannte, was sie gerade erfahren hatten. Linh sah ihn mit angstvoll fragendem Blick an, und er hasste es, dass er ihr die Sorgen nicht nehmen konnte.

»Adam, sag schon, was du meinst.«

»Das heißt, dass der gefährlichste Clan Berlins bei der Explosion seine Finger im Spiel hatte.«

»Ach du Scheiße.«

»Das kannst du aber laut sagen.«

39

Rabenstein parkte den zivilen Einsatzwagen genau in der Einfahrt des Hochhauses, vor ihm standen zwei Rettungswagen. Er setzte den Warnblinker und stieg aus. Der Pförtner wollte gerade etwas sagen, doch der SEK-Mann zeigte seinen Polizeiausweis.

»Geht ganz schnell«, sagte er und verschwand im Inneren des Gebäudes. Die Charité war das renommierteste Krankenhaus von Berlin, und das Hochhaus prägte die Silhouette von Berlins Mitte ebenso wie der Fernsehturm und der Reichstag.

Er nahm den Fahrstuhl in die sechste Etage. Schon beim Öffnen der Lifttüren schlug ihm der Geruch von Desinfektionsmitteln entgegen. Er musste klingeln, weil die Intensivstation nicht öffentlich zugänglich war. Als die elektrischen Türen aufschwangen, hörte er das permanente Piepen der Maschinen, die über die Körperfunktionen der Patienten wachten – und sie am Leben hielten, mehr oder minder.

Die junge Ärztin, die ihn auf der Station in Empfang nahm, maß ihn mit den Augen, während er versuchte, ihre Rundungen unter dem Kittel auszumachen.

»Sind Sie der ermittelnde Beamte?«

»Genau der bin ich«, sagte er. »Rabenstein, Leiter SEK. Und Sie sind hier die Ärztin? Sie sind doch noch so jung.«

»Das höre ich bestimmt zum ersten Mal«, erwiderte die Frau und zog eine Augenbraue in die Höhe. »Also, was ich Ihnen sagen kann: Ihr Kollege hat riesiges Glück gehabt. Dass er noch am Leben ist, grenzt an ein Wunder. Die Kugel ist von hinten in den Oberkörper eingeschlagen und hat das Herz nur knapp verfehlt. Aber das Projektil hat trotzdem große Schäden hinterlassen. Es ist schwer zu sagen, wann er aufwacht – und, ehrlich gesagt, es ist zum aktuellen Zeitpunkt noch nicht mal sicher, ob er überhaupt wieder aufwacht. Aber immerhin ist er am Leben. Die Kollegen aus Friedrichshain haben eine Not-OP durchgeführt und ihn damit gerettet. Die haben wirklich ganze Arbeit geleistet. Wir haben ihn dann für die weiteren OPs übernommen. Anschließend haben wir ihn in ein künstliches Koma versetzt.«

»Und was glauben Sie mit Ihrer Erfahrung: Wird er wieder zu Bewusstsein kommen?«

Sie zuckte die Schultern: »Wie gesagt: Es steht fifty-fifty. Wir können nur abwarten und hoffen.«

»Ist die Kugel bereits in der Ballistik der Polizei?«

»Die Kollegen haben alles abgeholt, soweit ich weiß. Das sollten Sie eigentlich alles auch in Ihren Akten haben.«

Rabenstein wusste, dass es so war, doch es machte ihm trotzdem Spaß, die junge Frau weiter auszufragen, während sein Kopf in der Sache auf Hochtouren arbeitete.

»Hat er den Schützen gesehen?«

»Schwer zu sagen. Ich glaube es aber nicht, nein. Der Schuss ging in den Rücken. Er muss dann direkt vornübergefallen sein.«

»Also ein richtig feiger Angriff?«

»Das müssen Sie ermitteln.«

»Verstehe. Danke, Frau Doktor.« Er sagte es mit deutlich vernehmbarer Ironie.

Als er sich schon zum Gehen gewandt hatte, rief die Ärztin ihm hinterher. »Er hatte übrigens Abschürfungen an den Armen.«

»Aha?«

»Ja. Soweit ich das einschätzen kann, wurde Ihr Kollege nicht nur hinterrücks erschossen. Es gab auch einen Kampf. Eine merkwürdige Kombination.«

»War denn der, mit dem er gekämpft hat, auch der, der geschossen hat?«

»Keine Ahnung. Dazu kann ich wirklich nichts sagen.«

»Wie ist er denn überhaupt ins Vivantes gekommen? Haben die Kollegen aus Friedrichshain dazu was gesagt? Es ging ja kein Notruf ein.«

»Ja.« Die Ärztin kratzte sich am Kopf. »Das war auch merkwürdig. Ihn hat kein RTW gebracht, sondern einer Ihrer Kollegen mit einem Zivilfahrzeug. Leider hat sich niemand das Kennzeichen gemerkt, und der Wagen stand im Schatten eines Krankenfahrzeugs, sodass auch die Kameras nichts Brauchbares aufgenommen haben. Und dann ist er verschwunden, bevor die Kollegen seine Personalien aufnehmen konnten.«

»Das ist wirklich mehr als merkwürdig«, erwiderte Rabenstein.

»Wenn Sie mehr wissen wollen, müssen Sie aber wirklich in Friedrichshain nachfragen. Ich muss jetzt weiter, die Patienten warten, heute ist hier wieder viel los.«

»Keine Sorge, ich will Sie nicht länger aufhalten«, sagte Rabenstein. »Kann ich den Kollegen sehen?«

»Zimmer acht. Sagen Sie den Schwestern Bescheid, dann können Sie ihn besuchen. Guten Tag.«

Sie stürmte los, und Rabenstein stand für einen Augenblick einfach nur da und sah ihr schweigend nach. Dann setzte er sich in Bewegung und ging direkt in Zimmer acht. Es war abgedunkelt, und die Gardine war nur einen Spaltbreit geöffnet. Trotzdem konnte er von hier das Kanzleramt und dahinter den Tiergarten erkennen. Es sah so friedlich aus, dieses Berlin, dabei ging es auf den Straßen alles andere als ruhig zu. Wer wusste das besser als er?

Sein Blick wanderte vom Fenster zum Krankenbett, das von blinkenden und piepsenden Geräten umgeben war. Er wusste, dass dort Thilo Kupferschmidt lag, obwohl es von hier an der Tür eher so aussah, als läge da ein Roboter im Ladezustand. Ein Gewirr an Kabeln und Schläuchen verband den reglosen Körper mit den Maschinen, führte zu seinem Kopf, zu seinem Arm und zu seinem Hals. Dazu all die Bildschirme und hüpfenden Pfeile und Linien, die die Vitalfunktionen überwachten. Eine einzige Kugel hatte diesen Zustand verursacht, diese Zerstörung. Eine einzige Kugel hatte dem Mann fast das Leben gekostet. Würde ihn vielleicht das Leben kosten. Heute Nacht. Morgen. In einer Woche. Oder in einem halben Jahr. »An den Folgen seiner Schussverletzung erlegen«, so hieß es ja dann immer in den Nachrichten.

Er zog sich einen Stuhl heran, bemüht, nicht zu genau hinzusehen. Rabenstein hasste Krankheit. Und Elend. Schwäche hasste er generell. Und nun musste er sich hierhinsetzen, ans Bett eines Kollegen, den er nicht mal richtig leiden konnte. Aber mit dem ihn ein unsichtbares Band verband. Weil sie einen gemeinsamen Feind hatten.

Einen Feind, dem Thilo Kupferschmidt vielleicht ein wenig zu nah gekommen war.

Rabenstein überwand sich und sah in dieses Gesicht mit den Schläuchen und Apparaten rund um den Kopf. Die fahlen Züge, die geschlossenen Augen, er hatte das Gefühl, dass der Tod irgendwie schon in diesem Zimmer war. Rabenstein hatte beim SEK genug Erste-Hilfe-Ausbildungen gemacht, um zu wissen, dass die Chancen nicht gut standen.

»Wach wieder auf«, flüsterte er leise. »Bitte, Kupferschmidt, wach wieder auf. Du musst sagen, was dir passiert ist. Du musst es uns erzählen.«

Und dann hob er zögerlich seine Hand und berührte den reglosen Arm des Kollegen, drückte ihn vorsichtig und spürte, wie sein eigenes Herz dabei laut pochte.

40

»Hast du was gehört?« Linhs Frage hing kurz unbeantwortet in der Luft, aber Adam musste nicht lange überlegen. Er wusste genau, was sie meinte.

»Nein. Er liegt im Koma, habe ich gehört.«

»Wird er es schaffen?«

»Schwer zu sagen.«

Er sah starr geradeaus auf die Fahrbahn, und auch Linh wandte ihren Kopf wieder nach vorne. Sie wussten, dass Thilo Kupferschmidt das Damoklesschwert über ihrer beider Köpfe war. Und das fühlte sich verdammt beschissen an.

Der Weg in den Wedding war nicht weit, nicht einmal jetzt im Berufsverkehr.

»Wie sieht unser Plan aus? Sanftes Auf-den-Busch-Klopfen oder gleich mit der Tür ins Haus?«, fragte Linh nach einer Weile, und nun klang ihre Stimme verändert. Frisch. Tatendurstig. Entschlossen. Als Adam nicht antwortete, grinste sie. »Ich verstehe. Gleich mit der Tür ins Haus.«

Adam nickte.

»Du kennst den Typen?«

»Wir hatten schon des Öfteren miteinander zu tun, ja.«

»Meinst du, er wird mit dir reden?«

»Kommt drauf an, ob er es wirklich war. Die Explosion, meine ich.«

»Glaubst du das?«

»Er ist der größte Kriminelle der Stadt. Aber er macht seine Sache gut. Zu gut. Die Kollegen bekommen ihn nur selten für irgendwas dran.«

»Na, dann wird es aber Zeit. Ich meine: Die Hinweise sind doch wirklich zu klar, oder?«

»Ich würde sogar sehr viel Geld darauf verwetten, dass er etwas damit zu tun hat.«

»Na, Gott sei Dank haben wir ja noch viel Geld.«

Er erwiderte nichts, weil er wieder an Thilo denken musste und an den Moment, als dieser widerliche Kerl auf seiner Frau ... Schnell konzentrierte er sich wieder auf die Straße vor ihnen.

Sie fuhren nun durch den schlimmsten Teil des Wedding, südliche Müllerstraße, eine Ansammlung aus brutalistischen Betonklötzen und heruntergekommenen Altbauten. Die Läden waren allesamt nur Spielsalons, Wettbüros, türkische Friseure und Dönerläden.

Adam hatte hier zu viel Zeit verbracht, damals als junger Polizist, als er nach seinem Dienst im Revier in Marzahn hierher versetzt worden war, um Streife zu fahren. Damals war es in dem Viertel rau zugegangen, es gab Schlägereien, Messerstechereien, richtige Scharmützel. Alles war chaotisch gewesen in dieser Zeit – aber das Gute daran war gewesen: Auch die bösen Jungs waren chaotisch. Heute war die Arbeit für die Polizisten hier ein Tanz auf Messers Schneide. Jetzt herrschten hier die Clans, gut organisiert und bis an die Zähne bewaffnet, und überfluteten die Stadt mit Drogen, Prostituierten und Falschgeld. Dazu kamen Islamisten, die in Hinterhofmoscheen darüber nachsannen, wie sie all den Ungläubigen den Stecker ziehen könnten, und kleine Jungs, die große Gangster sein wollten, ebenso wie große Jungs, die es schon waren. Und dazwischen die Bullen, die schlecht ausgerüstet waren und wegen all der schlechten Erfahrungen Ausländer hassten, es war nur eine Frage der Zeit. Es gab wenig Hoffnung hier, dachte Adam, aber vielleicht hatte auch er sich verändert, war älter und schwarzmalerischer geworden.

Der Altbau, vor dem sie hielten, sah anders aus als die umstehenden: Die Fassade strahlte in einem hellen Gelb, keine Graffiti verunstalteten die Wände. Vor dem Haus standen dicke SUVs, die allesamt arabische Ketten an den Rückspiegeln hatten. Im Erdgeschoss befand sich das Wettbüro *Capital City*, von dem alle Bullen in der Stadt wussten, wem es gehörte: Said Abou-Qadig, dem Paten von Berlin. Dieses unscheinbare Ladengeschäft bildete seine Zentrale – und Adam kam es vor, als wäre er erst vor Tagen hier gewesen, dabei war sein letzter Besuch schon ein halbes Jahr her.

Er wollte gerade aussteigen, da hielt Linh ihn am Arm fest. »Adam?«

»Hm?«

»Du hältst die Füße still, okay?«

Er sah sie ganz ruhig an, aber seine Augen zuckten.

»Ich weiß, wie du arbeitest. Und ich weiß, dass das meistens richtig ist in dieser Stadt. Dass man hier ab und zu Grenzen übertreten muss, um in einem Fall weiterzukommen. Aber dieses Mal … Es geht um Duc. Und ich will ihn nicht noch weiter in Schwierigkeiten bringen.«

Adam nahm die Hand vom Türgriff und nickte langsam. »Okay. Hab ich verstanden.«

Jetzt öffnete sie selbst die Tür, dann stieg auch er aus. Sie überquerten die Straße. Das Schaufenster war nicht einsehbar, *Zutritt ab achtzehn Jahren* stand an der Tür. Überwachungskameras leuchteten jeden Winkel des Bürgersteigs aus. Adam machte sich gedanklich eine Notiz, doch mal das Gewerbeamt antanzen zu lassen. Schließlich war das hier öffentliches Straßenland, da war Filmen verboten. Auch wenn er ahnte, dass die hundertfünfzig Euro Strafe den Paten nicht wirklich ärmer machen würden. Aber ärgern, ja, ärgern würde es ihn.

Adam drückte die Klingel und spürte zugleich dem unangenehmen Gefühl in seiner Bauchregion nach. Ja, er war schon oft hier gewesen, aber noch nie mit der Frau, die er liebte. Er wollte Linh um keinen Preis in Gefahr bringen – nicht schon wieder.

Die Tür öffnete sich, und als der riesige kahlköpfige Typ mit der Bodybuilderfigur ihn erkannte, verengten sich seine Augen.

»Du? Was willst du?«, fragte der Mann mit unverhohlenem Abscheu. Am liebsten hätte er Adam wohl ins Gesicht gespuckt. »Und was will die Schlitzaugen-Tante hier? Ich hab gar kein Essen bestellt.«

»Echt nicht? Dabei würde dir ein vietnamesischer Salat ganz guttun«, erwiderte Linh forsch.

»Was wollt ihr?«

»Wir wollen Said sprechen.«

»Aber Said will bestimmt nicht mit euch sprechen.«

»Ist das so?«, fragte Adam und trat einen Schritt nach vorn. Es juckte ihn in den Fingern, und er ballte die Hände zu Fäusten. Doch er musste sich zurückhalten, er hatte es versprochen. »Sieh mal, mein Junge, du weißt doch sicher noch, wie das beim letzten Mal geendet hat – und dein Chef war nicht unbedingt so für dich da, wie er es hätte sein sollen. Wollen wir das echt wiederholen?«

Beim letzten Mal hatte der Hüne nach Sekunden am Boden gelegen, und Adam erkannte am Blick des Mannes, dass die Wut keinesfalls verraucht war. Die Angst und die Scham aber auch nicht, so hoffte Adam zumindest.

»Said ist nicht da«, erwiderte der Türsteher nun knapp und verschränkte die Arme vor der Brust.

»Wo ist er denn?«

»Er ist da, wo er immer am Freitag ist.«

»Und wo ist das?«

Der Typ holte sein Handy aus der Hosentasche, es war ein nagelneues iPhone 14 Pro. Er wählte eine Nummer, und sie hörten das Klingeln am anderen Ende. Als abgenommen wurde, sagte der Mann leise: »Ja, Boss, entschuldige, dass ich störe, aber hier ist der Bulle, dieser nervige, du weißt schon.«

Nach einigen Sekunden reichte er Adam das Handy, der auf Lautsprecher stellte. Es war Said Abou-Qadigs blecherne Stimme, die auf die Straße drang.

»Herr Schmidt, wie komme ich zu der Ehre? Na, ist ja auch schon ein Weilchen her seit Ihrem letzten Besuch …« Im Hintergrund meinte Adam, Entengeschnatter wahrzunehmen.

»Genau. Ich hatte einfach zu viel Sehnsucht«, erwiderte Adam. »Es geht um das *Peng* und *Puff* in Lichtenberg vor vier Tagen. Dazu habe ich ein paar ganz kleine Fragen, wird bestimmt nicht lange dauern. Wo sind Sie denn? Im Vogelhaus vom Berliner Zoo?«

»Nein, ich umgebe mich lieber mit großen Tieren, wie ich selbst eines bin.« Adam sah Linh an, die eine Augenbraue hochzog. »Kommen Sie her, seien Sie meine Gäste.«

»Wo sind Sie denn, Herr Abou-Qadig?«

»Im Golfclub am Wannsee. Wenn Sie jetzt losfahren, dann treffen Sie mich in einer Dreiviertelstunde an Loch sechs. Also, gute Fahrt.« Dann legte er auf.

»Na, siehst du«, sagte Adam. »Anscheinend will der Chef ja doch mit uns sprechen.«

»Verpisst euch«, erwiderte der hünenhafte Pumper, bevor er wütend die Tür zuknallte.

41

»Geld stinkt manchmal eben doch«, sagte Linh und schüttelte den Kopf, als sie vor dem riesigen Clubhaus hielten. Weiße Säulen umrandeten die Veranda, und riesige Fensterfronten gaben den Blick auf den weitläufigen Golfplatz frei, auf dem trotz der winterlichen Temperaturen einige Golfer unterwegs waren.

»Und hier hofieren sie einen Scheißkerl, der bewiesen hat, dass man es aus dem Dreck bis ganz nach oben schaffen kann, indem man sein ganzes Leben lang nur Scheiße baut«, erwiderte Adam.

»Und er hat sich wirklich den richtigen Club ausgesucht«, sagte Linh mit bitterem Unterton.

Auf dem Parkplatz reihten sich die Karren der oberen Zehntausend aneinander, da stand ein Porsche neben einem Ferrari, außerdem entdeckte Linh einen Bugatti und einen Lamborghini. Drei dunkle Mercedes-Limousinen hatten Diplomatenkennzeichen.

»Ich würde gerne wissen, wie es die feine Gesellschaft findet, dass der größte Clanboss der Stadt hier auf ihrem Rasen spielt«, sagte Adam.

»Wahrscheinlich kriegen die feinen Leute das Koks kostenlos von ihm. Dann werden sie es gut finden.«

»Da könntest du recht haben«, sagte Adam. »Na, dann wollen wir mal.«

Sie stiegen aus und gingen um das Clubhaus herum. Der Golfclub lag einen Kilometer westlich des Wannsees und war eine der renommiertesten Spielstätten des Landes. Im Vorbeigehen warfen sie einen Blick durch die großen Fenster ins Innere. Dort saßen hauptsächlich ältere Damen in Designeroutfits und mit reichlich Botox in den Wangen und tranken den ersten Aperol Spritz des Tages.

»Wie finden wir Loch sechs?«

»Ich denke, es ist alles nummeriert. Warst du noch nie auf einem Golfplatz?«

»Nein. Wie? Du etwa?«, fragte Adam überrascht.

»Ja, in Rheinsberg gibt es doch auch einen Court. Da können wir gern mal eine Partie spielen.«

»Aber erst wenn die Hölle zufriert. Ich fühle mich noch etwas zu jung für diese Art von Sport. Noch habe ich schließlich Sex.«

»Ist das so?«, fragte Linh und grinste ihn an.

»Ich hoffe jedenfalls.«

Sie folgten den Hinweispfeilen am Wegesrand. Die Anlage war sehr weitläufig, sodass sie nur vereinzelt Golfer auf dem Gelände sahen, die sich gerade für einen Abschlag bereit machten oder an den Fähnchen über den richtigen Putt debattierten.

Als sie an Loch fünf vorbei waren, wies Adam Linh auf die zwei schwarz gekleideten Männer hin, die am Rand des Grüns herumstanden und immer wieder ihre Blicke über die Umgebung schweifen ließen.

»Auffällig unauffällig«, sagte Linh.

»Scheint, als hätte er selbst in den feinsten Kreisen Sorgen um seine Gesundheit.«

Loch sechs wurde mit einer Zahl und einem Pfeil auf einem grünen Schild ausgewiesen. Adam wusste nicht, was er erwartet hatte, vielleicht den Paten umringt von düsteren Unterweltikonen oder irgendwelchen schnieken Wirtschaftsbossen. Stattdessen standen am Abschlag nur zwei Männer. Einer jung und einer alt. Sie trugen Golfklamotten und dicke Winterjacken – die mit echtem Fell an den Kapuzen – und sprachen leise miteinander.

»Okay …«, murmelte Adam.

»Was ist? Was meinst du?«

»Ich habe ihn noch nie in live gesehen, aber der junge Mann da, das muss Saids Sohn sein. Es heißt, dass er noch erfolgshungriger ist als sein Vater – und er will langsam an die Futtertröge.«

»Er sieht gut aus«, sagte Linh leise. Der junge Mann hatte dunkle lange Haare und ein markantes Gesicht mit hohen Wangenknochen.

»Findest du?«, fragte Adam und grinste. »Na, der ist sicher eine gute Partie. Wenn man auf Blutgeld steht.«

»Ich bin eigentlich ganz zufrieden mit meiner Wahl«, antwortete sie und lächelte ihm zu. Sie gingen auf die beiden Golfer zu.

»Hoher Besuch!«, rief der alte Mann und kam mit einem breiten Grinsen und ausgestreckten Armen auf sie zu. »Ein Golfplatz ist zwar nicht Ihr natürliches Habitat, nehme ich an, aber ist doch auch mal ganz schön, während der Arbeitszeit ein bisschen aus der Stadt rauszukommen, oder?«

»Mein natürliches Habitat ist jedenfalls ganz weit weg von den Orten, an denen Sie sich aufhalten«, erwiderte Adam und ging auf Said Abou-Qadig zu, der zuerst Linh und dann ihm die Hand schüttelte.

»Herr Kommissar, es ist mir eine große Freude, seien Sie willkommen. Sie und Ihre schöne Begleitung.«

»Mal sehen, wie lange Sie sich freuen«, erwiderte Adam immer noch mit brüskem Ton.

Linh räusperte sich. »Linh Schmidt, Polizeioberkommissarin«, stellte sie sich vor, damit die Situation zwischen Adam und dem Clanboss nicht sofort eskalierte.

»Sehr erfreut, Frau Kommissarin«, Abou-Qadig deutete eine Verbeugung an, bevor er sich wieder an Adam wandte. »Ich habe Sie in Frieden eingeladen, Kommissar. Also, seien Sie friedlich. Das dort vorn«, er hob die Stimme, »ist mein Sohn Ramaddan. Komm, Habibi, sag den freundlichen Polizisten Guten Tag.«

Der junge Mann, der sich bisher etwas abseits gehalten und die Szene beobachtet hatte, kam nun gelassen auf sie zu, und Adam musste feststellen, dass er tatsächlich ein fast unverschämt gut aussehender Mann war, eine Mischung aus Engelsgesicht und Cristiano Ronaldo.

»Es freut mich, Sie kennenzulernen«, sagte Ramaddan in lupenreinem Deutsch. Während sein Vater noch den leichten Singsang des Arabischen auf seinen deutschen Worten hatte, merkte man dem Sohn den Aufenthalt auf Eliteschulen an – und er hatte nie im Libanon gelebt, das wusste Adam aus den einschlägigen Akten.

»Ein schöner Tag für eine kleine Partie, oder? Finden Sie nicht? Gerade in der kalten Jahreszeit tut so ein kleines Spiel an der frischen Luft sehr gut. Stärkt das Immunsystem und beugt der Winterdepression vor. Sollten Sie vielleicht auch mal versuchen, Kommissar.«

Adam entging die Spitze gegen ihn nicht, offenbar hatte der Araber seine Augen und Ohren überall und wusste, dass er länger nicht gearbeitet hatte. Doch als er gerade noch nach einer passenden Replik suchte, die er dem Clanboss entgegenschleudern konnte, spürte er die leichte Berührung von Linhs Hand an seiner. Bleib ruhig, sollte das bedeuten. Sie sah ihn kurz von der Seite an. Er biss die Zähne aufeinander und nickte unmerklich. Said Abou-Qadig schien von diesem wortlosen Austausch nichts mitzubekommen zu haben. Noch immer sprach er so schwärmerisch, als wären ein paar alte Freunde zu Besuch gekommen.

»Normalerweise spiele ich mit Geschäftsfreunden, aber den Freitag versuche ich mir immer für meinen Sohn zu reservieren. Zeit mit der Familie ist so wichtig, finden Sie nicht auch? Also, die Dame, der Herr, was möchten Sie? Und ich sage Ihnen gleich: Sie können offen reden. Ramaddan und ich, wir haben keine Geheimnisse voreinander.«

❖

Sie ließ es sich zwar nicht anmerken, aber sie hatte das gespielt freundliche Geplänkel des Clanbosses gehörig satt. Ihr Geduldsfaden war bis aufs Äußerste gespannt. So langsam mussten sie mal vorankommen, sonst würde Duc in der Untersuchungshaft eingehen. Sie konnte sich bildlich vorstellen, wie er in der kleinen Zelle herumtigerte. Wer wusste schon, wie lange er dieser psychischen Belastung noch standhalten konnte. Deshalb übernahm sie jetzt das Gespräch.

»Wir sind hier, Herr Abou-Qadig, weil …«, begann sie, doch der alte Mann legte seine Hand auf ihren Unterarm. Linh zuckte nicht zurück, sondern ließ es geschehen, auch wenn es in ihr brodelte.

»Wollen Sie uns nicht an Loch sechs Gesellschaft leisten?« Er sah sich um. »Ich möchte nicht, dass uns die nachfolgende Gruppe überholt – und die anderen Golfer müssen ja unser Gespräch auch nicht unbedingt mitbekommen. Kommen Sie! Dann können wir spielen, und Sie reden. So wäre es mir am liebsten.«

Linh nickte, und sie gingen zum Abschlag. Obwohl es erst früher Nachmittag war, stand die fahle Sonne schon tief am Himmel. Den Golfern würde in der Tat nicht mehr viel Tageslicht bleiben, um ihre Partie zu beenden. Ramaddan ging zu dem Golfbag und entnahm ihm einen Schläger.

Sie sahen zu, wie der junge Mann einen kleinen Ball auf den Abschlagpunkt legte und dann seine Position bestimmte. Linh räusperte sich und setzte erneut an: »Herr Abou-Qadig, wir sind hier, weil wir einige Fragen zu der Explosion im Dong Xuan Center haben.«

»Die Explosion im Dong Xuan Center. Diesem kleinen Chinesen-Kaufhof, meinen Sie? Ähm, verzeihen Sie, junge Frau, ich wollte Ihre Landsleute nicht verunglimpfen.«

»Wir sind Vietnamesen, Herr Abou-Qadig. Mein Bruder, dem das Center gehört, und ich.«

Für einen Moment war Stille. Ramaddan senkte den Schläger, mit dem er gerade hatte abschlagen wollen, und sah zu ihnen herüber.

»Oh, das ist ... das ist ja dann eine sehr persönliche Angelegenheit«, sagte Abou-Qadig. »Und Sie wissen ja, wie sehr mir die Familie am Herzen liegt. Da werde ich natürlich versuchen, Ihnen zu helfen.« Er sah zwischen Adam und Linh hin und her. »Wissen Sie denn schon, was dort explodiert ist?« Ein leichtes Lächeln umspielte seine Lippen. »Ich erinnere mich, den Knall bis in den Wedding gehört zu haben. Das war ja – wie sagen Sie in Deutschland? – ein echtes Inferno.«

»In einer der hinteren Hallen des Centers ist ein Labor in die Luft geflogen, eine Drogenküche.«

Abou-Qadig zog die buschigen Augenbrauen hoch. »Eine Drogenküche? Nein, das ist ja …«

»Und wir glauben, dass Sie sehr wohl wussten, dass in Lichtenberg Crystal gekocht wurde.«

»Ich sollte davon wissen? Woher nehmen Sie denn diese Vermutung?«

Sie sahen zu, wie Ramaddan sich breitbeinig hinstellte, den Schläger erneut hob, kurz verharrte und dann abschlug. Der Ball flog mit großem Schwung in die Luft und beschrieb einen hohen Bogen, bevor er am anderen Ende des Platzes heruntersegelte. Er rollte ziemlich nah an das rote Fähnchen heran, das dort hinten, etwa zweihundertfünfzig Meter weiter südlich, stand.

»Ein sehr guter Schlag, mein Junge«, rief Abou-Qadig, und Ramaddan hob den linken Daumen. Er lächelte und schien sichtlich stolz zu sein. Doch irgendwas war da in seinem Gesicht, dachte Linh. Grübeln, Besorgnis? Sie konnte den jungen Mann nicht lesen. Der alte Pate wandte sich ihnen wieder zu. »Also? Was habe ich damit zu tun?«

»Wir glauben, dass mein Bruder den Berliner Markt mit tschechischem Crystal überschwemmen wollte. Ihren Markt, Herr Abou-Qadig. Und dass Sie das sehr schnell bemerkt haben, weil die Preise gesunken sind – und Ihr Marktanteil auch. Und wir glauben, dass Sie dem ein Ende setzen wollten.«

Abou-Qadigs Lachen war jetzt verschwunden, und er sah sie prüfend an, nicht unfreundlich, aber mit einer

Spur von Misstrauen im Blick. »Lassen Sie mich einmal abschlagen«, erwiderte er, »und dann werden wir über diese Hirngespinste reden.«

Er ging zum Abschlag, fackelte nicht lange, sondern nahm einen Schläger, legte den Ball zurecht, stellte sich auf wie sein Sohn, dann aber übte er den Schlag einmal, zweimal, dreimal, jedes Mal mit großer Geste. Linh spürte, wie ihre Ungeduld wuchs. Sie wollte, dass er weitersprach. Dann, endlich, ließ er den Schläger niedersausen, und der Ball hob ab, ebenfalls in großem Bogen, bevor er jedoch weit entfernt vom Ball des Sohnes am Rande des Fairways niederging.

»Ein guter Ball, Papa«, sagte Ramaddan, doch der Alte funkelte ihn wütend an.

»Du sollst mich nicht anlügen, Habibi. Ich sehe doch selbst, dass das nichts war.« Er wandte sich wieder den Polizisten zu, während er den Schläger zurück in den Golfbag steckte, die Tasche schulterte und loslief. »Kommen Sie, wir laufen hinüber.« Linh setzte sich an seine linke Seite, Adam an seine rechte. Ramaddan hatte ebenfalls seinen Golfbag genommen und gesellte sich zu ihnen. In einiger Entfernung folgten die beiden Bodyguards. Gemeinsam stiefelten sie über den Platz.

»Ich habe nicht gewusst, dass Ihr Bruder, den ich natürlich aus anderen Zusammenhängen kenne, wieder im Business ist. Und ich selbst – wie Sie aus den Akten wissen – habe mit Drogen nichts zu tun. Oder haben Sie irgendeine Verurteilung gefunden? Es gibt meines Wissens – korrigieren Sie mich gerne – nicht mal eine Anklage. Und Crystal ist doch dieses dreckige Teufelszeug, oder? Ich bitte Sie.«

»Sie wussten also nichts davon? Von der Küche?«

»Das sage ich Ihnen doch.« Entwaffnend hob er die Hände. »Ich mache nur ordentliche Geschäfte. Meinen Sie, ich dürfte sonst hier Mitglied sein?«

Linh hätte diese scheinheilige Frage gerne kommentiert, aber sie besann sich. »Kennen Sie Tuan Le Phan?«, bohrte sie stattdessen weiter nach. Sie durfte diesen selbstgefälligen Sack nicht so leicht davonkommen lassen.

»Ist das eines von diesen feinen Gerichten mit Kokosmilch?«

»Nein, das ist ein junger Mann.«

»Und warum sollte ich ihn kennen?«

»Weil er seit Jahren auf Ihrer Gehaltsliste steht.«

Ramaddan Abou-Qadig schien auf dem mit Reif bedeckten Rasen gestolpert zu sein, er kam einmal kurz aus dem Tritt. Im Boden blieb ein kleines dunkles Loch zurück.

»Jemand mit diesem Namen steht nicht auf meiner Gehaltsliste.«

»Aber er wird von Ihrem Anwalt vertreten.«

»Mein Anwalt hat viele Kunden.«

»Das stimmt nicht, Herr Abou-Qadig, und das wissen Sie.«

»Ich habe diesen Namen noch nie gehört. Was ist mit dem jungen Mann?«

»Er wurde in die Drogenküche eingeschleust.«

»Warum das denn?«

»Stellen Sie sich nicht dumm. Sie sind doch ein wirklich kluger Mann«, antwortete Linh langsam und deutlich, mit aller Beherrschung, die sie aufbringen konnte. Sie waren nun bei der Hälfte des Weges angelangt und durchschritten eine kleine Senke, an deren Ende ein Wasserloch war, das sie umrundeten. »Er sollte die Drogenküche manipulieren, damit es zur Explosion kommt. Und damit ihr Konkurrent aus dem Rennen genommen ist. Das hat ja auch geklappt, mehr noch: Duc sitzt im Knast.«

»Und Sie meinen, ich hätte diesen Tuan … Tuan Irgendwas dort eingeschleust?«

»Ja, das meinen wir.«

»Hm, da muss ich Sie enttäuschen.« Er wies auf seinen Ball. »Warten Sie bitte einen Moment, ich bin dran.« Er ging zum Ball und nahm Maß. Die Entfernung zum Loch betrug etwa dreißig Meter. Er nahm wieder ein Eisen aus der Tasche und wiederholte das Ritual des dreimaligen Probierens. Erst beim vierten Schlag hob der Ball leicht ab, segelte genau auf das Loch zu und blieb nur wenige Meter davor liegen. »Ha!«, rief Abou-Qadig. »Ich kann es ja doch noch. Na, siehst du, Habibi.« Er strahlte seinen Sohn an. »Hinten ist die Ente fett.«

Sie setzten sich wieder in Bewegung, und der Pate fuhr fort: »Ich sage Ihnen: Ich koche kein Crystal, und ich schleuse auch keine jungen Leute in irgendwelche Drogenküchen ein, damit sie halb Berlin in die Luft jagen. Das ist alles riesiger Unfug.«

Linh blickte nervös zu Adam hinüber. Wieso sagte er nichts? Und wie konnte er nur so ruhig bleiben? Das war alles eine ungeheure Zeitverschwendung hier. Doch Adam schritt stoisch neben dem Sohn des Clanbosses her, es schien, als hinge er seinen Gedanken nach.

❖

Irgendetwas im Verhalten von Ramaddan Abou-Qadig irritierte ihn. Adam konnte nicht sagen, was es war, aber seit Tuans Name gefallen war, spürte er eine gewisse Unruhe bei dem jungen Mann, auch wenn dieser sich äußerlich nichts anmerken ließ. Nein, sein selbstbewusstes Auftreten hatte sich nicht verändert, aber die Art, wie sein Blick manchmal zuckte, wenn Linh etwas sagte, ließ Adam aufmerken.

Eine halbe Minute später waren sie beim Ball des Sohnes angekommen. Der nahm seinem Vater das Eisen aus der Hand, doch dann schüttelte er den Kopf. »Das schaffe ich«, sagte er leise.

»Du willst von hier einlochen?«, fragte der Vater überrascht, als der Junge den Putter aus dem Golfbag nahm. Der Ball lag sicher noch zehn oder zwölf Meter vom Loch entfernt. Doch der junge Mann ging zum Loch und nahm die Fahne heraus, dann stellte er sich mit dem Putter an den Ball.

Adam sah zu, wie sich Abou-Qadig ungläubig mit der Hand über die Stirn fuhr. »Die jungen Leute wollen immer mit dem Kopf durch die Wand, was, Kommissar?«

»Ihre Erziehung, Herr Abou-Qadig, es ist Ihre Erziehung.« Der Pate schloss kurz die Augen und sah aus, als würde er Schmerzen leiden. Doch Ramaddan nahm nur einmal Maß, dann bewegte er den Putter ganz leicht, und der Ball rollte schnurstracks auf das Loch zu. Adam hielt den Atem an und sah in Abou-Qadigs fassungsloses Gesicht, als der Ball mit dem unverkennbaren Plopp in Loch sieben verschwand. Ramaddan blickte auf, als Erstes zu seinem Vater, dann zu den beiden Polizisten. Said Abou-Qadig sagte nichts, also war es Adam, der ausrief: »Wow, guter Schlag!«

Und Linh sagte: »Ja, wirklich: Glückwunsch!«

»Es war ein unnötiges Risiko.« Die harte Stimme des

Alten, der zu seinem Ball ging und ihn aufsammelte, noch immer sichtlich aufgebracht. Er machte ein Zeichen in Richtung der Bäume, er wollte, dass sie das nächste Loch ansteuerten. Dann ging er los. Adam und Linh setzten sich an seine Seite.

»Hören Sie, Herr Abou-Qadig, wir wissen alles«, sagte Linh nun in atemlosen Ton, weil sie beide spürten, dass das Gespräch bald vorbei war. Die Stimmung des Alten war umgeschlagen. »Und wir werden wiederkommen. Mit mehr Beweisen. Denn Tuan Le Phan hat für Sie gearbeitet, und wir werden jemanden finden, der das bestätigt. Sie haben sich der Justiz bisher immer entziehen können, das stimmt. Aber es gab auch noch niemanden, der Sie persönlich drankriegen wollte – aus ganz privaten Gründen. Aber jetzt geht es um meinen Bruder, und ich kann Ihnen sagen: Vielleicht will niemand Sie zum Feind haben – aber mich sicher auch nicht.«

»Die Drohung einer Frau ist immer ernst zu nehmen«, erwiderte Abou-Qadig und sah sie mit feindseligem Blick an. »Das hat meine Mutter stets gesagt. Aber ich weiß nicht, ob es Ihnen gefallen wird, wenn ich Ihre Drohung zu ernst nehme, junge Frau. Denn wenn ich Sie auf dem Kieker …«

Adam fuhr dazwischen. Das würde dieser Mistkerl nicht wagen! »Said, wenn Sie meine Kollegin auch nur anrühren, Sie oder einer Ihrer Schergen, dann sind Sie geliefert. Also denken Sie nicht mal dran. Verstanden?« Am liebsten hätte Adam gleich jetzt seine Worte mit der Faust unterstrichen, aber er wusste, dass das keine gute Idee war.

Said Abou-Qadig starrte ihn an, erwiderte aber nichts, weil sein Handy surrte. »Wir sind hier fertig«, sagte er nur noch. »Ein schönes Wochenende. Und lassen Sie mich mit diesem Mist in Ruhe.« Dann nahm er den Anruf entgegen und sprach ein kehliges und forsches Arabisch ins Telefon. Er ging Richtung Wald, der zum nächsten Loch führte.

Linh und Adam drehten sich um und traten auf Ramaddan zu, um sich zu verabschieden. Der junge Mann verstaute gerade den Putter im Golfbag. Adam streckte seine Hand aus, doch bevor er etwas sagen konnte, flüsterte der junge Mann: »Ich gehe gleich zur Toilette. Wir sehen uns in einer Viertelstunde im Clubhaus an der Bar. Seien sie da, es geht auch ganz schnell.«

Dann nahm er seine Tasche und zog von dannen.

42

»Na, die Poke-Bowl scheint bei den Ladys hier ja sehr beliebt zu sein«, sagte Adam, als sie durch das Restaurant des Golfclubs gingen, wo die Crème de la Crème Berlins gerade beim Essen saß.

»Aber nur bei den Ladys«, erwiderte Linh mit Blick auf die Teller. »Die Herren nehmen immer noch das Steak. Sport hin oder her.«

Sie grinsten und gingen an die Bar. Ein junger Mann wischte gerade den Tresen ab.

»Zwei Kaffee, bitte«, sagte Adam. Dann stellten sie sich so nebeneinander, dass sie den Golfplatz vor der breiten Fensterfront gut sehen konnten.

Keiner von ihnen sagte ein Wort. Adam spürte Linhs Anspannung. Was wollte der junge Mann von ihnen? Immer wieder blickte er auf seine Armbanduhr. Und endlich, nach genau dreizehn Minuten, sahen sie Ramaddan Abou-Qadig über die Terrasse zu ihnen kommen. Er hielt den Blick gesenkt, als er das Restaurant betrat.

Adam trank gerade den letzten Schluck seines Kaffees, als Ramaddan sich neben sie an die Bar stellte.

»Hören Sie«, sagte er leise, »ich glaube, mein Vater weiß nicht, wie gefährlich das alles werden kann. Weil er auch nicht versteht, wohin sich unser Geschäft entwickeln wird. Ich …« Er zögerte. »Ich werde ihnen kein Wort über Drogengeschäfte sagen. Ich selbst bin absolut gegen Drogen, aber ich möchte in Ruhe Geld verdienen – ohne Ärger mit der Polizei. Und weil ich ein Interesse daran habe, dass wir in Zukunft ungestört arbeiten können, nenne ich ihnen jetzt einen Ort, an dem Sie Ihren Mann finden werden.«

»Sie meinen Tuan Le Phan?«

»Finden Sie ihn – und dann lassen Sie ihn meinetwegen aussagen, wenn er sich traut. Ich schwöre Ihnen: Ich habe mit der ganzen Sache nichts zu tun. Haben Sie verstanden, was ich damit sagen will?«

»Sie wollen freies Geleit.«

»Ich will meine Ruhe. Und ich will eine glänzende Zukunft für meine Firma und meine Familie. Und wenn mein Vater nicht versteht, was die Uhr geschlagen hat, dann … dann muss ich wohl etwas nachhelfen.« Sein Blick war finster. »Der Mann ist in einem sicheren Haus. Im Westphalweg in Tempelhof. Nummer achtzehn. Vierte Etage. Geben Sie sich keine Mühe, das Haus gehört nicht uns, es ist uns in keiner Weise zuzuordnen. Suchen Sie ihn dort. Und dann … dann könnte es sein, dass Berlin fortan etwas ruhiger wird. Das hoffe ich zumindest.«

Er nickte ihnen zu, und noch bevor sie etwas erwidern konnten, legte er zehn Euro auf den Tresen. »Ihr Kaffee geht auf mich.« Dann wandte er sich um und ging wieder in Richtung Golfplatz.

»Verdammte Axt«, flüsterte Adam leise.

Und Linh fügte hinzu: »Wir haben ihn.« Hoffnung lag in ihrem Blick.

43

»Er hat seinen Vater verraten«, sagte Adam verblüfft, als sie zurück in die Stadt fuhren.

»Ramaddan will ihn beerben, oder was denkst du?«, fragte Linh.

»Er will ihn auf jeden Fall aus dem Weg haben. Aber auf diese Art? In einer arabischen Familie?«

»Tja, junge Leute, andere Sitten. Da ist das Geschäft wichtiger als der Ehrenkodex.«

»Was machen wir? Wollen wir das SEK rufen?«

Linh, die am Steuer saß, sah zu ihm herüber, ihr Blick war beinahe flehend. »Lass es uns selbst machen. Wenn wir das SEK dazuholen, dann kommt automatisch auch Rabenstein ... Und wer weiß, was der dann mit Tuan macht. Der will Duc unbedingt drankriegen, und ich glaube, dafür ist ihm jedes Mittel recht. Nein, wir müssen das allein machen.«

Adam fuhr sein Fenster herunter und lehnte seinen Kopf ein Stück aus dem Wagen, sodass ihm der eisige Fahrtwind ins Gesicht blies.

»Okay«, sagte er nach einer Weile. »Dann lass es uns tun.«

Sie fuhren schweigend an der Auffahrt Wannsee auf

die Stadtautobahn und hielten sich am Funkturm links. Adam kannte das Gebiet des südlichen Tempelhof, es war eine sogenannte Mischgegend: Hier lebten überwiegend Arbeiter und Angestellte, viele von ihnen alteingesessene Berliner und Berlinerinnen, aber es gab auch sozial schwache Straßenzüge, die fast ausschließlich von Menschen mit Migrationshintergrund bewohnt wurden. Dort zu zweit eine Festnahme durchzuführen, war nicht ohne – insbesondere weil sie nicht wussten, ob der Verdächtige alleine in dem sicheren Haus war. Und weil sie eigentlich gar nicht in dieser Sache ermittelten. Andererseits durften sie keine Zeit verlieren. Die Aussicht, einen Kronzeugen gegen Said Abou-Qadig festnehmen zu können, war einfach zu verlockend.

Eine halbe Stunde später hielten sie vor einem unauffälligen Neubau im Westphalweg. Gegenüber lag ein kleiner Park mit dichtem Baumbestand. Es war eine ruhige Wohngegend.

»Hier muss es sein«, sagte Linh und schaute hinauf zur vierten Etage. Die Gardinen in der Wohnung waren zugezogen.

»Na, dann wollen wir mal.«

Aus dem Fond des Wagens nahm Adam zwei schusssichere Westen, die sie sich überstreifen, dann prüften sie schweigend ihre Waffen, schauten in die Magazine und sicherten sie wieder. Professionelle Anspannung herrschte im Wagen, die Anspannung vor dem großen Knall.

»Wir haben es ja dann nicht weit bis zum LKA«, sagte Adam leise.

Linh grinste. »Das habe ich auch gerade gedacht.«

Sie stiegen aus und überquerten die Straße, dann klingelte Adam wie stets bei den Namen der anderen Etagen und wartete. Diesmal musste er nicht einmal etwas sagen, da surrte die Tür schon auf. Die Essenslieferanten, Amazon- und DHL-Boten hatten für sie einiges leichter gemacht. Irgendwer wartete immer auf ein Paket, eine Bestellung mit Zeug, das er eigentlich nicht brauchte. Oder auf eine Pizza.

Sie stiegen die Treppen hinauf, auf jedem Absatz sahen sie prüfend nach oben. Das Haus lag still da. Ganz oben atmeten sie beide tief durch. Adam lauschte an der Tür, an der er nur ein einfaches Schloss entdecken konnte. Drinnen war kein Laut zu hören. Sie klingelten, doch es tat sich weiterhin nichts. Adam befühlte den Türrahmen. Nicht sehr massiv. Dann wandte er sich Linh zu und nickte. Sie beide zogen ihre Waffen und entsicherten sie, dann trat Adam einen Schritt zurück, und sie zählten leise gemeinsam: »Eins, zwei, drei …«

Adam riss seinen Fuß hoch und trat dicht neben dem Schloss gegen die Tür, die so dünn war, dass sein Fuß kurz im splitternden Holz hängen blieb. Dann flog sie auf. Linh stürzte an ihm vorbei in die Wohnung und rief: »Polizei, alle auf den Boden!«, rannte durch den Flur, die Waffe vor sich haltend und auf jede kleinste Bewegung achtend. Sie ging bis ganz nach hinten durch, während Adam das Bad sicherte, sich ganz klein machend, falls jemand in Panik schoss, doch dort war niemand. Das Zimmer gegenüber war eine heruntergekommene Küche voller Geschirr, die Luft roch nach altem Öl und gebratenen Nudeln. Auch hier: niemand.

»Sicher!«, rief Linh von hinten, dann trafen sie sich auf dem Flur und gingen gemeinsam ins Wohnzimmer. Der Fernseher war noch an, der Controller der PlayStation lag auf dem Boden.

»Scheiße«, sagte Linh leise. »Der Vogel ist ausgeflogen.«

»Aber noch nicht lange«, erwiderte Adam, der auf den Couchtisch sah, wo eine selbst gedrehte Zigarette im Aschenbecher glimmte. Daneben stand eine offene Dose mit Red Bull White.

»Heißt das was Gutes?«, fragte Linh und kniff die Augen zusammen.

»Ich glaube nicht«, erwiderte Adam.

Sie verließen die Wohnung, zogen die zerborstene Tür notdürftig ins Schloss und klebten ein Polizeisiegel daran. Es würde nicht leicht werden, das zu erklären, aber jetzt hatten sie erst einmal Wichtigeres zu tun. Sie mussten Tuan finden.

Bevor es jemand anders tat.

Zurück im Wagen, stellte Adam das Funkgerät an. Vielleicht hatte ja einer der Kollegen auf Streife hier im Kiez etwas beobachtet. Er wollte gerade die Zentrale anfunken, da hörten sie die hektische Durchsage. »Alle Kräfte in Tempelhof und angrenzenden Bezirken bitte kommen, es gab eine Schussabgabe am Tempelhofer Hafen, unterhalb des Einkaufszentrums am Teltowkanal. Ein Opfer. Die Täter sind flüchtig. Zeugen haben uns angerufen. Alle verfügbaren Kräfte dorthin. Und auf Eigenschutz achten. Zwei Täter, beide sind bewaffnet. RTW und Feuerwehr sind auf dem Weg, greifen aber erst ein, wenn der Bereich abgesichert ist.«

Linh und Adam sahen sich an, Entsetzen stand in Linhs Gesicht geschrieben. »Denkst du dasselbe wie ich?«

»Verdammte Scheiße!«, antwortete Adam. Dann nahm er das Funkgerät an den Mund und sprach hinein: »KHK

Schmidt, Abschnitt 15, wir sind auf dem Weg zum Einsatzort. In fünf Minuten vor Ort. Melden uns, wenn wir dort sind.«

44

»Merkwürdig, wenn man jemanden noch nie gesehen hat, aber trotzdem das Gefühl hat, ihn zu kennen, oder? Und sich sicher ist, dass er es ist, wenn man sich dann zum ersten Mal begegnet. Zum ersten und zum letzten Mal …« Linh sah auf den Mann, der vor ihr am Boden lag, das Gesicht zum Himmel gerichtet, die Augen geschlossen, weil ein gütiger Gerichtsmediziner schon sein Werk getan hatte. Das Blut auf der Brust war fast getrocknet, an drei Stellen hatten die Kugeln dunkle Löcher gerissen, in das T-Shirt und den Körper darunter. Gerade machte der Kollege aus der Rechtsmedizin noch ein paar Detailfotos, er beugte sich dicht über den Toten, um keine Kleinigkeit zu übersehen. Gleich würde die Leiche in den Leichenwagen gehoben und ins Institut für Rechtsmedizin der Charité transportiert werden.

Als sie am Tempelhofer Hafen angekommen waren, hatten sie sich erst mal einen Weg durch die Menschenmenge bahnen müssen. Die Schaulustigen versuchten mit ihren gezückten Handys, Horroraufnahmen für die Ewigkeit festzuhalten. Die beiden Streifenpolizisten, die den Tatort sicherten, sahen reichlich mitgenommen aus. Und sie schienen heilfroh, dass nun endlich die Kripo da war, egal, ob sie aus Berlin oder Brandenburg kam. Niemand hatte Linh nach Ansicht ihres Ausweises gefragt, was sie denn hier suche.

Der Tote lag genau am Ufer des Teltowkanals, ganz klar ein Vietnamese und ziemlich sicher der Mann, den sie suchten. Tuan Le Phan. Er trug schwarze Trainingshosen, an den Füßen hatte er nichts weiter als Flipflops. Kein Wunder, dass er seinen Verfolgern nicht hatte entkommen können.

»Armer Kerl«, sagte Adam leise, doch dann sah er auf und suchte den Blick seiner Frau. »Sorry, das meinte ich nicht so. Schließlich hat er dafür gesorgt, dass dein Bruder im Knast sitzt.«

»Ich weiß trotzdem genau, wie du das meinst«, entgegnete Linh. »Er ist ein armes Schwein. Ich glaube auch nicht, dass er die Explosion allein vorbereitet hat. Das alles war Teil eines größeren Plans – und er war nur Mittel zum Zweck. Die haben ihn benutzt. Und als sie ihn nicht mehr brauchten, als er für sie zur Gefahr wurde, da …«

Adam hörte die Wut in ihrer Stimme, und auch er spürte sie, diese grenzenlose Wut auf den Mann, den sie eben über den Golfplatz hatten laufen sehen, weit entfernt von der Welt, die er mit seinem Schmutz überspülte.

Ein Mann in Zivil trat zu ihnen, in der inoffiziellen Uniform der jungen Kripobeamten: Bomberjacke, zu enges Muskelshirt, weite Jeans von Carhartt, Turnschuhe von New Balance.

»Sie sind die beiden Kollegen aus dem Prenzlberg?«

»KHK Schmidt, das ist POK Schmidt.«

»Schmidt und Schmidt. Wie witzig.« Der Kollege grinste. »Hauptkommissar Günther aus der Wache in

Tempelhof. Sagen Sie mal, warum waren Sie denn so schnell hier?«

»Wir hatten einen Tipp bekommen, wo sich unser Verdächtiger versteckt. Und nun wissen wir es, er liegt nämlich hier.«

Die drei besahen sich den Mann am Boden, zu dem sich gerade zwei Männer in weißen Schutzanzügen hinabbeugten, um ihn in einen blechernen Sarg zu heben.

»In welchem Fall war er denn Ihr Verdächtiger?«

»Es geht um die Explosion in Lichtenberg.«

»Wat? Das ist ja ’n Ding. Und Sie denken, er hatte was damit zu tun?«

»Ja, das denken wir. Aber es gab Hintermänner. Und die holen wir uns jetzt.«

»Na, dann viel Glück.«

»Gibt es Aussagen darüber, wie das hier passiert ist?«

»Meine Leute schwärmen noch aus. Die Hinweise verdichten sich, dass es zwei Männer waren. Das Opfer ist aus Richtung Süden zum Einkaufszentrum gerannt und dann hier die Treppen runter, dabei muss der Mann gestolpert sein, und dann waren die Verfolger auch schon da. Es gab eine Panik bei den Passanten, als die Typen ihre Waffen zogen. Es fielen drei Schüsse. Der Mann war sofort tot. Die Täter sind wohl am Kanal entlang in Richtung Osten geflüchtet. Aber …« Er zuckte die Achseln. »Das waren allem Anschein nach Profis. Das ging so schnell, zack, waren die wieder weg. Die kriegen wir wahrscheinlich nicht. Die sitzen jetzt irgendwo und lachen sich ins Fäustchen. Auftrag ausgeführt.«

»Was ist mit Straßensperren?«

»Wonach sollen wir denn suchen? Wir wissen doch nicht

mal, ob die Täter ein Auto hatten oder ob sie in die Ringbahn gestiegen sind.«

»Na, aber wir wissen wenigstens, wer sie geschickt hat. Und um den müssen wir uns jetzt dringend kümmern.«

45

»Die sind nicht mehr beim Golf, oder?«

»Wenn der Pate dieses Killerkommando geschickt hat, dann wird er jetzt wissen wollen, ob alles geklappt hat. Ich glaube, der ist wieder im sicheren Bau«, erwiderte Adam. »Und da holen wir ihn jetzt raus.«

»Immer noch kein SEK?« Linhs Stimme war angespannt.

»Nein, ich will Rabenstein nicht sehen. Das machen wir selbst.«

Während Linh den Wagen in Richtung Norden lenkte, rief Adam in Abschnitt 15 bei seiner Kollegin Sandra Pitoli an. Die nahm wie stets sofort ab.

»Sandra …«

»Adam.« Ihre Stimme war nicht weich wie sonst, sondern klang irgendwie alarmiert.

»Sag mal, wir brauchen eine Hundertschaft, die sich auf den Weg nach Wedding machen soll. Kannst du auch kommen? Wir müssen ins *Capital City*. Da ist der Mörder von dem Vietnamesen, der gerade in Tempelhof umgebracht wurde …«

»Du meinst, Said Abou-Qadig?« Ihre Stimme klang nun ganz ruhig. Beunruhigend ruhig.

»Ja. Was ist los? Bestellst du die Hundertschaft?«

»Das wird nicht nötig sein. Der Pate ist bereits hier. Er ist eben ins Revier reinmarschiert, mit 'nem breiten Grinsen auf dem Gesicht. Er will nur mit dir reden.«

»Was sagst du da?«

»Wie lange brauchst du? Er sitzt im Vernehmungsraum.«

»Scheiße, dieser Hund. Was hat er nun wieder ausgeheckt? Wir kommen.«

Linh, die das Gespräch mit großen Augen mit angehört hatte, wendete den Wagen mit quietschenden Reifen.

46

»Schließen Sie doch die Tür, Kommissar«, sagte der Pate leise. »Und setzen Sie sich mit Ihrer wunderschönen Frau zu mir. Ich bitte Sie.«

»Ähm, ich glaube, Sie verwechseln da was. Das ist hier nicht Ihr Paten-Château, sondern ein Polizeirevier. Und Sie sind unser Gast. Oder soll ich lieber sagen: unser Verdächtiger?«

Sie ließen sich auf die beiden Holzstühle fallen, die an dem Tisch standen. Die Stühle knarzten. Der Pate grinste süffisant und saß tatsächlich auf seinem Stuhl, als hielte er Hof.

»Was wollen Sie? Warum marschieren Sie hier rein nach dem, was Sie getan haben?«

Abou-Qadigs dunkle Augen funkelten vor Spannung, aber er wirkte in keiner Weise beunruhigt.

»Ich weiß nicht, was Sie meinen.«

»In einer Laienschauspielgruppe könnten Sie vielleicht nicht so viel Schaden anrichten wie in der echten Welt. Das sollten Sie mal versuchen, Herr Abou-Qadig. Aber nun wäre es schön, wenn wir das Schauspiel hier beenden könnten. Wir haben soeben einen Ihrer Angestellten tot aufgefunden, zufällig genau den, über den wir vorhin auf dem edlen Grün gesprochen haben. Tuan Le Phan, Sie erinnern sich?«

»Der Asiate, über den wir sprachen? Er ist tot? Wie ist denn das passiert?«

»Ihre Männer haben ihm drei Kugeln verpasst, in den Bauch und in die Brust. Am helllichten Tag, auf offener Straße«, fuhr Linh den Libanesen wütend an. »Sie haben ihn umbringen lassen …«

»Aber nein, Frau Schmidt, aber nein, das ist doch … Ich muss sagen, ich bin ganz perplex … Ich hätte nicht gedacht, dass er die Sache so schnell erledigt. Vielleicht sollte ich doch stolz sein auf Ramaddan.«

»Was soll das heißen? Sprechen Sie von Ihrem Sohn? Der Sie verraten hat? Ich …« Adam setzte ein hämisches Grinsen auf. »Ich habe ja schon lange mit arabischen Großfamilien zu tun, aber dass der eigene Sohn seinen Vater verrät … Man könnte meinen, dass Ihr Elfenbeinturm zu wackeln beginnt.«

»Verraten? Er hat mich doch nicht verraten, Kommissar.« Erst lag da ein Lächeln auf den Zügen des alten Mannes, aber dann veränderte sich der Ausdruck und wurde zu einer traurigen Maske.

»Nun, ich erkläre Ihnen jetzt mal was. Sie werden mir ohnehin nicht glauben, Herr Schmidt, weil Sie auf Ihrem kleinen persönlichen Rachefeldzug sind. Aber gut, das ist ja auch nicht so wichtig. Denn der Staatsanwalt wird mir glauben – und auch der Richter, wenn es denn überhaupt so weit kommen sollte. Ich habe von der ganzen Sache nichts gewusst. Nicht davon, dass mein Sohn seit Monaten Geld mit Drogen verdient hat, und auch nichts von seinem kriminellen Doppelleben, obwohl ich ihm immer gesagt habe, dass man in diesem Land nur mit ehrlicher

Arbeit ein anständiges Leben führen kann. Aber nun, die jungen Leute …« Er zuckte die Achseln. »Die haben ihren eigenen Kopf.«

»Sie wollen uns also erzählen, dass es Ihr Sohn war, der das ganze Drogengeschäft geleitet hat? Der Sohn, der uns vor ein paar Stunden gesagt hat, dass Sie hinter allem stecken?«

»Keine Ahnung, was Ramaddan Ihnen erzählt hat, ich kann nur wiedergeben, was er vor …« Er sah auf seine große goldene Rolex am Handgelenk. »… vor anderthalb Stunden anwaltlich versichert hat.« Mit diesen Worten zog er seelenruhig ein Schreiben aus der Innentasche seines Jacketts. »Bitte sehr.« Er reichte es hinüber. Adam blätterte die Seite auf, sah den Stempel und die Unterschrift des Anwalts und darüber zwei in Druckbuchstaben handgeschriebene Sätze.

»Ich, Ramaddan Abou-Qadig, gestehe, dass
ich Herrn Tuan Le Phan beauftragt habe, eine
Explosion im Dong Xuan Center herbeizuführen.
Ich gestehe außerdem, dass ich Herrn Tuan Le Phan
heute getötet habe, um die Tat zu verdecken.«
Berlin, 27. Januar 2023
Ramaddan Abou-Qadig

Die Unterschrift unter den knappen Sätzen wirkte so zerrissen, dass Adam das Bild des jungen Mannes richtig vor Augen hatte, als er das unterschreiben musste.

»Haben Sie tatsächlich Ihren eigenen Sohn gezwungen, das zu schreiben?« Er sah auf.

»Wieso denn gezwungen?« Abou-Qadig legte den Kopf schief. »Sie sehen doch das Geständnis. Es ist anwaltlich versichert, das hält vor jedem Gericht der Welt stand. Ich … bin untröstlich, dass mein Sohn so auf die schiefe Bahn geraten ist.«

»Wo ist Ramaddan? Warum legt er sein Geständnis nicht selbst hier ab? Sagen Sie uns, wo er ist. Wir wollen es von ihm selbst hören.«

Wieder sah der Alte auf seine Armbanduhr. »Das wird leider nicht gehen. Ramaddan wird in etwa einer Stunde in Beirut landen. Er hat mich gebeten, eine Auszeit nehmen zu dürfen, bis sich die Wogen geglättet haben. Ich habe seiner Bitte entsprochen.«

»Er ist schon im Libanon?«, fragte Linh bestürzt.

»Gleich. Und machen Sie sich keine Mühe: Er wird nicht in Beirut bleiben. Wir haben eine wunderschöne Bleibe in den Bergen. Hisbollahgebiet. Da traut sich kein deutscher Polizist hin – und die Hisbollah liefert auch nicht aus. Ramaddan wird dort in aller Ruhe zur Besinnung kommen und den rechten Weg wiederfinden, so Gott will. Inschallah.«

»Sie …« Adam stand auf und beugte sich über den Tisch, weil er seine Wut kaum mehr aushalten konnte. Es war Linh, die neben ihm aufstand und ihn zurückhielt.

»Adam, nicht …«, flüsterte sie.

»Sie haben Ihren Sohn gezwungen, das zu gestehen, und dann haben Sie ihn außer Landes gebracht. Oder vielleicht lebt er ja auch gar nicht mehr. Ihnen ist alles zuzutrauen. Und alles nur, weil er Sie und Ihre dreckigen Geschäfte verraten hat, weil er anders leben wollte als Sie – anders als ein übler Verbrecher.«

Said Abou-Qadig stand aus seinem Stuhl auf und lächelte den Kommissar sanft an. »Ich kann nur sagen: Beweisen Sie es.«

»Das werde ich. Nicht heute. Aber ich werde es«, zischte Adam.

»Da bin ich mir nicht sicher.« Der Clanboss zog noch ein Schreiben aus der Tasche. »Hier, das wird Sie interessieren.«

Das Schreiben war wortgleich mit dem ersten Geständnis. Doch darunter stand noch etwas:

»Duc Nguyen wusste nichts von der Drogenküche im Dong Xuan Center. Es war eine geheime Einrichtung der tschechischen Mafia in Zusammenarbeit mit mir. Auch dafür übernehme ich die volle Verantwortung.«

Darunter stand wieder die fahrige Unterschrift.

Said Abou-Qadig sah sie erwartungsvoll an. »Damit ist Ihr Bruder frei, Frau Schmidt. Sie können mir danken.«

»Das werde ich auf keinen Fall verwenden«, erwiderte Linh.

»Dann wird Duc sitzen. Für zwanzig Jahre mindestens. Es ist Ihre Entscheidung. Nehmen Sie es – und denken Sie für immer an meine Großzügigkeit. Oder nehmen Sie es nicht, dann werden Sie Duc in Moabit besuchen können, bis er ein alter Mann ist.«

»Sie haben wirklich an alles gedacht«, sagte Adam leise. »Sie sind so ein durchtriebener Hund.«

»Aber … wir werden Sie trotzdem fertigmachen«, ergänzte Linh.

»Ich freue mich drauf. Und auch darauf, Sie wiederzusehen, Frau Schmidt. Ich hoffe, Ihrer Tochter geht es gut.«

Nun war es Linh, die um den Tisch herumlief und ganz knapp vor dem Paten stehen blieb, die Hand bereits zum Schlag erhoben, aber sie konnte sich gerade noch zurückhalten. Stattdessen presste sie zwischen zusammengebissenen Zähnen hervor: »Sie werden den Knast noch kennenlernen, Abou-Qadig, da können Sie sich ganz sicher sein. Und dann werden Adam und ich dafür sorgen, dass alle wissen, dass Sie Ihren eigenen Sohn verraten haben. Das wird nicht gut für Sie ausgehen. Und wenn Sie noch einmal meine Tochter erwähnen, dann … dann könnte es sein, dass Sie nicht mal mehr den Knast kennenlernen.«

Schwer atmend machte sie kehrt, verließ den Vernehmungsraum, und Adam folgte ihr, ohne sich noch einmal umzusehen.

47

Als er aus der Tür ins Licht trat, musste Duc die Augen zusammenkneifen, weil die Helligkeit ihn blendete. Doch dann entdeckte er seine Schwester, die auf dem Gehweg stand und auf ihn wartete. Ein Lächeln erschien auf seinem Gesicht.

»Linh«, sagte er mit dem sanften Akzent, der ihm zu eigen war. Dann ging er auf seine Schwester zu und breitete die Arme aus. Aber Linh wehrte ihn mit einer knappen Geste ab.

»Was ist los? Ich will dir danken. Also dir und Adam. Ich wäre immer noch da drinnen, wenn ihr beide nicht … Wie habt ihr das gemacht? Alle Anklagepunkte wurden …«

»Hör zu«, erwiderte Linh, ohne ihn ausreden zu lassen. »Eigentlich wollte ich überhaupt nicht kommen, aber dann wäre Adam gekommen, und ich hatte Sorge, dass er dir ernsthaft was antun könnte. Er … Du hast fast dafür gesorgt, dass er richtigen Scheiß baut – nur um dich zu retten. Und ich, ich habe mich auch strafbar gemacht und mich in die Abhängigkeit von Leuten begeben, die ich eigentlich am liebsten lebenslänglich hinter Gittern sehen will …« Sie schüttelte den Kopf. »Ich habe so fest daran geglaubt, dass du unschuldig bist. Dass du aus der Sache damals gelernt hast. Dass du keine Scheißdrogen gekocht hast. Aber ich habe mich geirrt.« Sie trat einen Schritt auf ihren Bruder zu, ihr Gesicht war jetzt ganz nah an seinem. Ihre Stimme war leise und kalt, als sie weitersprach. »Wenn du noch einmal einen Fehler machst, der dich wieder in Schwierigkeiten bringt, und sei er noch so winzig, dann hast du keine Schwester mehr.«

Dann drehte sie sich um und ging schnellen Schrittes von dannen. Duc Nguyen sah ihr nach, dann wischte er sich eine Träne aus dem Gesicht, die eben seine Wange herunterlaufen wollte.

48

Im Kamin an der rot gekachelten Wand brannte ein Feuer, und auf dem Couchtisch lag ein aufgeklapptes Buch neben einer Karaffe mit Wasser und Zitronenscheiben. Das Auffallendste in diesem Raum aber war das Lächeln von Lisa Schirrmacher, die auf der Couch saß. Rocco lag auf ihrem Schoß und bekam den Rücken gekrault, während Noah und seine Schwester laut lärmend in ihren Zimmern spielten. Alles hier war Familie pur.

Ronja, die älteste Tochter, hatte ihm die Tür geöffnet, war dann aber gleich wieder in einem der Zimmer verschwunden.

»Guten Tag. Ich hoffe, ich störe nicht«, sagte Adam, nachdem er sich die Szenerie von der Tür aus kurz angesehen hatte.

»Oh, guten Tag, Kommissar«, erwiderte Lisa Schirrmacher und wollte Rocco von ihrem Schoß schieben, aber Adam winkte ab. »Nein, lassen Sie nur, wir müssen uns nicht die Hand geben. Ich setze mich einfach kurz hierher, einverstanden?«

»Sehr gern. Wir kuscheln noch kurz, und dann geht Rocco gleich wieder spielen, nicht wahr, mein Süßer?« Sie streichelte dem Jungen über den Kopf. Rocco nickte, und

Adam musste lächeln. »Wie geht es Ihnen, Kommissar? Es war eine harte Zeit, oder?«

»Ja. Aber nun ist reichlich Licht am Ende des Tunnels, wenn ich dieses bescheuerte Sprichwort bemühen darf.«

»Möchten Sie einen Kaffee?«

»Nein danke. Bleiben Sie bitte einfach sitzen, ich hab alles, was ich brauche.«

»Wollten Sie nur plaudern?«

»Nein.« Er grinste. »Meine Kollegin Sandra Pitoli hat ja schon mit Ihnen gesprochen, aber ich wollte Ihnen noch einmal bestätigen, dass der Staatsanwalt die Ermittlungen offiziell eingestellt hat. Es gab keinerlei Hinweise auf ein Fremdverschulden – und deshalb werden keine weiteren Nachforschungen angestellt. Die Akte ist geschlossen. Ich denke nicht, dass hier noch irgendwas folgen wird. Damit sind Sie vollständig entlastet.«

»Oh …« Sie lächelte ihn über den Couchtisch hinweg an, während es im Kamin knisterte. »Das sind wirklich gute Nachrichten.« Ihre Stimme war nun ganz weich, wie bei jemandem, der sich immer verstellen musste und nun endlich so sein konnte, wie er war.

»Was ist ein Staatsanwalt, Mama?«, fragte Rocco und setzte sich auf.

»Das ist so etwas wie ein Richter. Der schaut nach, ob jemand etwas Böses gemacht hat, und hilft der Polizei, denjenigen zu überführen.«

»Und der macht jetzt nichts mehr mit unserer Familie?«

»Nein, Rocco-Schatz, es ist alles geklärt.«

»Das ist gut«, antwortete der Junge, bevor er seinen Kopf wieder auf den Schoß seiner Mutter bettete. »Dann kann mir ja nichts mehr passieren.«

Lisas Blick traf den von Adam, und der Kommissar spürte, wie es ihm kalt den Rücken runterlief.

»Was sollte dir denn passieren, Rocco-Schatz?«, stellte die Mutter genau die Frage, die auch Adam auf der Zunge lag.

»Na, ich war das doch mit Papa. Und ich hatte Angst, dass ich ins Gefängnis muss. Deshalb hab ich nichts gesagt.«

»Du warst das?« Die Stimme von Lisa Schirmmacher war nur ein Flüstern, trotzdem durchfuhr sie Adam bis ins Mark. »Aber wie …?«

»Was meinst du denn damit, Rocco?«

Gebannt sah Adam zu, wie sich der Junge verkrampfte, die Beine bis zur Brust anzog und sich noch näher an seine Mutter schmiegte.

»Aber du hast doch eben gesagt, dass nichts mehr passieren kann, oder? Hast du doch gesagt, oder, Adam?« Der Junge sah den Kommissar mit großen Augen an.

»Du brauchst dir keine Sorgen zu machen, Rocco, aber du musst uns jetzt genau erzählen, was passiert ist, hörst du?«

Ein unsicheres Lächeln glitt über das Gesicht des Jungen. Und dann verzog sich dieses Lächeln zu einem schmerzhaften Ausdruck. »Ich wollte nicht mehr, dass Papa Mama wehtut«, sagte er mit fester Stimme, fast konnte Adam die unverhohlene Wut des Kindes heraushören. »Ich war abends in meinem Bett, und ich habe alles gehört, und ich … Mama hat so viel geweint«, fügte er hinzu. »Mama, in der Nacht bist du zu mir ins Bett gekommen, um mit mir zu kuscheln. Aber dann hast du die ganze Zeit geweint.«

»Das hast du gehört? Ich dachte, du würdest tief und

fest schlafen«, erwiderte sie, die Augen weit aufgerissen, weil sie wohl erst jetzt verstand, was ihr Mann auch den Kindern angetan hatte, indem er ihr so viel angetan hatte.

»Papa hat dich ganz doll geschlagen, Mama.«

»Auch in jener Nacht?«, fragte Adam, bevor Lisa Schirrmacher einhaken konnte.

»Ja«, sagte Rocco und nickte fest. »Er hat Mama ganz doll geschlagen. Ich habe das gehört und mir die Ohren zugehalten, weil ich es nicht hören wollte. Aber es war viel zu laut. Ich bin zur Kinderzimmertür gegangen und habe sie ganz leise aufgemacht, und da hab ich Mama im Wohnzimmer liegen sehen.«

Adam sah die Frau an, sie hatte Tränen in den Augen und presste sich eine Hand vor den Mund. Aber diesmal war es nicht mehr die Angst um sich selbst, die sie gepackt hielt, es war die Angst um ihren Jungen.

»Also hat er Sie doch geschlagen in der Nacht vor seinem Tod? Stimmt das, Frau Schirrmacher?«

Nach Sekunden nickte sie. »Ja. Es war noch nie so schlimm wie in dieser Nacht. Er hat … er hat mich in den Bauch geschlagen.« Sie sagte es leise, als könnte sie so verhindern, dass Rocco es hörte. »Er war außer sich, und wir haben gestritten, weil die Kinder noch nicht im Bett waren. Er war schon angetrunken, als er nach Hause kam, und er hatte die Tür noch nie so laut geschlossen. Da wusste ich schon, dass es ein furchtbarer Abend wird. Aber was dann kam …« Sie hing ihren Gedanken nach, und Adam drängte sie nicht weiterzuerzählen.

»Was ist am Morgen passiert, Rocco?«, fragte Adam nach einer Weile. »Warum glaubst du, dass du schuld am Tod deines Papas bist?«

Lisa hatte die Hand ihres Sohnes genommen, während Adam die Frage stellte.

»Papa ist aufgestanden, als Mama noch geschlafen hat. Er wollte raus, weil er immer Kaffee trinkt. Aus einem Laden bei dem Spielplatz.«

»Hat dein Papa mit dir gesprochen?«, fragte Adam leise.

»Ja. Er kam rein und hat gesagt, ich soll Mama schlafen lassen, weil sie krank ist. Und da …« Rocco begann zu weinen. »Da war ich richtig sauer auf ihn. Er ist einfach wieder raus aus meinem Zimmer, und ich bin hinterher. Er stand an der Treppe und suchte nach seinem Geld, und ich … ich habe von der Tür aus Anlauf genommen und habe ihn mit meinen Händen geschubst. Er ist so schnell da runtergesaust, ich habe ihn gar nicht gesehen, weil er gleich unten war. Und dann hat es geknallt, und er lag ganz still da. Ich … ich wollte, dass er auch Schmerzen hat, so wie Mama. Aber er hat sich gar nicht mehr bewegt.«

»Bist du zu ihm runtergegangen?«

»Nein. Ich bin wieder zurück in die Wohnung und habe die Tür zugemacht, und dann bin ich in mein Zimmer und habe gespielt.«

»Du hast Papa wirklich …?«, begann Lisa Schirrmacher, doch Adam ging sogleich dazwischen.

»Okay, Rocco, das ist sehr gut, dass du uns das alles erzählt hast.« Der Junge sah ihn Hilfe suchend an. »Du bist dir also ganz sicher, dass dein Papa auf der Treppe ins Straucheln gekommen und runtergefallen ist, nachdem du ihn mit deinen Händen berührt hast?«

Rocco nickte langsam und ließ Adam dabei nicht aus den Augen. »Ja, ich habe ihn geschubst. Weil ich nicht wollte, dass er Mama wieder wehtut.«

Adam stand auf und ging zur Couch, dann setzte er sich neben Rocco und legte den Arm um die Schultern des Kindes. »Okay, hör mal, es ist alles okay. Es ist passiert – und nun denkst du nicht mehr so viel darüber nach, in Ordnung? Dein Papa kann euch nicht mehr wehtun. Und ich verspreche dir, dass du dir keine Sorgen machen musst. Wie gesagt: Die Polizei ermittelt nicht mehr. Dir wird also nichts passieren. Ich werde deiner Mama die Telefonnummer einer ganz netten Frau geben. Und wenn du magst, kannst du mit der darüber reden, wie du dich fühlst. Vielleicht wenn du mal schlecht träumst oder wenn du nicht vergessen kannst, was du gesehen oder gehört hast, als es deiner Mama so schlecht ging. Magst du das machen?«

Rocco sah ihn mit großen Augen an, sichtlich überfordert von der Situation, doch schließlich nickte er.

Adam blickte von Rocco zu Lisa, die wie erstarrt dasaß. Der Schock über das eben Gehörte stand ihr deutlich ins Gesicht geschrieben. Und Adam musste zugeben: Auch er war erschüttert. Nicht so sehr über die Tat an sich, denn er war sich sicher, dass Rocco seinen Vater nicht hatte töten wollen. Nein, er war erschüttert darüber, dass es überhaupt so weit hatte kommen müssen, dass niemand der Familie früher hatte helfen können und die Situation dermaßen eskaliert war.

»Okay, ich werde dann mal nach Hause gehen, meine Tochter wartet nämlich schon auf mich. Sie will heute Pizza bestellen«, sagte er und versuchte, seiner Stimme einen unbeschwerten Ton zu geben. Als er sich erhob, sah Lisa Schirrmacher ihn an, Angst in ihrem Blick. Er gab ihr mit dem Kopf ein Zeichen, und sie folgte ihm zur Wohnungstür, während Rocco im Wohnzimmer angefangen hatte, mit Lego zu spielen.

»Hör mal«, sagte er, als sie an der Tür standen. Er duzte Lisa nun einfach, sie wussten schon zu viel voneinander, um förmlich weiterzumachen. »Wenn ich das jetzt dem Staatsanwalt sage, dann geht die Akte wieder auf. Sie werden zwar nichts machen können, weil Rocco ein Kind und nicht strafmündig ist, aber sie werden ihre Psychologen schicken, und die werden mit dem Jungen sprechen wollen, immer und immer wieder. Irgendwann wird die Schule davon erfahren, und dann wird es wahrscheinlich sehr anstrengend. Im Kiez hier kommt vielleicht sogar eine große Welle ins Rollen, auszuschließen ist es auf jeden Fall nicht, und es ist nichts, was ich für euch will. Deshalb ...« Er zögerte, weil er den Eid, den er geleistet hatte, mit seinem moralischen Kompass abgleichen musste. Aber da war nichts, kein Zweifel, kein Schuldgefühl, gar nichts, und er fuhr fort: »Deshalb werde ich nichts unternehmen. Das hier bleibt in diesem Wohnzimmer und an diesem Abend, wir werden nie wieder darüber reden. Ich werde nichts sagen, und du wirst Ronja und Noah nichts davon erzählen, keiner Freundin, keinem Freund, niemandem. Und Rocco wird nur mit der Psychologin sprechen, die ich euch vermitteln werde – nur wenn er das will natürlich. Und damit hat es sich. Bist du einverstanden?«

Er sah Lisa an. Ihr Lächeln war Antwort genug.

49

»Ich sehe dich wieder lächeln, das ist schön«, sagte Brombowski, als sie das kleine Revier betrat. Sie stellte ihre Tasche auf ihrem Schreibtisch ab, aber anstatt sich zu setzen, ging sie zu Brombowski, und diesmal war sie es, die ihn in den Arm nahm.

»Ähm, womit hab ick denn dit verdient?«, stammelte er.

»Einfach nur, weil du du bist«, erwiderte Linh. »Und jetzt würde ich mir sehr gern einen einfachen Fall wünschen. Vielleicht einen Wolf? Gibt's da eine Chance?«

»Nee«, sagte Brombowski kopfschüttelnd. »Keine Sichtungen mehr. Vielleicht sind die Viecher abgeschwirrt nach Polen.«

»Na, aber irgendwas wird sich schon finden, das tut es ja immer.«

»Da sachste 'n wahret Wort, Kleene. Dein Bruder … ist der unterdessen frei?«

»Ja.« Sie nickte.

»Biste froh?«

»Als seine Schwester bin ich das. Aber als Polizistin …« Sie schüttelte den Kopf.

»Manchmal ist dit so. Aber wie soll Gerechtigkeit inna Familie auch aussehen, wenn man sich liebt …«

»Mann, Brombowski, wirst du auf deine alten Tage noch zum Philosophen?«

»Vor allem werde ich gerade ziemlich hungrig. Drüben in der Linde ist Schnitzeltag. Kommste mit?«

»Das klingt gut. Ich kann gerade alles gut essen, was nicht aus Vietnam kommt. Die letzten Tage waren mir ein wenig zu persönlich ...«

»Na dann zweemal Schnitzel mit Letscho. Los jeht's, Kleene.«

50

Es war kurz nach vier Uhr morgens. Vor dem Fenster lag Berlin wie ein schlafender Riese, der nur noch in den wenigsten und dunkelsten Adern pulsierte, den Technoschuppen, den Sexläden, den Spätis, vor denen nun wirklich jeder so besoffen war, dass er nur noch puren Stuss redete.

Von hier oben sah die Stadt friedlich aus, dachte die Schwester, die sich ans Bett des Patienten in Zimmer acht gestellt hatte. Hier war es ruhig, nicht so hektisch wie in den anderen Zimmern, wo die neuen Schlaganfallpatienten lagen und jene nach einem ganz frischen Herzinfarkt, die sich nicht zurechtfanden und wimmerten, weil der medikamentöse Dämmerschlaf nicht ausreichte. Der Patient in Zimmer acht hingegen lag ganz ruhig da, und er würde wohl noch einige Zeit so hier liegen, Tage oder vielleicht sogar Wochen.

Sie genoss die kurze Pause. Am liebsten würde sie sich noch viel länger hier verstecken, aber dann schellte von irgendwo wieder ein Alarm, und sie musste lossprinten, zu dem fiesen kleinen Assistenzarzt, der ihr immer viel zu nah kam und dem sie deshalb gern mal eine geknallt hätte. Aber sie war ihm ausgeliefert, es gab nur einen

Arzt in dieser Woche auf der Nachtschicht, und bei dem Personalmangel würden sie den nicht feuern, nur weil sie sich ein wenig angetatscht fühlte.

Sie wusste schon lange nicht mehr, warum sie diesen Job machte, bei dem Gehalt und den Arbeitsbedingungen und den Patienten, die ihre Dankbarkeit auch nur noch durch schlechte Google-Bewertungen ausdrückten und nicht durch Pralinen und Eierlikör. Und sie hatte noch viel zu lange bis zur Rente.

Ihr Blick war so fest auf die nächtlichen Berliner Straßen unter ihr gerichtet, dass sie die Bewegung zuerst kaum wahrnahm. Dann hörte sie sein leises Stöhnen, ein tiefes, sonores Geräusch. Er war ohne Bewusstsein eingeliefert worden und lag seitdem im künstlichen Koma. Deshalb hörte sie seine Stimme in dieser Nacht um 4:08 Uhr zum ersten Mal. Er bewegte sein Gesicht, versuchte, seinen Kopf zu heben, und flüsterte: »Wasser.«

51

Linh wusste nicht, wessen Telefon klingelte. Sie griff zu ihrem Sperrholznachttisch und verfluchte sie beide. Warum hatten sie sich immer noch nicht dafür entschieden, dass einer von ihnen einen anderen Klingelton einstellte?

Ihr Handydisplay war dunkel. Also musste es Adams Telefon sein, das sie am frühen Sonntagmorgen aus dem Schlaf riss. Doch Adam schnarchte vor sich hin. Seitdem er seine Medis wieder nahm, schlief er wie ein Baby. Sie rüttelte an seinem Arm, aber er erwachte einfach nicht, dabei war das Klingeln ohrenbetäubend. Sie beugte sich über ihn und las den Namen auf dem Display. *Leiter SEK*. O nein, war ihr erster Gedanke. Sie hob ab.

»Ja, Schmidt hier?«

»Oh, Sie sind es«, sagte Rabenstein. »Wo ist denn Ihr Göttergatte?«

»Schläft den Schlaf der Gerechten.« Sie hörte, wie der SEK-Leiter am anderen Ende leise lachte.

»Wecken Sie ihn. Er wird sich bestimmt freuen, zu hören, dass sein geschätzter Kollege Kupferschmidt aus dem Koma erwacht ist. Ich bin schon auf dem Weg ins Krankenhaus – und sehr gespannt auf die ersten Worte des Kollegen.«

Dann legte er auf. Linh sah das Display an und spürte kalte Angst in sich aufsteigen. Die Erinnerungen überrollten sie wie ein Tsunami: der Moment auf dem Kellerboden, der schwere Körper des Mannes auf ihr, die Kälte und das drängende Gefühl, als er ihr die Hose ausziehen wollte …

Sie beugte sich zu Adam hinab und gab ihm einen Kuss, und allein dieser Moment beruhigte sie wieder. Sie würden auch das gemeinsam durchstehen, so wie sie schon alles andere zusammen bewältigt hatten. Dann rüttelte sie noch einmal fest an seinem Arm. Nach Sekunden schlug er die Augen auf, und sie sagte ganz gefasst: »Wir müssen in die Charité. Thilo ist aufgewacht.«

52

Auf dem Weg zur Klinik sprachen sie kein Wort miteinander. Es hing kein Misstrauen und auch kein Streit in der Luft, es war nur die Anspannung. Adam stellte sich vor, dass sich früher die französischen Adligen so gefühlt haben mussten auf ihrem Weg zum Schafott oder zur Guillotine. Dann aber kam er sich gleich wieder reichlich melodramatisch vor und verscheuchte den Gedanken.

Er hatte überlegt, ob sie einfach liegen bleiben und abwarten sollten, was passierte. Aber Rabensteins Anruf war zu klar gewesen, zu deutlich – eine echte Kriegserklärung. Das konnten sie nicht unbeantwortet lassen.

Er war zu Carolin ins Zimmer gegangen und hatte sie geweckt, dann hatte er seine Tochter ganz fest in den Arm genommen. »Alles okay, Papa?«, hatte sie verschlafen gefragt und ihn noch skeptischer angesehen als sonst.

»Alles bestens«, hatte er geantwortet. »Mama und ich müssen zu einem Einsatz, dauert aber nicht lange, versprochen. Schlaf einfach noch eine Runde, okay? Frühstück steht in der Küche.«

Als er das Zimmer wieder verlassen wollte, sagte sie: »Papa?« Er drehte sich um, und sie lächelte ihn an. »Ich bin froh, dass es dir wieder besser geht.«

Er lächelte sie kurz an, dann wandte er sich schnell zum Gehen, damit sie die Tränen in seinen Augen nicht sah. Jetzt fuhren sie die Eberswalder Straße hinauf und über die Bernauer und die Invalidenstraße in Richtung Hauptbahnhof, bevor sie in die Luisenstraße einbogen. Das Hochhaus stand da wie ein Koloss, unerbittlich kam es näher, und Adam fragte sich, hinter welchem der vielen Fenster Thilo Kupferschmidt lag. Er hätte ihn damals im Keller zurücklassen sollen. Nur ein paar Stunden, damit er mehr Blut verloren hätte. Im nächsten Augenblick hasste er sich schon für diesen Gedanken.

Bevor sie die Drehtür ins Innere des Krankenhauses nahmen, griff Linh nach seiner Hand. Sie drückte sie ganz fest, sagte aber kein Wort. Adam blickte sie an und erkannte gleichzeitig nackte Angst und stilles Einverständnis. Sie beide gegen den Rest der Welt. Wieder einmal.

Im Inneren des Gebäudes schlug ihnen der typische Krankenhausgeruch entgegen. Der Fahrstuhl glitt lautlos hinauf, viel zu schnell für Adams Geschmack.

Auf der Intensivstation war hektischer Betrieb, Schwestern rannten von links nach rechts, von Zimmer zu Zimmer, überall piepten Alarme. Sie gingen den Flur entlang. Da alle Türen offen standen, konnten sie in die Zimmer hineinsehen, in denen reglose Menschen lagen, manchmal stand nur eine Schwester an einem Bett, manchmal waren es auch zwei Ärzte in Schutzkleidung. Es war ein schlimmer Anblick, und Adam fragte sich, wovor er im Leben eigentlich so viel Angst hatte. Solange er nicht hier lag, musste er sich vor nichts fürchten.

In Zimmer acht wies Linh in die Ecke am Fenster. Da stand er. Rabenstein. Vielmehr setzte er sich gerade und entdeckte im selben Augenblick die Neuankömmlinge. Dieser teuflische Zug um seine Mundpartie. Adam kannte es schon, dieses verschlagene Lächeln. Und er wusste, dass es nichts Gutes bedeutete.

Sie traten in den Raum. Thilo saß aufrecht im Bett, ein Kissen stützte seinen Rücken. Da war nur noch das Pulsometer um seinen Finger, ansonsten schien er ohne maschinelle Hilfe zurechtzukommen. Als er zur Tür sah und Linh erblickte, hellte sich sein Gesicht auf. Er schien sich tatsächlich zu freuen, dass sie da war. Dann erkannte er Adam und nickte ihm langsam zu. Rabenstein konnte den Blick nicht von Kupferschmidt abwenden.

»Na, sieh mal einer an«, sagte der Leiter des SEK. »Kollegenbesuch. Ist das nicht nett? Kommen Sie, setzen Sie sich. Wir haben schon auf Sie gewartet.«

Adam hatte das Gefühl, dass sein Herz jede Sekunde aufhören könnte zu schlagen. Und er spürte an Linhs kleinen und schnellen Bewegungen, dass auch sie in äußerster Alarmbereitschaft war.

»Setzen Sie sich doch«, wiederholte Rabenstein und wies auf die beiden leeren Stühle neben sich.

»Danke, wir stehen lieber«, erwiderte Linh. »Thilo, wie geht es dir?«, fragte sie dann leise.

»So eine Kugel wächst schwer raus«, antwortete der junge Polizist. »Tut schon noch recht weh beim Atmen. Aber, wie hat mein Opa immer gesagt: Unkraut vergeht nicht.«

Adam versuchte, sich ganz auf die Silhouette der Stadt vor dem Fenster zu konzentrieren.

»Kollege Kupferschmidt und ich, wir sprachen gerade darüber, wie all das passiert ist«, sagte Rabenstein, dem man die Ungeduld anmerkte. Er wollte es jetzt zu Ende bringen. Ihnen den Todesstoß versetzen. »Thilo, kannst du dich erinnern, was in der Nacht geschehen ist, als du angeschossen wurdest? Sieh einmal, dein Vorgesetzter ist extra gekommen, um sich nach deinem Wohlergehen zu erkundigen. Also, was ist passiert?«

Linh sah Adam an, er schaffte es aber nicht, ihren Blick zu erwidern, es war nur ein kurzes Zucken in den Augenwinkeln. Seine Augen lagen jetzt fest auf Thilo, er sah ihn schon die Worte sprechen, die drei kleinen Worte, die alles bedeuten würden, das Ende seiner Karriere, seiner Familie, die Zukunft in Berlin-Moabit, als Polizist im Knast. Todesurteil 2.0.

Thilo betrachtete ihn ein paar Sekunden ganz ruhig, doch Adam konnte aus seiner Miene nichts herauslesen. Dann drehte der junge Polizist den Kopf Richtung Fenster und fixierte Rabenstein. Er zuckte entschuldigend mit den Schultern, sodass es wirkte, als wäre alles gar keine große Sache, als wäre er eben aus einem hundertjährigen Schlaf erwacht und wüsste gar nicht, worum es eigentlich ging. Dann sagte er: »Ich weiß es nicht, ich kann mich wirklich an nichts erinnern.«

Rabenstein entglitten die Gesichtszüge, er riss die Augen auf, seine Wangen liefen sogleich hochrot an, dann entfuhr es ihm: »Na hör mal, Thilo, du musst doch wissen, was passiert ist. Da hat dich jemand hinterrücks niedergeschossen, vorher gab es einen Kampf, es steht alles in der Akte. Du musst doch wissen …«

Wieder war da dieses Schulterzucken, diesmal aber wendete er den Kopf erneut Adam zu. Ihre Blicke trafen sich, da lagen weder Wut noch Angst in der Miene des jungen Kollegen. Nach ein paar Sekunden der Stille sagte Thilo: »Ich weiß wirklich nicht, was passiert ist. Ich kann mich an nichts erinnern, nur dass ich an dem Morgen auf dem Revier war. Adam und ich haben diese Frau vernommen, die ihren Mann von der Treppe … Danach fehlt mir alles. Ich bin hier aufgewacht, und ich weiß nicht mal genau, wie lange ich geschlafen habe.«

»Es waren drei Tage. Drei Tage deines Lebens, die du verpasst hast, weil jemand auf dich geschossen hat.« Rabenstein schnaubte. »Ich glaube, es war jemand, den wir alle kennen – und zwar, weil du denjenigen in der Hand hattest. Und ich will jetzt, dass du es sagst, dass du es zugibst.«

»Ich kann nichts zugeben, was ich nicht weiß«, erwiderte Thilo etwas fester und auch genervter als zuvor.

»Jetzt sag es schon, Schmidt!«, fuhr Rabenstein Adam an. »Gib es zu. Du warst das. Thilo, sag es, gebt es alle zu!« Bei diesen Worten hieb er mit der Faust auf das Fensterbrett ein, seine Stimme war so laut geworden, dass eine Schwester besorgt zur Tür hereinschaute, aber sich nicht traute einzutreten.

Es war Linh, die schließlich fauchte: »Hören Sie auf, Rabenstein! Was ist denn das für eine Schnapsidee?« Nur Adam hörte das leichte Zittern in ihrer Stimme. Thilo aber ignorierte den Mann am Fenster, er sagte nur ganz leise: »Ich bin müde. Es wäre gut, wenn ihr jetzt alle geht.«

Rabenstein war der Erste, der wütend hinausstürmte, sie hörten ihn noch auf dem Flur zetern.

Linh folgte Rabenstein nach draußen, einzig Adam wandte sich im Gehen erneut zu Thilo um. Ihre Blicke trafen sich, und da erkannte Adam es: der gleiche Ausdruck wie vor einigen Tagen, als Thilo ihn mit den Drogen erwischt hatte – der Ausdruck der Überlegenheit, die Gewissheit, ihn fest in der Hand zu haben. Und eine Drohung lag in Thilos Augen, leise und gefährlich wie ein Ungeheuer in einem tiefen See. Adam lief es eiskalt den Rücken hinunter, und die Angst in ihm erwachte wieder zum Leben.

Was, wenn das Böse längst unter deinem Dach lebt?

Coveränderungen vorbehalten

Linus Geschke

Die Verborgenen

Sie leben in deinem Haus,
und du weißt es nicht.

Piper, 368 Seiten
ISBN 978-3-492-06479-8

Sven und Franziska Hoffmann haben alles, wovon sie einst träumten: eine wunderbare Tochter und ein Traumhaus an der Küste. Alles könnte perfekt sein. Doch dann dringt jemand heimlich in ihr Haus ein. Der ungebetene Gast bedient sich an ihrem Essen, stöbert in ihren Schränken und beobachtet sie beim Schlafen. Als dann noch Gegenstände verschwinden, bezichtigt sich das Paar gegenseitig und die makellose Fassade der Familie beginnt zu bröckeln. Und genau das ist es, was der Eindringling will …

PIPER

Leseproben, E-Books und mehr unter www.piper.de